John Green

El teorema Katherine

John Green nació en Indianápolis en 1977, y se graduó en Lengua y Literatura Inglesa y Teología de Kenyon College. Tras iniciar su carrera en el mundo editorial como crítico y editor, ha sido galardonado con el premio de honor Printz y el premio Edgar por sus diversas novelas. Con su última novela, *Bajo la misma estrella*, ha demostrado su capacidad para emocionar a lectores de todas las edades y se ha convertido en uno de los autores más vendidos del mundo.

El teorema Katherine

El teorema Katherine

JOHN GREEN

Traducción de Noemí Sobregués

Vintage Español
Una división de Random House LLC
Nueva York

PRIMERA EDICIÓN VINTAGE ESPAÑOL, FEBRERO 2015

Vintage Español ISBN en tapa blanda: 978-1-101-91056-6
Vintage Español eBook ISBN: 978-1-101-91057-3

Para venta exclusiva en EE.UU., Canadá, Puerto Rico y Filipinas.

www.vintageespanol.com

Impreso en los Estados Unidos de América
10 9 8 7 6 5 4 3 2

Para mi esposa, Sarah Urist Green, anagramáticamente:

Hasta en resurgir

Reírse gran tahúr

Hurra ante grises

Ser hasta en rugir

Hurgas en tierras

… pero el placer estriba en no poseer a la persona. El placer es esto. Tener a otro contendiente en la habitación contigo.

PHILIP ROTH,
La mancha humana
(traducción de Jordi Fibla)

El teorema Katherine

1

A la mañana siguiente de que se graduara en el instituto y por decimonovena vez lo dejara una chica llamada Katherine, el famoso niño prodigio Colin Singleton se dio un baño. Colin siempre había preferido los baños. Una de sus políticas generales en la vida era no hacer de pie nada que perfectamente pudiera hacerse tumbado. Se metió en la bañera en cuanto el agua empezó a salir caliente, se sentó y observó con una extraña mirada vaga cómo el agua iba sumergiendo su cuerpo. El agua le subió despacio por las piernas, que había cruzado y doblado en la bañera. Admitió, aunque con cierta reticencia, que era demasiado alto, y demasiado grande, para aquella bañera. Parecía una persona ya crecidita jugando a ser un niño.

Mientras el agua empezaba a cubrirle el estómago, plano pero sin músculos, pensó en Arquímedes. Cuando Colin tenía unos cuatro años, leyó un libro sobre Arquímedes, el filósofo griego que descubrió que podía medirse el volumen por el desplazamiento del agua cuando se sentaba en la bañera. Al parecer, después de hacer este descubrimiento, Arquímedes gritó «¡Eureka!»[1] y salió corriendo desnudo por las calles. El libro decía que muchos descubrimientos importantes tenían un «momento Eureka». Y ya entonces Colin sintió grandes deseos de hacer importantes descubrimientos, así que, en cuanto su madre volvió a casa aquella noche, le preguntó por el asunto.

—Mamá, ¿tendré alguna vez un momento Eureka?

—Cariño, ¿qué te pasa? —le preguntó su madre cogiéndole de la mano.

—Quiero tener un momento Eureka —le contestó como cualquier otro niño podría haber expresado su deseo de ser una tortuga ninja.

Su madre le acarició la mejilla con el dorso de la mano y sonrió con la cara tan cerca de él que le llegó el olor a café y a maquillaje.

—Pues claro, Colin. Claro que lo tendrás.

Pero las madres mienten. Les va incluido en el sueldo.

Colin respiró profundamente, se deslizó y metió la cabeza en el agua. «Estoy llorando —pensó, y abrió los ojos para ver a través del agua con jabón, que le provocó escozor—. Me siento como si estuviera llorando, así que debo de estar llorando, pero es imposible saberlo porque estoy debajo del agua.» Sin embargo, no estaba llorando. Por extraño que parezca, estaba demasiado deprimido para llorar. Demasiado dolido. Era como si Katherine le hubiera arrancado la parte de él que lloraba.

1. Griego: «Lo encontré».

Quitó el tapón de la bañera, se levantó, se secó con una toalla y se vistió. Cuando salió del cuarto de baño, sus padres estaban sentados en su cama. Nunca era buena señal que su padre y su madre estuvieran en su habitación al mismo tiempo. A lo largo de los años había significado:

1. Tu abuela/abuelo/tía Suzie, a la que no conoces, pero que era muy buena/bueno, créeme, ha muerto, y es una pena.

2. Estás permitiendo que una chica llamada Katherine te distraiga de los estudios.

3. Los niños vienen de un acto que algún día te parecerá fascinante, pero de momento te parecerá un horror, y además a veces la gente hace cosas que tienen que ver con hacer niños, pero en ese caso no tienen que ver con hacer niños, como, por ejemplo, besarse en partes del cuerpo que no están en la cara.

Nunca había significado:

4. Una chica llamada Katherine ha llamado mientras estabas bañándote. Lo siente mucho. Todavía te quiere, ha cometido un terrible error y está esperándote abajo.

Aun así, Colin no pudo evitar esperar que sus padres estuvieran en su habitación para darle noticias del tipo 4. Aunque solía ser pesimista, parecía hacer una excepción con las Katherines. Siempre le daba la impresión de que volverían con él. Le invadió la sensación de quererla y ser querido por ella, sentía el sabor de la adrenalina en el fondo de la garganta, quizá no era definitivo, quizá volvería a sentir su mano entre las suyas, escucharía su audaz voz chillona convirtiéndose en un susurro para decirle «te quiero» rápidamente y en voz baja, como siempre se lo había dicho. Le decía «te quiero» como si fuera un secreto, y un secreto importantísimo.

Su padre se levantó y se dirigió hacia él.

—Katherine me ha llamado al móvil —le dijo—. Está preocupada por ti.

Colin sintió la mano de su padre en el hombro. Los dos se acercaron y se abrazaron.

—Estamos muy preocupados —dijo su madre, una mujer bajita con el pelo castaño y rizado, con un solo mechón canoso que le caía hacia la frente—. Y sorprendidos —añadió—. ¿Qué ha pasado?

—No lo sé —respondió Colin en voz baja, apoyado en el hombro de su padre—. Sencillamente… se ha hartado de mí. Se ha cansado. Eso me ha dicho.

Entonces su madre se levantó, se abrazaron los tres, había brazos por todas partes, y su madre lloró. Colin se soltó y se sentó en la cama. Sintió la terrible necesidad de que salieran de su habitación inmediatamente, como si fuera a explotar si no se marchaban. Literalmente. Las tripas por las paredes y su prodigioso cerebro esparcido por la colcha.

—Bueno, en algún momento tendremos que sentarnos y valorar tus opciones —le dijo su padre, que era un crack valorando—. No es por buscar la parte positiva, pero parece que vas a tener más tiempo libre este verano. ¿Qué te parecen unas clases de verano en la Northwestern?

—Necesito estar solo, de verdad. Solo hoy —le contestó Colin intentando parecer tranquilo para que se marcharan y no explotara—. ¿Podemos valorarlo mañana?

—Claro, cariño —le dijo su madre—. Estaremos en casa todo el día. Baja cuando quieras, te queremos, eres muy especial, Colin, y no debes permitir que esa chica te haga pensar otra cosa, porque eres el chico más fantástico y brillante...

Y en ese momento, el chico más especial, fantástico y brillante se encerró en el cuarto de baño y echó la pota. Una explosión o algo así.

—¡Colin! —gritó su madre.

—Solo necesito estar solo —insistió Colin desde el cuarto de baño—. Por favor.

Cuando salió se habían marchado.

Durante las siguientes catorce horas, sin hacer pausas para comer, beber o volver a vomitar, Colin leyó y releyó su anuario escolar, que había recibido hacía solo cuatro días. Aparte de las cosas que suele incluir un anuario, contenía setenta y dos firmas. Doce eran solo firmas, cincuenta y seis mencionaban su inteligencia, veinticinco decían que ojalá lo hubieran conocido mejor, once decían que era divertido tenerlo en clase de lengua, siete incluían las palabras «esfínter pupilar»,[2] y, sorprendentemente, diecisiete terminaban diciendo: «¡Sigue siendo tan guay!». Colin Singleton podía ser tan guay como una ballena azul podía ser delgada o como Bangladesh podía ser rico. Seguramente aquellas diecisiete personas estaban de broma. Le dio varias vueltas al asunto y se planteó cómo era posible que a veinticinco compañeros de clase, algunos de ellos compañeros suyos desde hacía doce años, les hubiera gustado «conocerlo mejor». Como si no hubieran tenido ocasión.

2. Hablaremos del tema más adelante.

Pero la mayor parte de las catorce horas leyó y releyó la dedicatoria de Katherine XIX:

Col:

Aquí están todos los sitios a los que hemos ido. Y todos los sitios a los que iremos. Y estoy yo, susurrándote una y mil veces: te quiero.

Tuya siempre,

K-a-t-h-e-r-i-n-e

Al final, la cama le pareció demasiado cómoda para su estado de ánimo, así que se tumbó de espaldas en la moqueta con las piernas extendidas. Empezó a combinar las letras de «tuya siempre» hasta que encontró una combinación que le gustó: «irme y puteas». Y allí se quedó, puteado y repitiendo mentalmente la nota, que ya se sabía de memoria, y quería llorar, pero solo sentía dolor en el plexo solar. Falta algo para llorar. Llorar es tú más lágrimas. Pero la sensación de Colin era la contraria a la de llorar. Era tú menos algo. Siguió pensando en una sola palabra —«siempre»— y sintió el ardiente dolor justo debajo de la caja torácica.

Dolía como la peor patada en el culo que le hubieran dado en su vida. Y le habían dado muchas.

2

Le siguió doliendo hasta poco antes de las diez de la noche, cuando un tipo bastante gordo, melenudo y de origen libanés irrumpió en su habitación sin llamar. Colin giró la cabeza y levantó la mirada hacia él.

—¿Qué mierda es esta? —le preguntó Hassan casi gritando.

—Me ha dejado —le contestó Colin.

—Eso me han dicho. Mira, *sitzpinkler*,[3] me encantaría consolarte, pero ahora mismo tengo la vejiga tan llena que podría apagar una casa en llamas. —Hassan pasó al lado de la cama y abrió la puerta del cuarto de baño—. Por Dios, Singleton, ¿qué has comido? Huele a... ¡AAAH! ¡VÓMITO! ¡VÓMITO! ¡AGGGH!

Y mientras Hassan gritaba, Colin pensó: «Ah, sí, el váter. Debería haber tirado de la cadena».

---

3. En alemán, forma en argot de decir «enclenque», que literalmente significa «hombre que mea sentado». Estos chiflados alemanes tienen palabras para todo.

—Perdóname si no he apuntado bien —dijo Hassan al volver. Se sentó en el borde de la cama y dio una patadita a Colin, tumbado en el suelo—. He tenido que taparme la nariz con las dos jopidas manos, así que el nabo me iba de un lado a otro. Parecía un péndulo, el jopido. —Colin no se rió—. Vaya, debes de estar fatal, porque *a)* mis bromas sobre el nabo son las mejores, y *b)* ¿quién olvida tirar de la cadena cuando ha vomitado?

—Solo quiero caerme en un agujero y morirme —dijo Colin desde la moqueta de color crema sin emoción aparente.

—Vaya, tío —dijo Hassan resoplando.

—Lo único que quería era que me quisiera y hacer algo importante en la vida. Y mira. Ya ves, mira.

—Estoy mirando. Y te aseguro, *kafir*,[4] que no me gusta lo que estoy viendo. O lo que estoy oliendo, en este caso.

Hassan se tumbó en la cama, y por un momento dejó la tristeza de Colin flotando en el aire.

—No soy más que… no soy más que un fracaso. ¿Qué pasa si esto es todo? ¿Qué pasa si dentro de diez años estoy sentado en una jopida cabina haciendo números y memorizando estadísticas de béisbol para ganar mi liga fantástica y no la tengo a ella, y nunca hago nada importante y solo soy un desperdicio total?

Hassan se sentó y apoyó las manos en las rodillas.

—¿Lo ves? Por eso tienes que creer en Dios. Porque yo ni siquiera espero tener una cabina, y soy más feliz que un cerdo en una pila de mierda.

---

4. *Kafir* es una palabra árabe malsonante que significa «no musulmán» y que suele traducirse por «infiel».

Colin suspiró. Aunque Hassan no era tan religioso, solía intentar convertir a Colin de broma.

—Vale. Fe en Dios. Buena idea. También me gustaría creer que puedo volar al espacio exterior en los mullidos lomos de pingüinos gigantes y tirarme a Katherine XIX en gravedad cero.

—Singleton, no he conocido a nadie que necesite creer en Dios más que tú.

—Bueno, y tú necesitas ir a la universidad —murmuró Colin.

Hassan gruñó. Iba un curso por delante de Colin, pero se había tomado un año sabático, aunque lo habían admitido en la Universidad Loyola de Chicago. Como no se había matriculado en ninguna asignatura para el otoño siguiente, todo parecía indicar que ese año sabático no tardaría en convertirse en dos.

—No estamos hablando de mí —dijo Hassan sonriendo—. No soy yo el que está demasiado jopido para levantarse de la moqueta y para tirar de la cadena después de haber echado la pota. ¿Y sabes por qué? Porque tengo a un Dios.

—Deja ya de intentar convertirme —se quejó Colin, aburrido.

Hassan saltó de la cama, se sentó a horcajadas encima de Colin, le sujetó por los brazos y se puso a gritar.

—¡No hay más Dios que Alá, y Mahoma es Su profeta! ¡Repítelo conmigo, *sitzpinkler*! *La ilaha illa Allah!*[5]

---

5. La declaración de fe islámica, transliterada del árabe: «No hay más Dios que Alá».

Colin, que apenas podía respirar bajo el peso de Hassan, empezó a reírse, y Hassan se rió también.

—¡Solo intento salvar tu penoso culo del infierno!

—Si no bajas de ahí, no tardaré en llegar —dijo Colin jadeando.

Hassan se levantó y de repente se puso serio.

—¿Y cuál es el problema exactamente?

—El problema es exactamente que me ha dejado. Que estoy solo. Por Dios, estoy solo otra vez. Y no solo eso, sino que soy un fracaso total, por si no te has dado cuenta. Me han plantado. Soy un ex. El ex de Katherine XIX. El ex niño prodigio. El ex tipo con potencial. Ahora solo soy una mierda.

Como Colin le había explicado a Hassan infinitas veces, hay una clara diferencia entre las palabras «prodigio» y «genio».

Los prodigios pueden aprender rápidamente lo que otros ya han descubierto. Los genios descubren lo que nadie ha descubierto antes. Los prodigios aprenden, pero los genios hacen. La inmensa mayoría de los niños prodigio no son genios de mayores. Colin estaba casi seguro de que formaba parte de esta desdichada mayoría.

Hassan se sentó en la cama y se tiró de la papada, sin afeitar.

—¿El verdadero problema es lo de ser un genio o lo de Katherine?

—La quiero mucho —le contestó Colin.

Pero lo cierto era que, para Colin, los dos problemas estaban relacionados. El problema era que aquel superespecial, fantástico y brillante chico era… Bueno, no. El Problema era que Él no importaba. Colin Singleton, famoso niño prodigio, famoso veterano en conflictos Katherine, famoso friki y *sitz-*

pinkler, no le importaba a Katherine XIX ni le importaba al mundo. Y de repente no era el novio de nadie, ni el genio de nadie. Y eso —utilizando una de esas expresiones difíciles que cabe esperar de un prodigio— era una mierda.

—Porque lo del genio —siguió diciendo Hassan como si Colin no acabara de proclamar su amor— no es nada. Es solo que quieres ser famoso.

—No, no es eso. Quiero importar —dijo Colin.

—Exacto. Como he dicho, quieres fama. La fama es la nueva popularidad. Y tú no vas a ser la jopida próxima top model del país, eso seguro, así que quieres ser el próximo top genio del país, pero ahora, y no te lo tomes como algo personal, te dedicas a lloriquear porque todavía no lo eres.

—No me estás ayudando —murmuró Colin con los ojos clavados en la moqueta.

Volvió la cara para mirar a Hassan.

—Levántate —le dijo Hassan tendiéndole una mano.

Colin la agarró, se dio impulso e intentó soltarse, pero Hassan apretó con fuerza.

—*Kafir*, tienes un problema muy complicado con una solución muy sencilla.

3

—Un viaje en coche —dijo Colin.

A sus pies había una bolsa demasiado llena y una mochila embutida que solo contenía libros. Hassan y él estaban sentados en un sofá de cuero negro. Los padres de Colin se sentaron frente a ellos en un sofá idéntico.

La madre de Colin sacudió la cabeza rítmicamente, como un metrónomo reprobador.

—¿Adónde? —preguntó—. ¿Y por qué?

—No pretendo ofenderla, señora Singleton —respondió Hassan poniendo los pies en la mesita (lo que no puede hacerse)—, pero me parece que no lo está entendiendo. No hay adónde ni por qué.

—Piensa en todo lo que podrías hacer este verano, Colin. Podrías aprender sánscrito —dijo su padre—. Sé que tenías muchas ganas de aprender sánscrito.[6] ¿De verdad vas a ser feliz

---

6. Y, aunque resultaba bastante patético, era cierto. Colin en verdad había tenido muchas ganas de aprender sánscrito. Es como el Everest de las lenguas muertas.

yendo de un lado a otro sin rumbo fijo? No parece propio de ti. Francamente, parece que abandonas.

—¿Que abandono el qué, papá?

Su padre hizo una pausa. Siempre hacía una pausa cuando le preguntaban algo, y después, cuando hablaba, decía frases completas, sin «hums», «buenos» o «ehs», como si hubiera memorizado su respuesta.

—Me duele decírtelo, Colin, pero si quieres seguir creciendo intelectualmente ahora es cuando tienes que trabajar con más ahínco que nunca. Si no, corres el riesgo de perder tu potencial.

—Técnicamente, creo que podría haberlo perdido ya —le contestó Colin.

Quizá fue porque Colin no había defraudado a sus padres ni una sola vez en su vida. No bebía, no se drogaba, no fumaba, no se pintaba la raya del ojo, no volvía tarde a casa, no sacaba malas notas, no se había puesto un piercing en la lengua y no se había tatuado en la espalda KATHERINE TE QUIERO. O quizá sus padres se sentían culpables, como si de alguna manera le hubieran fallado y lo hubieran arrastrado hasta aquel punto. O quizá solo les apetecía pasar unas semanas solos para reavivar la pareja. Pero, cinco minutos después de haber admitido que había perdido su potencial, Colin Singleton estaba al volante de su gran Oldsmobile gris, también conocido como el Coche Fúnebre de Satán.

—Bueno —dijo Hassan, ya dentro del coche—, ahora lo único que tenemos que hacer es ir a mi casa, coger algo de ropa y convencer a mis padres de que me dejen ir de viaje. Será un milagro.

—Podrías decirles que has encontrado un trabajo para el verano. En un camping o algo así —le propuso Colin.

—Sí, pero no voy a mentir a mi madre, porque hay que ser muy cabrón para mentirle a tu propia madre.

—Bueno…

—Pero podría soportar que alguien le mintiera por mí.

—Perfecto —le contestó Colin.

Cinco minutos después aparcaron en doble fila en una calle del barrio de Ravenswood, en Chicago, y salieron los dos del coche. Hassan entró en la casa seguido por Colin. La madre de Hassan estaba sentada en un sofá del bonito salón, durmiendo.

—Eh, mamá —dijo Hassan—, despierta.

Su madre se despertó sobresaltada, sonrió y saludó a los dos chicos en árabe. Colin le contestó también en árabe:

—Mi novia me ha dejado y estoy muy deprimido, así que Hassan y yo vamos a hacer un… un… unas vacaciones en coche. No sé cómo se dice en árabe.

La señora Harbish movió la cabeza y frunció los labios.

—¿No te tengo dicho que no te juntes con chicas? —le preguntó en un inglés con acento—. Hassan es un buen chico y no sale con chicas. Y mira lo feliz que es. Deberías aprender de él.

—Es lo que va a enseñarme en este viaje —respondió Colin, aunque nada habría podido estar más lejos de la verdad.

Hassan volvió de la habitación con una bolsa de cuya cremallera medio abierta asomaba ropa.

—*Ahbak*,[7] mamá —dijo inclinándose para darle un beso en la mejilla.

De repente el señor Harbish entró en el salón en pijama y dijo en inglés:

—Tú no vas a ningún sitio.

—Pero, papá…, tengo que ir. Míralo. Está destrozado. —Colin miró al señor Harbish intentando parecer lo más destrozado posible—. Va a ir conmigo o sin mí, pero si va conmigo al menos podré vigilarlo.

—Colin es un buen chico —dijo la señora Harbish a su marido.

—Os llamaré todos los días —añadió Hassan—. Y no nos vamos mucho tiempo. Solo hasta que esté mejor.

A Colin se le ocurrió intentarlo con su idea.

—Voy a encontrar un trabajo para Hassan —le dijo al señor Harbish—. Creo que los dos necesitamos aprender lo importante que es trabajar duro.

El señor Harbish soltó un gruñido de aprobación y se giró hacia Hassan.

—Para empezar, necesitas aprender la importancia de no ver ese horrible programa de la juez Judy. Si me llamas dentro de una semana y has encontrado trabajo, por mí podrás quedarte donde quieras y el tiempo que quieras.

Hassan pareció no haber oído las ofensas. Se limitó a murmurar:

—Gracias, papá.

Besó a su madre en las dos mejillas y salió de casa a toda prisa.

7. Árabe: «Te quiero».

—Menudo gilipollas —dijo Hassan en cuanto estuvieron a salvo dentro del Coche Fúnebre—. Una cosa es acusarme de vago, pero difamar a la mejor juez de televisión de todo el país… es pasarse de la raya.

Hacia la una de la madrugada Hassan se quedó dormido, y Colin, medio eufórico por el café de una gasolinera y la estimulante soledad de una autopista por la noche, cruzó Indianápolis hacia el sur por la I-65.

Era una noche cálida para ser principios de junio, y como el aire acondicionado del Coche Fúnebre de Satán hacía un siglo que no funcionaba, llevaba las ventanillas abiertas. Y lo bueno de conducir era que le exigía suficiente atención —«coche aparcado en el arcén, quizá la poli, reducir hasta el límite de velocidad, adelantar ya al camión, intermitente, mirar por el retrovisor, girar el cuello para comprobar el ángulo muerto y sí, vale, carril de la izquierda»— como para dejar de mirarse el ombligo.

Para mantener la mente ocupada pensó en otros ombligos. Pensó en el archiduque Francisco Fernando, asesinado en 1914. El archiduque vio el agujero sangriento en medio de su barriga y dijo: «No es nada». Se equivocaba. No hay duda de que el archiduque Francisco Fernando importaba, aunque no era ni un prodigio ni un genio. Su asesinato desencadenó la Primera Guerra Mundial, de modo que su muerte provocó 8.528.831 muertes más.

Colin la echaba de menos. Echarla de menos lo mantenía más despierto que el café, y cuando Hassan le propuso conducir él un rato, le dijo que no, porque conducir le distraía: «no pases de setenta; vaya, el corazón me va a toda pastilla; odio el sabor del café, pero me espabila; vale, y vigila la distancia del camión; bien, sí; carril derecho; y ahora solo mis luces atravesando la oscuridad». Hacía que la soledad de la desolación no fuera del todo desoladora. Conducir era como pensar, el único pensamiento que en aquellos momentos podía soportar. Aun así, la idea lo acechaba más allá del alcance de sus luces: lo habían dejado. Una chica llamada Katherine. Por decimonovena vez.

Cuando se trata de chicas (y en el caso de Colin sucedía a menudo), cada cual tiene su tipo. El tipo de Colin Singleton no era físico, sino lingüístico: le gustaban las Katherines. No las Katies, Kats, Kitties, Cathys, Rynns, Trinas, Kays o Kates, y mucho menos las Catherines. KATHERINE. Había salido con diecinueve chicas. Y todas ellas se llamaban Katherine. Y todas ellas —todas y cada una de ellas— lo habían dejado.

Colín creía que en el mundo había exactamente dos tipos de personas: los dejadores y los dejados. Un montón de gente asegurará que es las dos cosas, pero se equivoca totalmente: estás predispuesto a un destino o al otro. Los dejadores pueden no ser siempre los que rompen el corazón, y los dejados pueden no ser siempre los que se quedan con el corazón roto. Pero cada cual tiene una tendencia.[8]

---

8. Podría resultar útil reflexionar sobre este tema gráficamente. Colin veía la dicotomía de los dejadores frente a los dejados como una campana de Gauss.

En ese caso, quizá Colin debería haberse acostumbrado a las subidas y bajadas de las relaciones. Al fin y al cabo, salir con una chica solo puede terminar de una manera: mal. Si lo piensas, y Colin lo pensaba a menudo, todas las relaciones amorosas terminan en 1) ruptura, 2) divorcio o 3) muerte. Pero Katherine XIX había sido diferente, o al menos lo había parecido. Lo había querido, y él también la había querido salvajemente. Y todavía la quería. Se descubrió a sí mismo dando vueltas a estas palabras mientras conducía: «Te quiero, Katherine». El nombre sonaba diferente en su boca cuando se lo decía a ella. Dejaba de ser el nombre por el que llevaba tanto tiempo obsesionado y se convertía en una palabra que la describía solo a ella, una palabra que olía a lilas, que encerraba en sí el azul de sus ojos y la longitud de sus pestañas.

El viento se colaba por las ventanillas, y Colin pensaba en los dejadores, en los dejados y en el archiduque. En el asiento de atrás, Hassan gruñía y olisqueaba como si estuviera soñando que era un pastor alemán, y Colin sintió la constante punzada en la barriga y pensó: «Todo esto es una TONTERÍA. PATÉTI-

---

La mayoría de las personas se colocaría en la zona central. Es decir, son leves dejadores o leves dejados. Pero luego están las Katherines y los Colins:

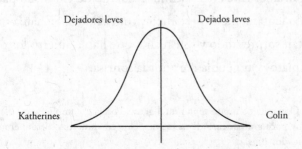

29

CO. ERES VERGONZOSO. OLVÍDALO OLVÍDALO OLVÍDALO». Pero no sabía qué tenía que olvidar exactamente.

KATHERINE I: EL PLANTEAMIENTO
(DEL PLANTEAMIENTO)

Los padres de Colin siempre lo habían considerado normal hasta una mañana de junio. Colin, a sus veinticinco meses de edad, estaba sentado en la trona tomándose un desayuno de indeterminado origen vegetal mientras su padre leía el *Chicago Tribune* al otro lado de la pequeña mesa de la cocina. Colin estaba delgado para su edad, y de su cabeza brotaban apretados rizos castaños con einsteiniana imprevisibilidad.

—Tres murtos en West Side —dijo Colin después de haberse tragado lo que tenía en la boca—. No querer más verde —añadió refiriéndose a su comida.

—¿Qué has dicho, hijo?

—Tres murtos en West Side. Querer patatas fritas por favor gracias.[9]

El padre de Colin giró el periódico y observó el gran titular de la portada. Este era el primer recuerdo de Colin: su padre bajando lentamente el periódico y sonriéndole. Se había quedado tan sorprendido y satisfecho, que había abierto los ojos como platos y no podía reprimir la sonrisa.

9. Colin era como un mono inteligente. Poseía un amplio vocabulario, pero muy poca gramática. Además se dejó la e en «muerto». Perdonémosle. Solo tenía dos años.

—¡CINDY! ¡EL NIÑO ESTÁ LEYENDO EL PERIÓDICO!
—gritó.

Sus padres eran de esos padres a los que les encanta leer. Su madre daba clases de francés en la prestigiosa y cara escuela Kalman, en el centro de la ciudad, y su padre era profesor de Sociología en la Universidad Northwestern, en el norte. Así que a partir de los tres muertos del West Side, los padres de Colin empezaron a leer con él, a todas horas y en cualquier sitio, sobre todo en inglés, pero también cuentos en francés.

Cuatro meses después, los padres de Colin lo mandaron a una escuela preescolar para niños especialmente dotados. La escuela dijo que Colin estaba demasiado avanzado para ellos, pero en cualquier caso no aceptaba a niños que todavía llevaran pañales. Mandaron a Colin a una psicóloga de la Universidad de Chicago.

Así que el prodigio que de vez en cuando se meaba encima acabó en un pequeño despacho sin ventanas del sur de la ciudad, hablando con una mujer con gafas de pasta que le pedía que descubriera pautas en series de letras y números. Le pedía que diera vueltas a polígonos. Le preguntaba qué foto no encajaba con las demás. Le hacía una infinidad de preguntas maravillosas, y por eso Colin la quería. Hasta aquel momento, la mayoría de las preguntas que habían hecho a Colin se centraban en si se había meado encima o no, o en si por favor podía comerse otra cucharada de aquella triste verdura.

Después de una hora de preguntas, la mujer dijo:

—Quiero darte las gracias por tu extraordinaria paciencia, Colin. Eres una persona muy especial.

«Eres una persona muy especial.» Aunque Colin oía esta frase cada dos por tres, por alguna razón nunca se cansaba de hacerlo.

La mujer de las gafas de pasta hizo entrar a su madre en el despacho. Mientras la profesora le decía a la señora Singleton que Colin era brillante, que era un niño muy especial, Colin jugaba con un alfabeto de madera. Se clavó una astilla recolocando «c-o-s-a» hasta conseguir «a-s-c-o», el primer anagrama que recordaba haber hecho.

La profesora le dijo a la señora Singleton que había que incentivar el talento de Colin, pero no presionarlo, y le advirtió: «No deberían tener expectativas poco razonables. Los niños como Colin procesan información muy deprisa. Muestran una excepcional habilidad para centrarse en lo que hacen. Pero su hijo no tiene más posibilidades de ganar un Premio Nobel que cualquier otro niño razonablemente inteligente».

Aquella noche, en casa, su padre le dio un libro nuevo: *La parte que falta*, de Shel Silverstein. Colin se sentó en el sofá, al lado de su padre, y sus pequeñas manos pasaron las grandes páginas leyéndolo muy deprisa. Solo se detuvo para preguntar por la ortografía de una palabra. Colin cerró de golpe la cubierta del libro en cuanto terminó de leerlo.

—¿Te ha gustado? —le preguntó su padre.

—Sí —le contestó Colin.

Le gustaban todos los libros, porque le gustaba el mero acto de leer, la magia de convertir los garabatos de una página en palabras dentro de su cabeza.

—¿De qué trata? —le preguntó su padre.

Colin dejó el libro en las rodillas de su padre y le dijo:

—A este círculo le falta una parte. La parte que falta tiene forma de pizza.

—¿De pizza o de un trozo de pizza?

Su padre, sonriendo, apoyó sus grandes manos en la cabeza de Colin.

—Es verdad, papi. Un trozo. Entonces el círculo va a buscar su parte. Encuentra un montón de partes que no son suyas. Luego encuentra la buena. Pero no se la lleva. Y así acaba.

—¿Te sientes a veces como un círculo al que le falta una parte? —le preguntó su padre.

—Papi, yo no soy un círculo. Soy un niño.

Y por un segundo la sonrisa de su padre se desvaneció. El niño prodigio sabía leer, pero no sabía ver. Y si Colin hubiera sabido que estaba perdiendo una parte, que su incapacidad de verse a sí mismo en la historia de un círculo era un problema irreparable, quizá habría sabido que con el paso del tiempo el resto del mundo lo alcanzaría. Por mencionar otra historia que memorizó, pero que en realidad no entendió: si hubiera sabido que la historia de la tortuga y la liebre trata de algo más que de una tortuga y una liebre, quizá se habría ahorrado muchos problemas.

Tres años después empezó la primaria en la escuela Kalman —gratis, porque su madre daba clases en aquel centro—, siendo un año menor que la mayoría de sus compañeros. Su padre lo presionaba para que estudiara más, y cada vez cosas más difíciles, pero no era uno de esos niños prodigio que van a la universidad a los once años. Tanto el padre como la madre de Colin consideraban mejor para lo que ellos llamaban su «bienestar sociológico» que siguiera un sistema educativo seminormal.

Pero su estar sociológico nunca fue demasiado bueno. Colin no despuntaba haciendo amigos. Sencillamente, a sus compañeros y a él no les divertían las mismas actividades. Lo que él prefería hacer en el recreo, por ejemplo, era fingir ser un robot. Se acercaba a Robert Caseman sin doblar las rodillas y moviendo hacia delante y hacia atrás los brazos rígidos y le decía:

—SOY UN ROBOT. PUEDO RESPONDER CUALQUIER PREGUNTA. ¿QUIERES SABER QUIÉN FUE EL DECIMOCUARTO PRESIDENTE?

—Vale —le contestaba Robert—. Mi pregunta es: ¿por qué eres tan subnormal, Culín?

El juego favorito de Robert Caseman en primero de básica era llamar Culín a Colin hasta que Colin lloraba, y normalmente no tardaba mucho, porque Colin era lo que su madre llamaba «un niño sensible». Él solo quería jugar a ser un robot, jolines. ¿Qué tenía de malo?

En segundo, Robert Caseman y sus secuaces maduraron un poco. Al final, al darse cuenta de que las palabras no hacen daño, pero los palos y las piedras pueden romper huesos, inventaron el Muñeco de Nieve Abdominal.[10] Le ordenaban que se tumbara en el suelo (y por alguna razón Colin lo hacía)

10. Que conste que este nombre se lo puso Colin. Los demás lo llamaban La Condena, pero una vez, cuando estaban a punto de infligírsela, Colin gritó: «¡No me hagáis el Muñeco de Nieve Abdominal!». Y el nombre les pareció tan ingenioso que se quedaron con él.

y luego cuatro niños le cogían cada uno de una extremidad y tiraban. Era como una tortura medieval por desmembramiento, pero los tirones en un niño de siete años no tenían consecuencias fatales, solo vergonzosas y estúpidas. Le hacían sentir que no caía bien a nadie, y así era en realidad. Su único consuelo era que algún día importaría. Sería famoso. Y ellos no. Su madre decía que por eso se burlaban de él. «Te tienen envidia», le decía. Pero Colin era más sensato. No le tenían envidia. No caía bien. A veces las cosas son así de sencillas.

Por eso tanto Colin como sus padres se quedaron encantados y se sintieron aliviados cuando, nada más empezar tercero, Colin Singleton demostró su bienestar sociológico robándole (por poco tiempo) el corazón a la niña de ocho años más guapa de todo Chicago.

4

Colin se detuvo en un área de descanso cerca de Paducah, Kentucky, hacia las tres de la madrugada, reclinó el asiento hasta tocar las rodillas de Hassan, que estaba en el asiento de atrás, y se durmió. Se despertó unas cuatro horas después porque Hassan estaba dando golpecitos a su asiento.

—*Kafir*, estoy encajonado aquí detrás. Echa esta mierda hacia delante. Tengo que rezar.

Colin había estado soñando con Katherine. Alargó un brazo, tiró de la palanca, y su asiento saltó de golpe hacia delante.

—Joper —añadió Hassan—, ¿se me ha muerto algo en la garganta esta noche?

—Uf, estoy durmiendo.

—Porque la boca me sabe a tumba abierta. ¿Cogiste pasta de dientes?

—Eso tiene un nombre. *Fetor hepaticus*. Se produce en el último…

—No me interesa —le dijo Hassan, que era lo que le decía cada vez que Colin empezaba a salirse por la tangente—. ¿Pasta de dientes?

—Kit de aseo en la bolsa del maletero —le contestó.[11]

Hassan dio un portazo, al momento cerró de un golpe el maletero y, mientras Colin se espabilaba, pensó en despertarse también él. Hassan se arrodilló en el asfalto, en dirección a La Meca, y Colin fue al baño (donde había una pintada que decía: LLAMA A DANA PARA MAMADA. Colin se preguntó si Dana hacía felaciones o vendía botellas de whisky, y entonces, por primera vez desde que había estado tumbado en la moqueta de su habitación, sin moverse, se permitió su mayor pasión. Hizo un anagrama: LLAMA A DANA PARA MAMADA — ALMA MALPARADA NADA AMA).

Salió al calor de Kentucky y se sentó a una mesa de merendero frente a Hassan, que parecía estar atacando la mesa con la navaja de su llavero.

—¿Qué haces?

Colin cruzó los brazos encima de la mesa y apoyó la cabeza.

—Bueno, mientras estabas en el baño, me he sentado a esta mesa de Bumblefug, Kentucky, y he visto que alguien había grabado este DIOS ODIA GAY, que, aparte de ser una pesadilla desde el punto de vista gramatical, es totalmente ridículo. Así que lo estoy cambiando por DIOS ODIA BAGUETTES. Es difícil no estar de acuerdo. Todo el mundo odia las baguettes.

—*J'aime les baguettes* —murmuró Colin.

—Tú *aime* un montón de gilipolleces.

---

11. En cualquier caso, se llama *fetor hepaticus*, y es un síntoma de trastorno hepático avanzado. Lo que sucede básicamente es que el aliento te huele a cadáver en descomposición.

Mientras Hassan se dedicaba a que Dios odiara las baguettes, la mente de Colin evolucionó de la siguiente manera: 1) baguettes, 2) Katherine XIX, 3) el collar de rubíes que le había comprado hacía cinco meses y diecisiete días, 4) la mayoría de los rubíes proceden de la India, que 5) estuvo bajo control del Reino Unido, del que 6) Winston Churchill fue primer ministro, y 7) ¿no es interesante que muchos políticos buenos, como Churchill y Gandhi, fueran calvos, mientras que 8) muchos dictadores malos, como Hitler, Stalin y Saddam Hussein, llevaran bigote? Pero 9) Mussolini llevaba bigote solo a veces, y 10) muchos científicos buenos llevaron bigote, como el italiano Ruggero Oddi, que 11) descubrió (y bautizó) el esfínter de Oddi en el tracto intestinal, que es uno de los esfínteres menos conocidos, como 12) el esfínter pupilar.

Y hablando de este tema: cuando Hassan Harbish apareció por la escuela Kalman, en décimo curso, tras una década estudiando en su casa, era bastante inteligente, aunque no un niño prodigio. Aquel otoño iba a cálculo con Colin, que estaba en el noveno curso. Pero nunca hablaban, porque Colin había dejado de buscar amistad con individuos que no se llamaran Katherine. Odiaba a casi todos los alumnos de la Kalman, y era lo mejor, porque casi todos lo odiaban a él.

Llevaban unas dos semanas de clase cuando Colin levantó la mano.

—¿Sí, Colin? —le dijo la señorita Sorenstein.

Colin se apretaba el ojo izquierdo con una mano, por debajo de las gafas. Era evidente que algo le molestaba.

—¿Puedo salir un momento? —preguntó.

—¿Es importante?

—Creo que se me ha metido una pestaña en el esfínter pupilar —le contestó Colin.

Y toda la clase soltó una carcajada. La señorita Sorenstein le dejó salir. Colin entró en el baño, se miró en el espejo y se sacó la pestaña del ojo, donde está el esfínter pupilar.

Después de clase, Hassan encontró a Colin comiéndose un sándwich de mantequilla de cacahuete sin mermelada en la gran escalera de piedra de la entrada trasera del instituto.

—Mira —le dijo Hassan—, hoy es el noveno día que voy al colegio en toda mi vida, pero ya he entendido lo que puede decirse y lo que no. Y no puede decirse nada sobre tu esfínter.

—Es una parte del ojo —le contestó Colin a la defensiva—. Estaba siendo inteligente.

—Mira, tío, tienes que saber cuál es tu público. Ese comentario arrasaría en una convención de oculistas, pero en clase de cálculo todo el mundo se pregunta cómo demonios se te ha metido una pestaña en el culo.

Y se hicieron amigos.

—Debo decir que no tengo muy buena opinión de Kentucky —dijo Hassan.

Colin levantó la cabeza y apoyó la barbilla en los brazos. Por un momento recorrió con la mirada el aparcamiento del área de descanso. No encontraba la parte que le faltaba.

—También aquí todo me recuerda a ella. Solíamos hablar de ir a París. Bueno, ni siquiera quiero ir a París, pero imagino lo mucho que se entusiasmaría en el Louvre. Iríamos a buenos restaurantes y quizá beberíamos vino tinto. Incluso buscamos hoteles en internet. Podríamos haberlo hecho con el dinero del *KranialKidz*.[12]

—Tío, si Kentucky te recuerda a París, tenemos un problema grave.

Colin se incorporó y observó el césped descuidado del área de servicio. Y luego miró la ingeniosa obra de Hassan.

—*Baguettes* —dijo Colin.

—¡Por favor! Anda, dame las llaves.

Colin se sacó las llaves del bolsillo y las dejó de mala gana en la mesa. Hassan las cogió, se levantó y se dirigió al Coche Fúnebre de Satán. Colin lo siguió con expresión triste.

Sesenta kilómetros después, todavía en Kentucky, Colin había apoyado la cabeza en la ventanilla del copiloto y empezaba a quedarse dormido cuando Hassan comentó:

—Crucifijo de madera más grande del mundo. ¡Próxima salida!

—No vamos a parar a ver el crucifijo de madera más grande del mundo.

—Y tanto que sí, joper —le contestó Hassan—. ¡Tiene que ser enorme!

—Hass, ¿para qué vamos a parar a ver el crucifijo de madera más grande del mundo?

—¡Estamos de viaje! ¡Se trata de vivir aventuras! —Hassan golpeó el volante para enfatizar su entusiasmo—. No tenemos

12. Lo comentaremos más adelante, pero a grandes rasgos: hacía cosa de un año, Colin había conseguido algo de dinero.

adónde ir. ¿De verdad quieres morirte sin haber visto el crucifijo de madera más grande del mundo?

Colin lo pensó.

—Sí. Punto uno: ni tú ni yo somos cristianos. Punto dos:
pasar el verano visitando estúpidas atracciones de carretera no
va a solucionar nada. Punto tres: los crucifijos me recuerdan
a ella.

—¿A quién?

—A ella.

—*Kafir*, ¡era atea!

—No siempre —le contestó Colin en voz baja—. Hace
mucho tiempo llevaba un crucifijo. Antes de que saliéramos
juntos.

Miró por la ventana los pinos que pasaban. Su inmaculada
memoria evocó el crucifijo de plata.

—Tu *sitzpinklerismo* me da asco —le dijo Hassan.

Pero pisó el acelerador del Coche Fúnebre y dejó atrás la
salida.

5

Dos horas después de haber dejado atrás el crucifijo de madera más grande del mundo, Hassan volvió a sacar el tema.

—¿Sabías que el crucifijo de madera más grande del mundo estaba en Kentucky? —gritó sacando la mano izquierda por la ventanilla y agitándola en el aire.

—Hasta hoy no —le contestó Colin—. Pero sí sabía que la iglesia de madera más grande del mundo está en Finlandia.

—No me interesa —le dijo Hassan.

Los «no me interesa» de Hassan habían ayudado a Colin a descubrir lo que a los demás les divertía y no les divertía escuchar. Colin nunca había tenido algo así antes de Hassan, porque todos los demás le seguían la corriente o no le hacían caso. O en el caso de las Katherines, primero le seguían la corriente y luego no le hacían caso. Gracias a la lista que había ido reuniendo de cosas que no eran interesantes,[13] podía mantener una conversación medio normal.

13. Las siguientes cosas, entre muchas otras, sin duda no eran interesantes: el esfínter pupilar, la mitosis, la arquitectura barroca, las bromas que contienen ecuaciones físicas, la monarquía británica, la gramática rusa y el importante papel que ha desempeñado la sal en la historia de la humanidad.

Trescientos kilómetros y una parada después dejaron atrás Kentucky y se encontraron a medio camino entre Nashville y Memphis. El aire que entraba por las ventanillas les secaba el sudor, pero en realidad no les refrescaba demasiado, y Colin se preguntaba cómo podrían llegar a un sitio con aire acondicionado cuando vio un cartel pintado a mano en medio de un campo de algodón o maíz o soja o lo que fuera.[14] SALIDA 212 — VEAN LA TUMBA DEL ARCHIDUQUE FRANCISCO FERNANDO — EL CADÁVER QUE DESENCADENÓ LA PRIMERA GUERRA MUNDIAL.

—No parece plausible —comentó Colin en voz baja.

—Solo estoy diciendo que creo que deberíamos ir a algún sitio —le contestó Hassan sin prestarle atención—. Bueno, me gusta esta autopista como al que más, pero cuanto más al sur vamos, más calor hace, y ya estoy sudando como una puta en una iglesia.

Colin se frotó el cuello dolorido pensando que cuando tuviera bastante dinero para pagar hoteles, no volvería a pasar otra noche en el coche.

—¿Has visto el letrero? —preguntó.

—¿Qué letrero?

—El de la tumba del archiduque Francisco Fernando.

Hassan, con poca consideración con la carretera, se giró hacia Colin, sonrió de oreja a oreja y le dio un golpecito en el hombro.

—Genial. Genial. De todas formas, es hora de comer.

14. Identificar cultivos no era una de las habilidades de Colin.

Mientras Colin saltaba del asiento del copiloto en el aparcamiento del Hardee's de la salida 212 del condado de Carver, Tennessee, llamó a su madre.

—Hola, estamos en Tennessee.

—¿Cómo estás, cariño?

—Mejor, supongo. No lo sé. Hace calor. ¿Ha... ha llamado alguien?

Su madre se quedó un instante callada y Colin pudo sentir su miserable lástima.

—Lo siento, cielo. Le diré... bueno... si llama alguien, le diré que te llame al móvil.

—Gracias, mamá. Voy a comer al Hardee's.

—Suena fantástico. ¡Ponte el cinturón! ¡Te quiero!

—Y yo a ti.

Tras una inexorablemente grasienta Monster Thickburger en el restaurante vacío, Colin preguntó a la mujer de la caja, cuyo cuerpo parecía haber sufrido las consecuencias de comer demasiado a menudo en su lugar de trabajo, cómo llegar a la tumba de Francisco Fernando.

—¿De quién? —le preguntó la mujer.

—Del archiduque Francisco Fernando.

La mujer lo miró un momento con cara de póquer, pero de repente le brillaron los ojos.

—Ah, estáis buscando Gutshot. Vais a los palos, ¿no?

—¿Gutshot?

—Sí. Lo que tenéis que hacer es salir del aparcamiento y girar a la derecha... Quiero decir que salgáis de la autopista, y a unos tres kilómetros llegaréis a un cruce. Hay una gasolinera cerrada. Giráis a la derecha y seguís por esa carretera unos quince o veinte kilómetros. No encontraréis nada en el camino. Luego empezáis a subir una colina, y ahí está Gutshot.

—¿Gutshot?

—Gutshot, Tennessee. Allí tienen al archiduque.

—Vale, a la derecha y a la derecha.

—Sí. Os lo pasaréis muy bien.

—Gutshot —repitió Colin para sí mismo—. Muy bien, gracias.

Desde la última vez que la habían asfaltado, la carretera de quince o veinte kilómetros en cuestión parecía haber estado sobre el epicentro de un terremoto. Colin condujo con cuidado, pero, aun así, los viejos amortiguadores del Coche Fúnebre chirriaron y crujieron en los infinitos baches y ondulaciones del asfalto.

—Quizá no es necesario que veamos al archiduque —dijo Hassan.

—Estamos de viaje. Se trata de tener aventuras —contestó Colin imitando a su amigo.

—¿Crees que en Gutshot, Tennessee, habrán visto alguna vez a un árabe de carne y hueso?

—Vamos, no seas tan paranoico.

—Es más, ¿crees que habrán visto alguna vez a un afrojudío?

Colin lo pensó un momento.

—Bueno, la mujer del Hardee's ha sido muy amable.

—Sí, pero la mujer del Hardee's ha llamado a Gutshot «los palos» —dijo Hassan imitando el acento de la mujer—. Mira, si el Hardee's es zona urbana, creo que prefiero no ver la zona rural.

Hassan continuó con su diatriba, y Colin se rió y sonrió en los momentos oportunos, pero siguió conduciendo y calculando las probabilidades de que el archiduque, que había muerto en Sarajevo hacía más de noventa años y que por pura casualidad se le había pasado por la cabeza la noche anterior, hubiera acabado al final de aquella carretera. Era absurdo, y Colin odiaba pensar cosas absurdas, pero no podía evitar preguntarse si quizá estar en presencia del archiduque le llevaría a descubrir algo sobre la parte que le faltaba. Sin embargo, está claro que el universo no conspira para colocarte en un lugar y no en otro. Colin lo sabía. Pensó en Demócrito: «Todos los hombres culpan a la naturaleza y al destino, pero su destino es sobre todo el eco de su carácter y de sus pasiones, sus errores y sus debilidades».[15]

De modo que no fue el destino, sino el carácter y las pasiones, los errores y las debilidades de Colin Singleton los que al final lo llevaron a Gutshot, Tennessee, de 864 habitantes, como decía el letrero de la carretera. Al principio, Gutshot parecía igual que lo que habían dejado atrás, aunque con la carretera mejor asfaltada. A ambos lados del Coche Fúnebre, campos de plantas no muy altas de un verde lumi-

15. Para los curiosos, la frase en griego moderno dice: «Όπου το άτομο κατηγορείτε φύση και τη μοίρα, όμως η μοίρα του είναι συνήθως αλλά η ηχώ του χαρακτήρα και των παθών του, των λαθών και των αδυναμιών του».

noso se extendían hasta el horizonte gris, interrumpidos solo por alguna que otra zona de pasto para los caballos, algún granero o una arboleda. Al final Colin vio ante él, a un lado de la carretera, un edificio de dos plantas de un color rosa espantoso.

—Creo que esto es Gutshot —dijo señalando el edificio con la cabeza.

A un lado del edificio, un cartel pintado a mano decía: REINO DE GUTSHOT – LUGAR DE ETERNO DESCANSO DEL ARCHIDUQUE FRANCISCO FERNANDO / CERVEZA FRÍA / REFRESCOS / CEBO.

Colin paró en el camino de grava del local.

—Me pregunto si tienen al archiduque con los refrescos o con el cebo —dijo a Hassan desabrochándose el cinturón de seguridad.

Hassan se rió a carcajadas.

—Mierda, Colin ha tenido gracia. Este pueblo es mágico para ti. Una pena que vayamos a morir aquí. Lo digo en serio. Un árabe y un medio judío entran en un local de Tennessee. El chiste empieza así, y termina con «les dan por el culo».

Aun así, Colin oyó los pasos de Hassan por el aparcamiento de grava detrás de él.

Cruzaron la puerta de cristal de la tienda y entraron. Al otro lado del mostrador, una chica con la nariz larga y recta, y unos ojos castaños del tamaño de algún planeta menor alzó la vista de la revista *Celebrity Living*.

—¿Qué tal? —les preguntó.

—Muy bien, ¿y tú? —respondió Hassan mientras Colin intentaba pensar si en toda la historia de la humanidad había habido un alma que mereciera la pena que hubiera leído un solo número de *Celebrity Living*.[16]

—Muy bien también —dijo la chica.

Recorrieron un rato las sucias baldosas de la tienda fingiendo interesarse por chucherías diversas, bebidas y pececitos nadando en recipientes de cebo. Colin, medio agachado detrás de un aparador de patatas fritas, tiró de la camiseta de Hassan, le rodeó la oreja con la mano y le pidió:

—Habla con ella.

Pero lo cierto es que Colin no se lo dijo susurrando, porque nunca había dominado el arte del susurro. Se limitó a hablar en voz algo más baja directamente en el tímpano de Hassan.

Hassan hizo un gesto de dolor y movió la cabeza.

—¿Cuántos kilómetros cuadrados tiene el estado de Kansas? —le susurró.

—Unos 213.000, ¿por qué?

—Porque me parece gracioso que sepas algo así, pero no encuentres la manera de hablar sin utilizar las cuerdas vocales.

Colin empezó a explicarle que susurrar también exigía utilizar las cuerdas vocales, pero Hassan se limitó a poner los ojos en blanco. Así que Colin se llevó la mano a la boca y se mordisqueó el pulgar mirando a Hassan con la esperanza de que se

16. Si lo hubiera expresado mediante un diagrama de Venn, Colin habría argumentado que el mundo es así:

decidiera, pero su amigo había desviado su atención a las patatas fritas, de modo que al final le tocó a Colin. Se acercó al mostrador y dijo:

—Hola, estamos buscando al archiduque.

La lectora de *Celebrity Living* le sonrió. Sus mejillas hinchadas y su gran nariz desaparecieron. Tenía una de esas sonrisas amplias y astutas en las que no puedes evitar creer. Solo quieres hacerla feliz para seguir viéndola. Pero no duró más que un instante.

—Las visitas empiezan cada hora a la hora en punto y valen once dólares, pero la verdad es que no merecen la pena —le contestó con tono monótono.

—Pagaremos —dijo de pronto Hassan, detrás de Colin—. El niño necesita ver al archiduque. —Hassan se inclinó hacia delante y susurró—: Está en plena crisis nerviosa.

Hassan dejó en el mostrador veintidós dólares, que la chica se metió inmediatamente en un bolsillo de sus pantalones cortos sin hacer el menor caso a la caja registradora que tenía delante.

La chica se apartó un mechón de pelo caoba de la cara y suspiró.

—Seguro que fuera hace calor —observó.

—¿La visita es guiada? —le preguntó Colin.

—Sí, y con todo el dolor de mi corazón, la guía soy yo.

Salió de detrás del mostrador. Bajita. Delgada. No era guapa, pero parecía interesante.

—Soy Colin Singleton —dijo a la guía/dependienta.

—Lindsey Lee Wells —le contestó la chica tendiéndole una pequeña mano con el esmalte de uñas de color rosa metálico desconchado.

Colin le estrechó la mano y Lindsey se giró hacia Hassan.

—Hassan Harbish. Musulmán suní. No soy terrorista.

—Lindsey Lee Wells. Metodista. Yo tampoco.

La chica volvió a sonreír. Colin solo pensaba en sí mismo, en K-19 y en la parte de sus entrañas que había perdido, pero no pudo resistirse a su sonrisa. Aquella sonrisa podía acabar con guerras y curar el cáncer.

Durante un buen rato cruzaron en silencio el terreno situado detrás de la tienda, con hierba hasta la rodilla, que irritaba la sensible piel de las pantorrillas de Colin. Pensó en comentarlo y preguntar si no había otro camino con la hierba cortada, pero sabía que a Hassan iba a parecerle una *sitzpinklerez*, así que se quedó callado mientras la hierba le hacía cosquillas en la piel. Pensó en Chicago, donde puedes pasarte días andando sin pisar ni una sola vez un trozo de tierra. El mundo asfaltado parecía llamarlo, y lo echó de menos mientras sus pies sentían las irregulares masas de tierra endurecida en las que corría el riesgo de torcerse los tobillos.

Mientras Lindsey Lee Wells iba delante (evitaba hablar con ellos, típico de una mierda de lectora de *Celebrity Living*), Hassan avanzaba al lado de Colin, y aunque en sentido estricto no había llamado a Colin *sitzpinkler* por ser alérgico a la hierba, Colin sabía que lo haría, y le molestaba. Entonces Colin volvió a sacar el tema que menos le gustaba a su amigo.

—¿Te he comentado hoy que deberías ir a la universidad? —le preguntó.

Hassan puso los ojos en blanco.

—Vale, lo sé. Solo tienes que ver adónde te ha llevado ser académicamente brillante.

A Colin no se le ocurrió nada ingenioso que contestarle.

—Bueno, deberías ir este año. No puedes quedarte sin ir para siempre. No tienes que matricularte hasta el 15 de julio. —Colin lo había mirado.

—La verdad es que sí puedo quedarme sin ir para siempre. Te lo he dicho ya y te lo repito: me encanta apalancarme, ver la tele y ponerme cada vez más gordo. Es mi función en la vida, Singleton. Por eso me gustan los viajes en coche, tío. Es como hacer algo, pero en realidad no haces nada. De todas formas, mi padre no fue a la universidad, y es rico de cojones.

Colin se preguntó si los cojones eran muy ricos, pero se limitó a decir:

—Sí, pero tu padre no se apalanca precisamente. Trabaja cien horas por semana.

—Es verdad. Es verdad. Y gracias a él no tengo que trabajar ni que ir a la universidad.

Colin no supo qué responder. Pero no entendía la apatía de Hassan. ¿Qué sentido tiene estar vivo si al menos no intentas hacer algo importante? Qué raro creer que Dios te dio la vida, pero no pensar que la vida exige algo más de ti que ver la tele.

Pero si te has ido de viaje para escapar del recuerdo de tu decimonovena Katherine y deambulas por Tennessee dispuesto a ver la tumba de un archiduque húngaro, quizá no tienes derecho a ponerte a pensar si algo es raro o no.

Y se dedicaba a hacer anagramas con «es raro» —«rasero», «aserro», «arreos»— cuando se arreó un porrazo. Tropezó con una madriguera y se cayó. Se desorientó tanto al ver el suelo acercándose a él a toda velocidad que ni siquiera extendió las manos para amortiguar la caída. Cayó hacia delante como si le hubieran disparado por la espalda. Y lo primero que tocó el suelo fueron sus gafas, seguidas de cerca por la frente, que se golpeó contra una piedra puntiaguda.

Colin rodó hasta quedar boca arriba.

—Me he caído —comentó en voz alta.

—¡Mierda! —gritó Hassan.

Y cuando Colin abrió los ojos, vio de forma borrosa que Hassan y Lindsey Lee Wells estaban arrodillados a su lado. Le llegó un fuerte olor a perfume afrutado, que creyó que se llamaba Curve. Lo había comprado una vez para Katherine XVII, pero a ella no le había gustado.[17]

—Estoy sangrando, ¿verdad? —preguntó Colin.

—Como un cerdo apaleado —dijo Lindsey—. No te muevas. —Se giró hacia Hassan y añadió—: Dame tu camiseta.

Hassan se negó inmediatamente a hacerlo, y Colin supuso que aquello estaba relacionado con el hecho de que tuviera tetas.

—Tenemos que presionar —explicó Lindsey a Hassan.

Hassan volvió a negarse tranquilamente, y entonces Lindsey dijo: «Muy bien, de acuerdo», y se quitó la camiseta.

Colin entrecerró los ojos intentando atisbar algo sin las gafas, pero no vio demasiado.

17. «Huele como si me hubiera frotado un chicle de frambuesa por el cuello», dijo, pero no era así exactamente. Olía a perfume de chicle de frambuesa, que la verdad es que olía muy bien.

—Quizá deberíamos dejar estas cosas para la segunda cita —dijo.

—Muy bien, pervertido —le contestó Lindsey, aunque Colin notó que sonreía.

La chica siguió hablando mientras le limpiaba la frente suavemente con la camiseta y luego le presionaba con fuerza en una zona sensible por encima de la ceja derecha.

—Menudo amigo tienes, por cierto. Deja de mover el cuello. Podrías tener una lesión vertebral o un hematoma subdural. Bueno, las posibilidades son mínimas, pero debes tener cuidado, porque el hospital más cercano está a una hora de camino.

Colin cerró los ojos e intentó no moverse mientras Lindsey le presionaba con fuerza la herida.

—Aprieta fuerte aquí con la camiseta —le indicó a Hassan—. Vuelvo en ocho minutos.

—Deberíamos llamar a un médico —dijo Hassan.

—Soy asistente sanitaria —le contestó Lindsey alejándose.

—Pero ¿tú qué edad tienes? —le preguntó.

—Diecisiete. Vale. Muy bien. Asistente sanitaria en formación. Ocho minutos. Lo prometo.

Echó a correr. Lo que le gustó a Colin no fue exactamente el olor a Curve. Fue el olor que quedó flotando en el aire cuando Lindsey empezó a correr. Dejó tras de sí el olor del perfume. En inglés no hay palabra para eso, pero Colin conocía la palabra en francés: *sillage*. Lo que a Colin le gustaba del Curve no era su olor en la piel, sino su *sillage*, el dulce aroma afrutado al alejarse.

Hassan se sentó en la hierba al lado de Colin y presionó con fuerza la herida.

—Perdona que no me haya quitado la camiseta.

—¿Es por las tetas? —le preguntó Colin.

—Sí, bueno. Creo que debería conocer un poco a la chica antes de enseñarle las tetas. ¿Dónde están tus gafas?

—Estaba preguntándome lo mismo cuando la chica se ha quitado la camiseta —le confirmó Colin.

—¿Y no lo has visto?

—No he podido. Solo he visto que el sujetador era morado.

—Efectivamente —contestó Hassan.

Y Colin pensó en K-19 sentada encima de él en su cama, con su sujetador morado, cuando lo dejó. Y pensó en Katherine XIV, que llevaba un sujetador negro, como todo lo demás. Y pensó en Katherine XII, la primera que llevaba sujetador, y en todas las Katherines cuyos sujetadores había visto (cuatro, sin contar los tirantes, porque contándolos eran siete). La gente pensaba que le iba la marcha, que le gustaba que lo dejaran. Pero no era así. Sencillamente no lo veía venir, y tumbado en el suelo duro e irregular, con Hassan presionándole la frente con demasiada fuerza, la distancia que separaba a Colin Singleton de sus gafas hizo que entendiera el problema: miopía. Era corto de vista. Tenía ante sí el futuro, inevitable pero invisible.

—Las he encontrado —dijo Hassan.

Y torpemente intentó ponerle las gafas a Colin. Sin embargo, es difícil ponerle las gafas a otro, así que al final Colin alargó la mano, se las colocó en la nariz y pudo ver.

—Eureka —dijo en voz baja.

KATHERINE XIX: EL DESENLACE
(DEL DESENLACE)

Lo dejó el octavo día del decimosegundo mes, cuando faltaban solo veintidós días para su primer aniversario. Aquella mañana se habían graduado los dos, aunque en diferentes escuelas, así que los padres de Colin y los de Katherine, que eran viejos amigos, los llevaron a comer para celebrarlo. Pero la noche fue para ellos solos. Colin se arregló, se afeitó y se puso aquel desodorante Wild Rain que a ella le gustaba tanto que se acurrucaba en su pecho para percibir el aroma.

Pasó a recogerla en el Coche Fúnebre de Satán y se dirigieron al sur por Lakeshore Drive, con las ventanillas bajadas para oír, por encima del rugido del motor, las olas del lago Michigan, que golpeaban contra las rocas de la costa. Ante ellos se recortaba la silueta de la ciudad. A Colin siempre le había gustado la silueta de Chicago. Aunque no era religioso, verla le hacía sentir lo que en latín se llama el *mysterium tremendum et fascinans*, esa mezcla de miedo sobrecogedor y fascinación cautivadora que le encogía el estómago.

Se dirigieron al centro, serpenteando entre los altos edificios del Chicago Loop, y llegaban tarde, porque Katherine siempre llegaba tarde a todas partes, así que tras perder diez minutos buscando aparcamiento, Colin pagó dieciocho dólares en un aparcamiento, lo que molestó a Katherine.

—Solo digo que podríamos haber encontrado sitio en la calle —djjo apretando el botón del ascensor del aparcamiento.

—Bueno, tengo dinero. Y llegamos tarde.

—No deberías gastar dinero que no es necesario gastar.

—Estoy a punto de gastarme unos cincuenta pavos en sushi —le contestó—. Por ti.

Se abrieron las puertas. Colin, exasperado, se apoyó en los paneles de madera del ascensor y suspiró. Apenas hablaron hasta que entraron en el restaurante y se sentaron a una mesa diminuta al lado del cuarto de baño.

—Por nuestra graduación y por esta maravillosa cena —dijo Katherine alzando su vaso de Coca-Cola.

—Por el final de lo que ha sido nuestra vida hasta ahora —replicó Colin.

Y entrechocaron los vasos.

—Por Dios, Colin, no es el fin del mundo.

—Es el fin de un mundo —puntualizó Colin.

—¿Te preocupa no ser el chico más inteligente de la Northwestern?

Katherine sonrió y luego suspiró. Colin sintió una repentina punzada en el estómago. En retrospectiva, era el primer indicio de que no tardaría en perder alguna parte de sí mismo.

—¿Por qué suspiras? —le preguntó Colin.

En aquel momento llegó el camarero con un plato rectangular de makis de California y nigiris de salmón ahumado. Katherine separó los palillos y Colin cogió el tenedor. Podía mantener una sencilla conversación en japonés, pero los palillos se le resistían.

—¿Por qué has suspirado? —volvió a preguntarle.

—Por nada.

—No, dime por qué —insistió Colin.

—Eres tan… Te pasas el día preocupado por perder tu agudeza mental, por si te dejan o por lo que sea, y no estás satisfecho ni por un segundo. Te has graduado con las mejores notas. El año que viene irás a una universidad buenísima, y gratis. Que quizá no eres un niño prodigio, eso es bueno. Al menos ya no eres un niño. O se supone que no deberías serlo.

Colin masticó. Le gustaban las algas que envuelven los rollitos de sushi, la dificultad que entrañaba masticarlas, la sutileza del agua de mar.

—No lo entiendes —dijo.

Katherine dejó los palillos sobre el recipiente de la salsa de soja y lo observó con una expresión que iba más allá de la frustración.

—¿Por qué tienes que decir siempre que no lo entiendo?

—Es verdad —se limitó a contestar Colin.

Y Katherine no lo entendía. Ella era guapa, divertida y experta en palillos. Ser un prodigio era cosa de Colin, como las palabras son cosa del lenguaje.

Entre todas aquellas desagradables idas y venidas, Colin tuvo que luchar contra la necesidad de preguntarle a Katherine si seguía queriéndolo, porque lo único que la chica odiaba más que escuchar que no lo entendía era que le preguntara si seguía queriéndolo. Luchó contra esa necesidad, y volvió a luchar, y otra vez. Durante siete segundos.

—¿Todavía me quieres?

—Jesús, Colin. Por favor. Nos hemos graduado. Somos felices. ¡Celébralo!

—¿Qué pasa? ¿Te da miedo decirlo?

—Te quiero.

Nunca —ni una sola vez— volvería a decirle esas palabras en ese orden.

—¿Se puede hacer un anagrama con «sushi»? —le preguntó.

—«Uh, *sis*»[18] —contestó inmediatamente.

—«Sis» tiene tres letras, y «sushi», cinco —dijo Katherine.

—No. «Uh, *sis*.» Las dos palabras juntas. Hay otras, pero no son correctas gramaticalmente.

Katherine sonrió.

—¿Nunca te cansas de que te pregunte?

—No, no. Nunca me canso de nada de lo que haces —le contestó.

Y quiso decirle que lo sentía, que a veces tenía la sensación de que nadie le entendía, que a veces se preocupaba cuando discutían y pasaba tiempo sin que ella le dijera que le quería, pero se contuvo.

—Además me gusta que el sushi se convierta en «uh, *sis*». Imagina la escena.

«Imagina la escena» era un juego que Katherine se había inventado en el que Colin encontraba anagramas y ella imaginaba una escena con esos anagramas.

—Muy bien —le dijo Katherine—. Muy bien. Un chico va a pescar al muelle y pesca una carpa que, por supuesto, se ha atiborrado de pesticidas, aguas residuales y toda la mierda del lago Michigan, pero se la lleva a casa igualmente porque cree que si se fríe la carpa un buen rato, no importa. La limpia, la corta en filetes y de repente suena el teléfono, así que deja los filetes en la encimera de la cocina. Habla un rato por teléfono, vuelve a la cocina y ve que su hermana pequeña tiene en la mano un gran trozo de carpa cruda del lago Michigan y que

18. *Sister*, «hermana». (*N. de la T.*)

está masticando. Su hermana levanta la mirada hacia él y dice: «¡Sushi!». Y él dice: «Uh, *sis*...».

Se rieron. Colin nunca la había querido tanto como en aquel momento.

Más tarde entraron en su casa de puntillas, y Colin subió a la planta de arriba a decirle a su madre que había llegado, obviando la quizá relevante información de que no había llegado solo, y cuando se encontraban ya en su cama de la planta de abajo, cuando ella le había quitado la camiseta a él, y él a ella, y cuando se habían besado hasta que lo único que sentían en los labios era un hormigueo, Katherine dijo:

—¿De verdad te da pena haberte graduado?

—No lo sé. Si hubiera sido de otra manera... Si hubiera ido a la universidad a los diez años o algo así... No hay manera de saber si la vida me habría ido mejor. Seguramente no estaríamos juntos. No habría conocido a Hassan. Y muchos niños prodigio a los que no dejan de presionar acaban todavía más jopidos que yo. Pero algunos acaban como John Locke,[19] Mozart o alguien así. Y mis posibilidades de llegar a ser un Mozart son nulas.

—Col, tienes diecisiete años.

Katherine volvió a suspirar. Suspiraba mucho, pero seguro que no pasaba nada, porque se sentía muy bien con ella acurrucada contra él, con la cabeza en su hombro mientras él le

19. Filósofo y pensador político británico que sabía leer y escribir en latín y en griego antes de que la mayoría de nosotros sepamos atarnos los zapatos.

apartaba el suave pelo rubio de la cara. Miró hacia abajo y vio la tira de su sujetador morado.

—Pero es como la tortuga y la liebre, K.[20] Aprendo más deprisa que otros, pero ellos siguen aprendiendo. Ahora voy más lento, y siguen avanzando. Sé que tengo diecisiete años. Pero ya no estoy en la flor de la vida.

Katherine se rió.

—En serio —continuó diciendo Colin—. Hay estudios sobre estas chorradas. Los niños prodigio alcanzan su punto máximo hacia los doce o los trece años. ¿Qué he hecho yo? ¿Ganar un jopido programa el año pasado? ¿Es esa mi marca indeleble en la historia de la humanidad?

Katherine se sentó y lo miró. Colin pensó en otro tipo de suspiros, los de su cuerpo pegado a ella, que eran mejores. Katherine lo observó un buen rato, y luego se mordió el labio inferior y dijo:

—Colin, quizá el problema somos nosotros.

—Oh, mierda.

Y así empezó.

El final llegó básicamente entre los susurros de Katherine y el silencio de Colin, porque él no sabía susurrar y no querían despertar a los padres de Colin. Consiguieron no hacer ruido en parte porque era como si se hubieran quedado sin aire. Paradójicamente, sintió como si lo único que estuviera sucediendo en todo el oscuro y silencioso planeta fuera que estaban

---

20. Aunque sin duda observaréis que Colin todavía no ha terminado de entender de qué va la historia de la tortuga y la liebre, a estas alturas ya suponía que iba de algo más que de una tortuga y una liebre.

dejándolo, y también como si todo aquello no estuviera pasando. Sintió que aquella conversación en susurros a una sola banda lo llevaba a la deriva y se preguntó si quizá todo lo grande, descorazonador e incomprensible era una paradoja.

Era un moribundo observando desde arriba a los cirujanos que intentaban salvarlo. Desde aquella casi cómoda distancia respecto de la cosa en sí tal y como era, Colin pensó en el estúpido mantra: «Los palos y las piedras pueden romperme los huesos, pero las palabras nunca me harán daño». Mentira podrida. Aquello sí que era el auténtico Muñeco de Nieve Abdominal. Era como si algo se le congelara en el estómago.

—Te quiero mucho y solo quiero que me quieras como yo te quiero —dijo lo más bajito que pudo.

—No necesitas una novia, Colin. Necesitas un robot que solo diga «Te quiero».

Fue como si le lanzaran piedras y lo golpearan desde dentro, un temblor y luego un dolor agudo por debajo de las costillas, y por primera vez sintió que se le había desprendido un trozo de estómago.

Katherine intentó marcharse lo más rápidamente posible, sin hacerle daño, pero cuando le suplicó que la dejara irse, Colin empezó a llorar. Acercó la cabeza contra su cuello. Y aunque Colin se sentía patético y ridículo, no quería que acabara, porque sabía que su ausencia dolería más que cualquier otra ruptura.

Pero se marchó de todas formas, y Colin se quedó solo en su habitación, buscando anagramas de «la parte que me falta» en un vano intento de quedarse dormido.

6

Siempre sucedía lo mismo. Buscaba por todas partes las llaves del Coche Fúnebre de Satán hasta que al final se rendía y decía: «Muy bien. Cogeré el jopido autobús». Y de camino a la puerta, veía las llaves. Las llaves aparecen cuando te reconcilias con el autobús. Las Katherines aparecen cuando empiezas a dudar de que haya otra Katherine en el mundo. Y, por supuesto, el momento Eureka llegó cuando empezó a aceptar que nunca llegaría.

Notó que lo embargaba la emoción y parpadeó muy deprisa intentando recordar la idea en su totalidad. Tumbado boca arriba, con el aire denso y pegajoso, el momento Eureka le pareció como mil orgasmos a la vez, solo que menos caótico.

—¿Eureka? —le preguntó Hassan con evidente entusiasmo. También él lo había estado esperando.

—Tengo que escribirlo —dijo Colin.

Se incorporó. Le dolía horrores la cabeza, pero se metió la mano en un bolsillo y sacó una pequeña libreta que siempre llevaba consigo y un lápiz del número 2 que se había partido por la mitad al caer, pero escribía. Y anotó lo siguiente:

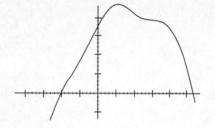

*Siendo x = tiempo e y = felicidad,
entonces y = 0 inicio de la relación
y ruptura, y negativa = ruptura
de m, e y positiva = ruptura de f:
mi relación con K-19.*

Estaba todavía escribiendo cuando oyó llegar a Lindsey Lee Wells, abrió los ojos y la vio con una camiseta limpia (en la que ponía GUTSHOT) y un botiquín con cruz roja y todo.

La chica se arrodilló a su lado y le retiró la camiseta despacio.

—Te va a picar —le dijo.

Y le hurgó en la herida con un bastoncillo empapado en algo que parecía salsa de cayena.

—¡JOPER! —gritó Colin haciendo una mueca.

Levantó la mirada y vio sus ojos castaños, que parpadeaban mientras lo curaba.

—Lo sé. Perdona. Vale, ya está. No hay que ponerte puntos, pero apuesto a que te quedará una pequeña cicatriz. ¿Te importa?

—No viene de una —dijo con tono ausente mientras Lindsey le ponía un trozo de gasa en la frente—. Me siento como si me hubieran dado un puñetazo en el cerebro.

—Puede ser una conmoción cerebral —comentó ella—. ¿Qué día es hoy? ¿Dónde estás?

—Martes, y estoy en Tennessee.

—¿Quién era el senador más joven de New Hampshire en 1873? —le preguntó Hassan.

—Bainbridge Wadleigh —contestó Colin—. Creo que no tengo conmoción cerebral.

—¿Lo dices en serio? —le preguntó Lindsey—. ¿De verdad lo sabías?

Colin asintió despacio.

—Sí. Me sé todos los senadores. Además, ese es fácil de recordar, porque siempre pienso cuánto tienen que odiarte tus padres para ponerte ese jopido nombre.

—Es verdad —dijo Hassan—. Mira, pongamos que tienes el apellido Wadleigh. Ya solo eso es una buena putada. Pero si encima coges el Wadleigh y lo elevas al nivel de Bainbridge… No me extraña que el pobre capullo no llegara a presidente.

—Bueno —añadió Lindsey—, pero un tipo llamado Millard Fillmore llegó a presidente. Tampoco ninguna madre que quisiera a su hijo llamaría Millard a un Fillmore.

Se puso a charlar con ellos tan rápido y con tanta naturalidad que Colin se planteó revisar su teorema sobre *Celebrity Living*. Siempre había pensado que la gente de Ninguna Parte, Tennessee, sería más… Bueno, más idiota que Lindsey Lee Wells.

Hassan se sentó al lado de Colin y le quitó la libreta. Se la colocó delante de la cara para tapar el sol, que había asomado detrás de una nube para seguir cociendo la agrietada tierra naranja.

Hassan echó un vistazo al papel.

—¿Me sacas de quicio y tu gran revelación es que te gusta que te dejen? —le preguntó—. Mierda, Colin, podría habértelo dicho yo mismo. De hecho, te lo he dicho.

—¡Se puede hacer una gráfica del amor! —le contestó Colin a la defensiva.

—Espera. —Hassan miró el papel y volvió a mirar a Colin—. ¿Es universal? ¿Estás diciendo que funcionará para cualquiera?

—Exacto. Porque las relaciones son muy predecibles, ¿vale? Bueno, estoy buscando una manera de predecirlas. Coge a dos personas cualesquiera, y aunque no se conozcan, la fórmula te dirá quién dejará a quién si algún día llegan a salir, y aproximadamente cuánto durará la relación.

—Imposible —repuso Hassan.

—No, no es imposible, porque puedes ver el futuro si tienes unas nociones básicas de cómo suelen actuar las personas.

La larga y lenta exhalación de Hassan acabó en un susurro.

—Sí, vale, muy interesante.

Hassan no podía hacerle un mejor cumplido.

Lindsey Lee Wells alargó la mano y le quitó la libreta a Hassan. Leyó despacio.

—¿Qué demonios es K-19? —preguntó por fin.

Colin apoyó una mano en el suelo agrietado y se dio impulso.

—No es qué, sino quién —le contestó—. Katherine XIX. He salido con diecinueve chicas que se llamaban Katherine.

Lindsey Lee Wells y Colin se miraron a los ojos durante mucho rato, hasta que al final la sonrisa de Lindsey estalló en una ligera carcajada.

—¿Qué pasa? —le preguntó Colin.

La chica movió la cabeza, pero no pudo dejar de reírse.

—Nada —le respondió—. Vamos a ver al archiduque.

—No, dímelo —insistió Colin.

No le gustaba no enterarse de los secretos. Quedarse fuera de algo le molestaba… en realidad más de lo que debería.

—Nada. Solo que… yo no he salido más que con un chico.

—¿Y qué tiene de gracioso? —le preguntó Colin.

—Lo gracioso es que se llama Colin.

EL NUDO (DEL PLANTEAMIENTO)

Ya en tercer curso, su fracaso en conseguir «bienestar sociológico» era tan obvio para todo el mundo que Colin asistía a clases normales de la escuela Kalman solo tres horas al día. El resto del tiempo lo pasaba con su tutor de toda la vida, Keith Carter, que tenía un Volvo con una matrícula en la que ponía KRAZZZY. Keith era uno de esos tipos que siempre llevan coleta. También se había dejado (nunca mejor dicho) un gran bigote que le llegaba al labio inferior cuando tenía la boca cerrada, lo que era raro de ver. A Keith le gustaba charlar, y su público favorito era Colin Singleton.

Keith era amigo del padre de Colin y profesor de Psicología. Su interés en Colin no era del todo altruista. Durante años Keith publicó gran cantidad de artículos sobre Colin, al que le gustaba ser tan especial que los investigadores lo observaban. Y además Krazy Keith era lo más parecido a un mejor amigo para Colin. Keith iba en coche a la ciudad todos los días, y él y Colin se metían en un despacho que parecía el cuarto de las escobas de la tercera planta de la escuela Kalman. Colin casi siempre tenía que leer lo que quisiera y en silencio durante cuatro horas, Keith lo interrumpía de vez en cuando para comentar algo, y los viernes pasaban el día hablando de lo que Colin había aprendido. A Colin le gustaba mucho más que la escuela normal. Y por una razón: Keith nunca le hizo el Muñeco de Nieve Abdominal.

Krazy Keith tenía una hija, Katherine, que iba al mismo curso que Colin, aunque era ocho meses mayor que él. Iba a una escuela del norte de la ciudad, pero de vez en cuando los padres de Colin invitaban a Krazy Keith, su mujer y su hija a cenar para charlar de la «evolución» de su hijo y cosas así. Y después de aquellas cenas, los padres se quedaban horas y horas en el comedor riéndose a carcajadas, Keith gritaba que no estaba en condiciones de conducir, que había bebido tanto vino que necesitaba un café, que «Vuestra casa es un matadero de enófilos», gritaba.

Una noche de noviembre de aquel mismo año, después de que llegara el frío pero antes de que su madre hubiera decorado la casa para las vacaciones, Katherine se pasó por allí. Tras cenar pollo al limón con arroz integral, Colin y Katherine fueron a la sala de estar, donde Colin se tumbó en el sofá a estudiar latín. Se había enterado hacía poco de que el presidente Garfield, que no destacaba especialmente por su inteligencia, sabía escribir simultáneamente en latín y en griego, en latín con la mano izquierda, y en griego con la derecha. Colin pretendía igualar esta hazaña.[21] Katherine, una rubia diminuta que había

21. Pero no lo consiguió, porque, por más que lo intentara, no era ambidiestro.

heredado de su padre la coleta y la fascinación por los niños prodigio, se sentó y lo observó en silencio. Colin se daba cuenta, pero no se distraía, porque estaba acostumbrado a que lo observaran mientras estudiaba, como si su acceso al conocimiento escondiera algún secreto. En realidad, el único secreto era que pasaba más tiempo estudiando y prestaba más atención que los demás.

—¿Cómo es que ya sabes latín?

—Estudio mucho —le contestó.

—¿Por qué? —le preguntó sentándose en el sofá, junto a los pies de Colin.

—Me gusta.

—¿Por qué? —repitió.

Colin se quedó un momento callado. Como no estaba acostumbrado al «juego del por qué», se tomó sus preguntas en serio.

—Me gusta porque me hace diferente y mejor. Y porque se me da bien.

—¿Por qué? —preguntó con tono cantarín, casi sonriendo.

—Tu padre dice que recuerdo mejor las cosas que los demás, porque presto mucha atención y me preocupo.

—¿Por qué?

—Porque es importante saber cosas. Por ejemplo, acabo de aprender que el emperador romano Vitelio se comió una vez mil ostras en un día, lo que es un impresionante acto de *abligurición*[22] —dijo recurriendo a una palabra que estaba seguro de que Katherine no sabría—. Y también es importante

22. Palabra que significa «gastar demasiado dinero en comida».

saber cosas porque te hace especial y puedes leer libros que la gente normal no puede leer, como las *Metamorfosis* de Ovidio, que están en latín.

—¿Por qué?

—Porque vivió en Roma cuando allí hablaban y escribían en latín.

—¿Por qué?

Y esta vez se quedó bastante confundido. ¿Por qué vivió Ovidio en la antigua Roma en el año 20 a. n. e.,[23] y no en Chicago en 2006 n. e.? ¿Ovidio habría sido Ovidio si hubiera vivido en Estados Unidos? No, no habría sido Ovidio, porque habría sido un nativo americano, o probablemente un indio americano, o un indígena, y en aquellos tiempos no hablaban latín ni ninguna otra lengua escrita. Por lo tanto, ¿Ovidio era importante por ser Ovidio o porque vivió en la antigua Roma?

—Muy buena pregunta —dijo Colin—, y voy a intentar descubrir la respuesta para ti.

Era lo que Krazy Keith decía cuando no sabía qué responder.

—¿Quieres salir conmigo? —le preguntó Katherine.

Colin se incorporó rápidamente y la miró. Los brillantes ojos azules de Katherine estaban clavados en sus rodillas. Al final la llamaría Katherine la Grande. Katherine I. Katherine la Magnífica. Incluso sentada se veía que era más baja que él, y parecía muy seria y nerviosa, con los labios apretados y la mirada baja. Algo se disparó dentro de Colin. Las terminacio-

---

23. Ya no se dice a. C. y d. C. Se ha pasado de moda. Últimamente se dice n. e. (nuestra era) y a. n. e. (antes de nuestra era).

nes nerviosas estallaron en temblores en su piel. Le palpitaba el diafragma. Y por supuesto no podía ser deseo o amor, y no lo parecía, de modo que debía de ser lo que los chicos del colegio llamaban «gustarse».

—Sí, sí, quiero salir contigo —le contestó.

Katherine se giró, con la cara redonda y los mofletes llenos de pecas, se inclinó hacia él con los labios fruncidos y le dio un beso en la mejilla. Fue el primer beso para Colin. Los labios de la chica le parecieron como el invierno que estaba a punto de llegar —fríos, secos y agrietados—, y se le ocurrió que el beso no le había parecido ni la mitad de bueno que el sonido de su voz al preguntarle si quería salir con ella.

7

De repente, en lo alto de una ligera pendiente, el campo lleno de hierbas dio paso a un cementerio. Contenía unas cuarenta lápidas y estaba rodeado por un muro de piedra que llegaba hasta la rodilla y cubierto de musgo resbaladizo.

—Este sería el último lugar en el que reposaría el archiduque Francisco Fernando —dijo Lindsey Lee Wells con un tono que de repente había adquirido una nueva cadencia, la de un aburrido guía turístico que se había aprendido su discurso de memoria hacía tiempo.

Colin y Hassan la siguieron hasta un obelisco de unos dos metros de altura —una especie de monumento a Washington en miniatura— ante el cual se extendía una plétora de viejas rosas de seda. Aunque evidentemente eran artificiales, las flores parecían marchitas.

Lindsey se sentó en el muro cubierto de musgo.

—Uf, a la mierda el discurso. De todas formas, seguro que ya lo sabes —añadió mirando a Colin—. Pero os contaré la historia: el archiduque nació en diciembre de 1863 en Austria. Su tío era el emperador Francisco José, pero ser el sobrino del emperador austrohúngaro no es gran cosa. Salvo que, pongamos por caso, el único hijo del emperador, Rodolfo, se pegue un tiro en la cabeza, que es lo que pasó en 1889. De repente Francisco Fernando era el siguiente en la línea de sucesión al trono.

—Llamaban a Francisco «el hombre más solitario de Viena» —dijo Colin a Hassan.

—Sí, bueno, no caía bien a nadie porque era un friki total —replicó Lindsey—, aunque era uno de esos frikis que ni siquiera son muy inteligentes. Un enclenque de menos de cincuenta kilos, como tú. Su familia pensaba que era un gallina liberal. La sociedad vienesa pensaba que era un idiota, uno de esos idiotas con la lengua fuera. Y encima complicó todavía más las cosas casándose por amor. En 1900 se casó con una chica llamada Sofía de la que todo el mundo pensaba que no tenía un céntimo. Pero, bueno, en su defensa hay que decir que la quería de verdad. Nunca lo digo en las visitas guiadas, pero por lo que he leído de Francisquito, él y Sofía formaron el matrimonio más feliz de toda la historia de la realeza. Una historia bonita, hasta que en su decimocuarto aniversario de boda, el 28 de junio de 1914, les dispararon a los dos en Sarajevo. El emperador mandó enterrarlos fuera de Viena y ni se molestó en asistir al funeral. Pero su sobrino le preocupaba lo suficiente como para desencadenar la Primera Guerra Mundial, lo que hizo declarando la guerra a Serbia un mes después.

—Katherine se levantó—. Aquí se acaba la visita. Se agradecen las propinas —añadió sonriendo.

Colin y Hassan aplaudieron educadamente, y luego Colin se acercó al obelisco, en el que solo se leía: ARCHIDUQUE FRAN-

CISCO FERNANDO. 1863-1914. YACE LIGERA SOBRE ÉL, TIERRA, AUNQUE SEA UNA PESADA CARGA SOBRE TI. Cargas pesadas, en efecto… Millones de ellas. Colin estiró el brazo y notó el granito, frío a pesar del sol abrasador. ¿Y qué habría podido hacer de otra manera el archiduque Francisco Fernando? «Si no se hubiera obsesionado con el amor, si no hubiera tenido tan poco tacto, si no hubiera sido tan ñoño, tan empollón… Si quizá no hubiera sido tan parecido a mí…», pensó Colin.

Al final el archiduque tuvo dos problemas: a nadie le importaba una mierda (al menos hasta que su cadáver dio inicio a una guerra) y un día le quitaron una parte de él.

Sin embargo, ahora Colin llenaría su propio agujero y haría que la gente se pusiera en pie y se percatara de su existencia. Sería especial y utilizaría su talento para algo más interesante e importante que hacer anagramas y traducir del latín. Y sí, de nuevo el Eureka le inundó, sí, sí, sí. Utilizaría su pasado —y el pasado del archiduque y todo el pasado infinito— para predecir el futuro. Impresionaría a Katherine XIX —a ella siempre le había encantado la idea de que fuera un genio— y convertiría el mundo en un lugar más seguro para todos los dejados. Haría algo importante.

Hassan lo despertó del ensueño.

—¡Joper! ¿Y cómo demonios acabó un perfecto archiduque austriaco en Mierdilandia, Tennessee?

—Lo compramos —le contestó Lindsey Lee Wells—. Hacia 1921. El dueño del castillo donde estaba enterrado necesitaba dinero y lo puso en venta. Y lo compramos.

—¿Cuánto costaba un archiduque en aquellos tiempos? —preguntó Hassan.

—Tres mil quinientos dólares, dicen.

—Es mucho dinero —respondió Colin con la mano aún en el obelisco de granito—. El valor del dólar se ha multiplicado por diez desde 1920, así que serían más de treinta y cinco mil dólares actuales. Un montón de visitas a once dólares por persona.

Lindsey Lee Wells puso los ojos en blanco.

—Vale, vale… Ya me has impresionado bastante. Ya basta. Mira, aquí tenemos unas maquinitas… No sé si en vuestra ciudad las tenéis, pero se llaman calculadoras, y pueden hacer todas esas operaciones por ti.

—No pretendía impresionar a nadie —le contestó Colin a la defensiva.

De repente a Lindsey le brillaron los ojos, se llevó las manos alrededor de la boca y gritó:

—¡Eh!

Tres chicos y una chica subían por la pendiente. Solo se les veía la cabeza.

—Compañeros de clase —les explicó Lindsey—. Y mi novio.

Lindsey Lee Wells echó a correr hacia ellos. Hassan y Colin se quedaron quietos y empezaron a cuchichear.

—Soy un estudiante kuwaití haciendo un intercambio, y mi padre es un magnate del petróleo —dijo Hassan.

Colin negó con la cabeza.

—Demasiado obvio. Yo soy español. Refugiado. Mis padres fueron asesinados por separatistas vascos.

—Yo no sé si vasco es una cosa o una persona, y ellos tampoco lo sabrán, así que no. Vale, yo acabo de llegar a Estados

Unidos desde Honduras. Me llamo Miguel. Mis padres hicieron una fortuna cultivando bananas, y tú eres mi guardaespaldas, porque el sindicato de bananeros quiere matarme.

—Está bien, pero no hablas español —replicó Colin—. Bueno, yo fui secuestrado por esquimales en Yukón… No, qué mierda. Somos primos de Francia visitando Estados Unidos por primera vez. Es nuestro viaje de graduación.

—Muy aburrido, pero no nos queda tiempo. ¿Soy yo el que habla inglés? —preguntó Hassan.

—Sí, muy bien.

Colin oía ya al grupo charlando y veía a Lindsey Lee Wells con los ojos clavados en un chico alto y musculoso con una camiseta de los Tennessee Titans. El chico era una mole de músculos con el pelo de punta y una sonrisa toda dientes y encías. El éxito del juego dependía de que Lindsey no les hubiera hablado de Colin y Hassan, pero Colin supuso que podía contar con ello, porque parecía fascinada por aquel chico.

—Ya llegan —dijo Hassan—. ¿Cómo te llamas?

—Pierre.

—Vale. Yo me llamo Salinger. Se pronuncia SalinSEI.

—Habéis venido a ver la tumba, ¿verdad? —preguntó el novio de Lindsey.

—Sí. Me llamo Salinsei —le contestó Hassan con un acento aceptable, por no decir fantástico—. Este es mi primo Pierre. Es la primera vez que venimos a vuestro país y queremos ver al archiduque, que empezó…, ¿cómo se dice?…, la primera guerra de la tierra.

Colin miró a Lindsey Lee Wells, que reprimió la sonrisa mascando un chicle de naranja.

—Soy Colin —dijo el novio de Lindsey extendiendo la mano.

Hassan se giró hacia Pierre/Colin y susurró:

—Se llama «El Otro Colin». —Y dirigiéndose al novio de Lindsey añadió—: Mi primo habla muy poco inglés. Yo soy su hombre para traducir.

El Otro Colin se rió, y también los otros dos chicos, que enseguida se presentaron como Chase y Fulton.

—Llamaremos a Chase Vaqueros Superapretados, y Fulton será el Bajito Mascatabaco —susurró Hassan a Colin.

—*Je m'appelle Pierre* —dijo Colin después de que los chicos se hubieran presentado—. *Quand je vais dans le métro, je fais aussi de la musique de prouts.*[24]

—Vienen muchos turistas extranjeros —dijo la única chica, aparte de Lindsey, que era alta y totalmente Abercrombie con su top ceñido sin mangas. La chica también tenía… cómo decirlo de forma educada… unas peras gigantes. Estaba buenísima, una de esas chicas que triunfaban, con los dientes blancos y anoréxica, que eran las tías buenas que menos le gustaban a Colin—. Me llamo Katrina, por cierto.

«Casi, pero no», pensó Colin.

—*Amour aime aimer amour*[25] —soltó Colin alzando la voz.

—Pierre tiene esa enfermedad de hablar —dijo Hassan—. La de… las palabras mal. En Francia decimos *Tourettes*. No sé cómo se dice en inglés.

—¿Tiene el síndrome de Tourette? —preguntó Katrina.

---

24. «Me llamo Pierre. Cuando voy en el metro, hago también música con pedos.»

25. «Amor ama amar amor.»

—*MERDE!*[26] —gritó Colin.

—Sí —dijo Hassan entusiasmado—. La misma palabra en los dos idiomas, como «hemorroides». Esta la aprendimos ayer porque Pierre tenía fuego en el culo. Tiene *Tourettes* y hemorroides, pero es un buen chico.

—*Ne dis pas que j'ai des hémorroïdes! Je n'ai pas d'hémorroïdes*[27] —exclamó Colin intentando seguir con el juego y a la vez que Hassan cambiara de tema.

Hassan miró a Colin, asintió y dijo a Katrina:

—Ha dicho que tu cara es bonita como las hemorroides.

Y en este punto Lindsey Lee Wells soltó una carcajada antes de intervenir:

—Vale, vale. Basta.

Colin se volvió hacia Hassan.

—¿Por qué tenían que ser hemorroides? ¿Cómo demonios se te ha pasado por la cabeza semejante idea?

Y entonces El Otro Colin (EOC), Vaqueros Superapretados (VSA), el Bajito Mascatabaco (BMT) y Katrina se pusieron a hablar, a reírse y a hacer preguntas a Lindsey.

—Mi tío fue a Francia el año pasado —explicó Hassan—, y nos contó la historia de que tenía hemorroides y tuvo que señalarse el culo y decir «escocer» en francés una y otra vez hasta que recordó que la palabra «hemorroide» era igual en las dos lenguas. Y yo no sabía una jopida palabra más en francés. Además es divertido que tengas el síndrome de Tourette y hemorroides.

26. «Mierda.»
27. «¡No digas que tengo hemorroides! No tengo hemorroides.»

—Si tú lo dices —replicó Colin, rojo como un tomate.

Y oyó a EOC decir:

—Es superdivertido. A Hollis le encantarán, ¿verdad?

Lindsey se rió, se puso de puntillas para darle un beso y dijo:

—Te entiendo perfectamente, cariño.

—Bueno, ellos también —respondió EOC.

Lindsey fingió que se enfadaba, EOC se inclinó para darle un beso en la frente y ella sonrió. Colin había vivido la misma escena a menudo, aunque el que fingía enfadarse solía ser él.

Cruzaron el campo juntos, Colin con la camiseta pegajosa y empapada en sudor pegada a la espalda, y con el ojo todavía palpitándole. «El teorema de la Previsibilidad Subyacente de las Katherines», pensó. Hasta el nombre sonaba real. Llevaba tanto tiempo esperando aquel descubrimiento, se había desesperado tantas veces que solo quería estar un rato a solas, con lápiz, papel y calculadora, sin hablar con nadie. Podría meterse en el coche. Colin tiró ligeramente de la camiseta de Hassan y le lanzó una mirada cómplice.

—Necesito un Gatorade —le contestó Hassan—. Luego nos vamos.

—Pues entonces tengo que abrirte la tienda —dijo Lindsey. Y dirigiéndose a EOC—: Ven conmigo, cariño.

A Colin, su tono empalagoso le recordó a K-19.

—Iría contigo —le contestó EOC—, pero Hollis está sentada en la escalera. Se supone que Chase y yo deberíamos estar trabajando, pero nos hemos escaqueado.

EOC la levantó y la apretó con fuerza, con los bíceps flexionados. Lindsey se retorció un poco, pero lo besó con la boca abierta. Luego el chico la soltó, le guiñó un ojo y se dirigió con su séquito hacia una camioneta roja.

Cuando Lindsey, Hassan y Colin volvieron a la tienda de Gutshot, una mujer alta con un vestido rosa de flores estaba sentada en la escalera hablando con un hombre de espesa barba castaña. Mientras se acercaban, Colin oyó a la mujer contar una historia.

—Así que Starnes está fuera cortando el césped —decía—. Apaga el cortacésped, levanta la vista, valora un momento la situación y luego me llama: «¡Hollis! ¿Qué mierda le pasa a ese perro?», y le digo que el perro tiene las glándulas anales inflamadas y que se las acabo de vaciar, y Starnes se lo piensa un rato y al final me dice: «Creo que lo más inteligente sería pegarle un tiro al perro y buscar otro con glándulas anales normales». Y yo le digo: «Starnes, en esta ciudad no hay ningún hombre que merezca que lo quiera, así que perfectamente puedo querer a mi perro».

El tipo con barba se echó a reír y la mujer que estaba contando la historia miró a Lindsey.

—¿Has ido a hacer de guía? —le preguntó Hollis. Lindsey asintió y Hollis añadió—: Bueno, seguro que se te ha ido el santo al cielo.

—Perdona —murmuró Lindsey. Y volviéndose hacia los chicos dijo—: Hollis, estos son Hassan y Colin. Chicos, esta es Hollis.

—También conocida como la madre de Lindsey —explicó Hollis.

—Bueno, Hollis, tampoco hace falta que presumas —le dijo Lindsey.

Pasó de largo a su madre, abrió la tienda y todos entraron en busca del aire acondicionado. Mientras Colin pasaba, Hollis le apoyó una mano en el hombro, lo giró y lo miró a la cara.

—Te conozco —le dijo.

—Yo a ti no —le respondió Colin, y añadió a modo de explicación—: No suelo olvidar las caras.

Hollis Wells siguió mirándolo fijamente, pero Colin estaba seguro de que no la conocía.

—Lo dice en serio —añadió Hassan asomando desde detrás de un expositor de cómics—. Chicos, ¿tenéis periódicos?

Lindsey Lee Wells, detrás del mostrador, sacó un *USA Today*. Hassan pasó las páginas hasta llegar a la parte central, dobló el periódico con cuidado y les mostró una foto pequeña en blanco y negro de un hombre blanco con mucho pelo y gafas.

—¿Sabe quién es este tipo? —preguntó.

Colin echó un vistazo y pensó un momento.

—No lo conozco personalmente, pero se llama Gil Stabel y es el presidente de una empresa llamada Fortiscom.

—Buen trabajo, pero no es el presidente de Fortiscom.

—Sí que lo es —dijo Colin seguro de sí mismo.

—No, no lo es. No es el presidente de nada. Está muerto.

Hassan desdobló el periódico, y Colin se acercó a leer el pie de foto: EL PRESIDENTE DE FORTISCOM MUERE EN UN ACCIDENTE DE AVIÓN.

—¡*KranialKidz*! —gritó Hollis con tono triunfal.

Colin la miró con los ojos como platos y suspiró. Nadie veía aquel programa. Su índice de audiencia era de 0,0. No había durado más que una temporada y, de los tres millones de habitantes de Chicago, ni dios le había reconocido una sola vez. Y de repente, en Gutshot, Tennessee…

—¡Madre mía! —exclamó Hollis—. ¿Qué estás haciendo aquí?

Colin, que se ruborizó al sentirse famoso por un segundo, pensó la respuesta.

—Me deprimí, nos fuimos de viaje, vimos el cartel del archiduque, me hice un corte en la cabeza, tuve un momento Eureka, conocimos a los amigos de Lindsey y ahora volvemos al coche, pero todavía no nos hemos marchado.

Hollis se acercó a él y echó un vistazo a su vendaje. Sonrió, levantó una mano hacia su pelo afrojudío y lo acarició como si fuera su tía y Colin fuera un niño de siete años que acababa de hacer algo precioso.

—Todavía no os vais —le dijo—, porque voy a prepararos algo de comer.

—Yo tengo hambre —respondió Hassan aplaudiendo.

—Ven aquí, Linds. —Lindsey puso los ojos en blanco, salió de detrás del mostrador y se acercó—. Tú ve con Colin para que no se pierda. Yo iré con… ¿Cómo has dicho que te llamas?

—No soy un terrorista —le contestó Hassan.

—Bueno, es un alivio —dijo Hollis sonriendo.

Hollis se sentó al volante de una impresionante camioneta rosa, y Colin la siguió en el Coche Fúnebre, con Lindsey de copiloto.

—Bonito coche —dijo Lindsey Lee Wells sarcásticamente.

Colin no le contestó. Le caía bien la chica, pero de cuando en cuando parecía que pretendiera tocarle las narices.[28] Tenía el mismo problema con Hassan.

—Gracias por no decir nada cuando hemos dicho que yo me llamaba Pierre, y Hassan, Salinger.

—Sí, bueno, ha sido divertido. Además Colin estaba un poco gilipollas y había que bajarle los humos.

—Ya veo —le contestó Colin, que es lo que había aprendido a decir cuando no tenía nada que decir.

—Así que eres un genio… —dijo Lindsey.

—Soy un niño prodigio desperdiciado —le respondió Colin.

—¿En qué eres bueno, además de saberlo todo?

—Hum… En idiomas. Juegos de palabras. Trivialidades. Nada útil.

Sintió que la chica lo miraba.

—Los idiomas son útiles. ¿Qué hablas?

—Manejo bastante bien once. Alemán, francés, latín, griego, holandés, árabe, español, ruso…

—Me hago una idea —lo interrumpió—. Creo que *meine Mutter denkt, daß sie gut für mich sind.*[29] Por eso estamos juntos en este coche.

—*Warum denkt sie das?*[30]

—Vale, los dos hemos demostrado que sabemos alemán. Ha estado dándome el coñazo a todas horas para que vaya a la

---

28. Que es lo que la madre de Colin siempre llamaba «chinchar», aunque para Colin no tenía ningún sentido.
29. «Mi madre piensa que usted es bueno para mí.»
30. «¿Por qué lo piensa?»

universidad y estudie, no sé, Medicina o algo así. Pero no pienso ir. Me quedo aquí. Ya lo he decidido. Así que quizá quiere que me inspires.

—Los médicos ganan más dinero que los asistentes sanitarios en prácticas —le comentó Colin.

—Sí, pero no necesito dinero. —Se calló y el coche rugió a sus pies. Al final Colin la miró—. Necesito mi vida, que está bien y está aquí —le explicó—. En fin, quizá vaya a la escuela superior de Bradford para callar la boca a Hollis, pero nada más.

Tomaron una curva muy cerrada a la derecha y, tras una arboleda, apareció un pueblo. Era pequeño, pero con casas bien conservadas y alineadas a ambos lados de la carretera. Todas tenían porche, al parecer, muchos de ellos con gente, aunque hacía más calor que en el infierno en verano. En la carretera principal, Colin vio una nueva combinación entre una gasolinera y un Taco Bell, una peluquería y la oficina de correos de Gutshot, Tennessee, que desde la carretera parecía del tamaño de un vestidor grande. Lindsey señaló hacia la ventanilla de Colin.

—Ahí está la fábrica —le dijo.

Colin vio un complejo de edificios bajos a cierta distancia. No parecía una fábrica. No se veían grandes depósitos de metal ni chimeneas lanzando nubes de monóxido de carbono. Solo varios edificios que le recordaron vagamente a hangares de aviones.

—¿Qué hace? —le preguntó Colin.

—Dar trabajo. Todos los trabajos buenos del pueblo. La fundó mi bisabuelo en 1917.

Colin redujo la velocidad y se metió en el arcén para que un todoterreno pudiera adelantarlo mientras miraba la fábrica con Lindsey.

—Ya, pero ¿qué fabrica? —le preguntó.

—Te vas a reír.

—No me voy a reír.

—Júramelo —dijo Lindsey.

—Te lo juro.

—Es una planta textil. Últimamente fabricamos… bueno… cuerda para tampones.

Colin no se rió, sino que pensó: «¿Los tampones tienen cuerda? ¿Por qué?». De todos los grandes misterios humanos —Dios, la naturaleza del universo, etcétera—, del que menos sabía era del de los tampones. Para Colin los tampones eran como los osos pardos. Sabía que existían, pero nunca había visto a uno suelto, y la verdad es que no le importaba.

En lugar de la risa de Colin se produjo un momento de silencio impenetrable. Siguió la camioneta rosa de Hollis por una calle recién asfaltada que de repente empezó a ascender, lo que provocó que el cascado motor del Coche Fúnebre se revolucionara. Mientras subían la colina, quedó claro que la calle era en realidad un largo camino que acababa en la casa unifamiliar más grande que Colin había visto jamás. Era también de color rosa chillón, como los chicles. Se detuvo en el camino. Estaba mirándola con la boca abierta cuando Lindsey le dio un golpecito en el brazo y se encogió de hombros, como avergonzada.

—No es gran cosa, pero es una casa —dijo.

Una gran escalera conducía a un porche central rodeado de columnas. Hollis abrió la puerta, y Colin y Hassan entraron en una sala de estar de techos altos con un sofá tan largo que ambos podrían tumbarse sin tocarse.

—Estáis en vuestra casa. Lindsey y yo vamos a preparar la comida.

—Seguramente puedes apañarte sola —le respondió Lindsey apoyándose en la puerta.

—Seguramente puedo, pero no quiero.

Hassan se sentó en el sofá.

—Esta Hollis es la monda, tío. Mientras veníamos me ha contado que tiene una fábrica de cuerdas para tampones.

A Colin siguió sin parecerle especialmente divertido.

—¿Sabes que la actriz Jayne Mansfield vivía en una mansión rosa? —dijo Colin.

Recorrió la sala de estar leyendo los lomos de los libros de Hollis y mirando las fotos enmarcadas. Le llamó la atención una colocada en la repisa de la chimenea y se acercó a ella. Una Hollis algo más joven y algo más delgada ante las cataratas del Niágara. A su lado, una chica que se parecía un poco a Lindsey Lee Wells, excepto en que llevaba una gabardina negra encima de una andrajosa camiseta de Blink-182. Llevaba los ojos pintados con una raya gruesa que se prolongaba hacia las sienes, vaqueros negros ceñidos y Martens brillantes.

—¿Tiene una hermana? —preguntó Colin.

—¿Qué?

—Lindsey —aclaró Colin—. Ven a echar un vistazo.

Hassan se acercó y observó un momento la foto.

—Es el intento más patético que he visto jamás de ser gótico —dijo—. A los góticos no les gusta Blink-182. Hasta yo lo sé.

—Ejem, ¿os gustan las judías verdes? —preguntó Lindsey, y de repente Colin se dio cuenta de que estaba detrás de ellos.

—¿Es tu hermana? —le preguntó Colin.

—No, no —le contestó—. Soy hija única. ¿No lo has adivinado por lo agradablemente egocéntrica que soy?

—Estaba demasiado ocupado siendo agradablemente egocéntrico como para darse cuenta —intervino Hassan.

—Entonces ¿quién es? —preguntó Colin a Lindsey.

—Soy yo cuando iba a octavo.

—Ah —contestaron Colin y Hassan simultáneamente, ambos avergonzados.

—Sí, me gustan las judías verdes —dijo Hassan intentando cambiar de tema lo antes posible.

Lindsey cerró la puerta de la cocina tras de sí. Hassan se encogió de hombros mirando a Colin, sonrió y volvió al sofá.

—Tengo que trabajar —dijo Colin.

Se dirigió a un vestíbulo empapelado de color rosa y entró en una habitación con una enorme mesa de madera que parecía uno de esos despachos en los que un presidente firmaría un proyecto de ley. Colin se sentó, se sacó del bolsillo el lápiz roto del número 2 y su omnipresente libreta, y empezó a garabatear.

El teorema se basa en la validez de mi antiguo argumento de que en el mundo hay dos tipos concretos de persona: los dejadores y los dejados. Toda persona está predispuesta a ser una cosa o la otra, aunque por descontado no todos son TOTALMENTE dejadores o dejados. La campana de Gauss es la siguiente:

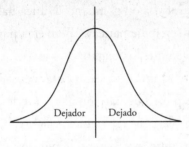

Dejador | Dejado

La mayoría de las personas se sitúa cerca de la línea vertical que divide la curva, con ocasionales valores estadísticamente atípicos (por ejemplo, yo), que representan un mínimo porcentaje del total de individuos. La expresión numérica de la gráfica puede ser 5 para los dejadores extremos, y 0 para mí. Ergo, si Katherine la Grande tiene un 4, y yo tengo un 0, la mayor diferencia dejador/dejado = -4. (Se obtienen números negativos si el dejado es un chico; positivos si lo es la chica.)

A continuación buscó una ecuación que expresara su relación con Katherine la Grande (la más sencilla de sus relaciones) tal y como fue realmente: repugnante, tosca y breve.

Por alguna razón, mientras descartaba una ecuación tras otra, en la habitación parecía hacer cada vez más calor. El sudor le empapaba el vendaje y le caía en los ojos, así que se lo arrancó. Se quitó la camiseta y se limpió la sangre que todavía le salía de la frente. Al estar desnudo de cintura para arriba, las vértebras le sobresalían de la delgada espalda al inclinarse hacia la mesa para trabajar. Se sintió como nunca, como si estuviera a punto de encontrar una idea original. Mucha gente, Colin incluido, había observado ya la dicotomía dejador/dejado, pero nadie la había empleado para mostrar el arco de las relaciones amorosas. Dudaba de que alguien hubiera imaginado alguna vez que una simple fórmula pudiera predecir universalmente el ascenso y la caída de las relaciones amorosas. Sabía que no sería fácil, y por una razón. Pasar los conceptos a números era como hacer anagramas a los que no estaba habituado.

No obstante, confiaba en sí mismo. Nunca había sido especialmente bueno en matemáticas,[31] pero era un mundialmente famoso experto en que lo dejaran.

Siguió con la fórmula, poseído por la sensación de que su cabeza estaba a punto de dar con algo grande e importante. Y cuando demostrara que era alguien, ella lo echaría de menos, seguro. Lo vería como lo veía al principio, como a un genio.

No había pasado una hora cuando tenía una ecuación:

$$f(x) = D^3x^2 - D$$

que hacía que Katherine I fuera así:

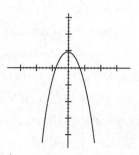

Era casi perfecto: una sencilla representación gráfica de una relación sencilla. Mostraba incluso su brevedad. Las gráficas no tienen que representar el tiempo con exactitud. Basta con que den una idea de la duración por comparación, es decir, salió conmigo más tiempo que K-14, pero no tanto como K-19.[32]

31. Aunque, por supuesto, era mejor que la mayoría.
32. Sería muy largo y aburrido ofrecer aquí la explicación matemática completa. En los libros hay una parte destinada concretamente a las explicaciones largas y aburridas, el Apéndice, que es donde encontraréis la explicación

Pero con Katherine II todo salió mal: solo tocaba el eje x una vez. Estaba claro que todavía no estaba lo bastante pulida para mandar un artículo a *The Annals of Mathematics*, pero Colin se sintió lo bastante bien para volver a ponerse la camiseta. Más contento de lo que lo había estado en…, bueno, al menos dos días, cruzó corriendo el vestíbulo y entró en la fresca sala de estar, desde donde vio a Lindsey, Hassan y Hollis sentados en el comedor, al otro lado de una puerta. Entró en el comedor y se sentó ante un plato de arroz, judías verdes y algo que parecían pollos muy pequeños.

Hassan estaba riéndose de algo, igual que las dos Wells. Parecían encantadas con él. Hassan gustaba como gustan la comida rápida y los famosos. Para Colin era un don sorprendente.

En el momento en que Colin se sentó, Hollis preguntó a Hassan:

—¿Quieres bendecir la mesa?

—Claro. —Hassan carraspeó—. *Bismillah*.

Y cogió su tenedor.

—¿Nada más? —le preguntó Hollis extrañada.

—Nada más. Nosotros somos concisos. Somos concisos y además tenemos hambre.

Lo árabe pareció incomodar a todo el mundo, porque durante unos minutos nadie dijo nada aparte de Hassan, que repetía que las codornices (eran codornices, no pollos diminutos) estaban buenísimas. Y Colin supuso que efectivamente estaban buenas si resultaba que te divertía rebuscar algún tro-

---

semiexhaustiva de las matemáticas incluidas en este libro. En cuanto a la historia en sí, no habrá más matemáticas. Ni una sola vez. Prometido.

cito de carne entre un laberinto infinito de huesos y cartílagos. Buscó con el tenedor y el cuchillo las partes comestibles, y al final localizó un trozo entero de carne. Lo masticó despacio, como para saborearlo, lo masticó, lo masticó y «ay, ¿qué mierda es esto?». Masticó. Masticó. Masticó. Y «otra vez. Joper. ¿Es un hueso?».

—Ay —dijo en voz baja.

—Perdigón —le dijo Lindsey.

—¿Perdigón?

—Perdigón —confirmó Hollis.

—¿Dispararon al animal? —preguntó Colin, que escupió un pequeño perdigón metálico.

—Sí.

—¿Y estoy comiéndome las balas?

Lindsey sonrió.

—No. Las estás escupiendo.

Y así fue como aquella noche Colin cenó básicamente arroz y judías verdes. Cuando todos habían terminado, Hollis preguntó:

—¿Y cómo te sentiste al ganar *KranialKidz*? Recuerdo que en el programa no parecías muy… entusiasmado.

—Me sentí muy mal por la niña que perdió. Era muy maja. La niña con la que competí… se lo tomó muy mal.

—Yo me alegré por los dos —dijo Hassan—. Fui el único miembro del público que daba botes. Singleton vapuleó a la jopida como si le robara algo.[33]

---

33. «Hubiera robado algo», quiso rectificar Colin. Pero la gramática no es interesante.

A Colin, *KranialKidz* le recordó a Katherine XIX, de modo que miró al frente e intentó con todas sus fuerzas pensar en ella lo menos posible. Cuando Hollis habló, fue como si rompiera un largo silencio, como las alarmas de los relojes.

—Creo que deberíais trabajar para mí este verano en Gutshot. Seríais perfectos para un proyecto que estoy empezando.

Con el paso de los años, de cuando en cuando ofrecían trabajo a Colin para aprovecharse de sus habilidades. Pero *a*) los veranos eran para el campamento de niños inteligentes a fin de continuar con su aprendizaje, *b*) un trabajo de verdad lo distraería de su trabajo real, que era convertirse en un depósito de conocimientos cada vez mayor, y *c*) lo cierto era que Colin no tenía ninguna cualidad interesante para el mercado laboral. Rara vez se encuentra uno con el siguiente anuncio, por ejemplo:

> Prodigio
> Enorme empresa megalítica busca a prodigio ambicioso y con talento para formar parte de nuestro estimulante y dinámico Departamento de Prodigios durante el verano. Los requisitos incluyen como mínimo catorce años de experiencia demostrable como niño prodigio, capacidad para hacer anagramas con sentido (y aliteraciones rápidamente) y hablar con fluidez once idiomas. El trabajo consiste en leer, recordar enciclopedias, novelas y poesía. Y memorizar los primeros noventa y nueve dígitos del número pi.[34]

34. Cosa que hizo Colin a los diez años creando una frase de 99 palabras en la que la primera letra de cada palabra correspondía al dígito de pi (a = 1, b = 2, etcétera; j = 0).

Así que cada verano Colin iba al campamento de niños inteligentes, y cada año que pasaba le quedaba más claro que no estaba cualificado para hacer nada, que es lo que dijo a Hollis Wells.

—Solo necesito que seáis razonablemente listos y que no seáis de Gutshot, y los dos cumplís los requisitos. Quinientos dólares por semana para cada uno, más alojamiento y comidas. ¡Estáis contratados! ¡Bienvenidos a la familia de Textiles Gutshot!

Colin lanzó una mirada a su amigo, que sujetaba delicadamente una codorniz con las manos y roía el hueso en un vano intento de comerse un trozo de carne medio decente. Hassan dejó con cuidado la codorniz en el plato y devolvió la mirada a Colin.

Hassan asintió ligeramente. Colin frunció los labios. Hassan se frotó la barba de un día. Colin se mordió el pulgar. Hassan sonrió. Colin asintió.

—De acuerdo —dijo por fin Colin.

Habían decidido quedarse. «Nos guste o no, los viajes tienen un destino», pensó Colin. O al menos su viaje siempre lo tendría. Y aquel parecía un buen punto final: un buen alojamiento, aunque infinitamente rosa; personas razonablemente amables, una de las cuales le hacía sentirse un poco famoso, y el lugar en el que había tenido su primer Eureka. Colin no necesitaba el dinero, pero sabía que a Hassan le fastidiaba estar gastándose el de sus padres. Y además los dos tendrían trabajo. Colin pensó que, en sentido estricto, ninguno de ellos había trabajado por dinero hasta entonces. Colin solo se preocupaba del teorema.

—*La urid an uz'ij rihlatik… wa lakin min ajl jamsu ma'at doolar amreeki fil usbu', sawfa afa'al*[35] —dijo Hassan.

—*La urid an ajsar kulla wakti min ajl wazifa. Yajib an ashtagil ala mas'alat al-riyadiat.*[36]

—¿Nos puedes asegurar que Singleton tendrá tiempo para hacer sus garabatos? —preguntó Hassan.

—¿Qué jerga es esa? —le preguntó Lindsey incrédula.

Colin no le hizo caso y respondió a Hassan:

—No son garabatos, y lo sabrías si…

—Fuera a la universidad. De acuerdo. Me lo temía —repuso Hassan. Se giró hacia Lindsey y añadió—: No estamos hablando en una jerga. Estamos hablando en la sagrada lengua del Corán, la lengua del gran califa y de Saladino, la más bonita y compleja de todas las lenguas humanas.

—Pues suena como un mapache carraspeando —comentó Lindsey.

Colin lo pensó por un momento.

—Necesito tiempo para mi trabajo.

Hollis asintió.

—Fantástico —dijo Lindsey, al parecer sinceramente—. Fantástico. Pero no podéis quedaros con mi habitación.

—Creo que en esta casa podremos encontrar un sitio en el que apalancarnos —contestó Hassan con la boca medio llena de arroz.

Al rato, Hollis dijo:

35. «No quiero fastidiarte el viaje… pero, por quinientos dólares semanales, me interesa.»
36. «De todas formas el viaje es una mierda, pero no quiero dedicar todo el tiempo a trabajar. Tengo que hacer el teorema.»

—Podríamos jugar al Scrabble.

Lindsey se quejó.

—Yo no he jugado nunca —dijo Colin.

—¿Un genio que nunca ha jugado al Scrabble? —preguntó Lindsey.

—No soy un genio.

—Vale. ¿Un sabelotodo?

Colin se rió. Le iba perfecto. Ya no era un prodigio, todavía no era un genio… pero seguía siendo un sabelotodo.

—Yo no juego a juegos —dijo Colin—. En realidad nunca juego demasiado.

—Pues deberías. Jugar es divertido. Aunque el Scrabble no es la mejor manera de divertirse —dijo Lindsey.

Puntuación final:

Hollis: 158

Colin: 521

Lindsey: 293

Hassan: 0[37]

Colin llamó a sus padres y les contó que estaba en un pueblo llamado Gutshot, pero no les comentó que se alojaba en la casa de unos extraños. Luego se quedó trabajando en el teorema en su habitación, en la segunda planta, que tenía un bonito escritorio de roble con los cajones vacíos. Por alguna razón,

37. «No pienso jugar al Scrabble contra Singleton. Si quiero recordar lo tonto que soy, me basta con echar un vistazo a mis notas de Selectividad, gracias.»

a Colin siempre le habían gustado los escritorios con los cajones vacíos. El teorema, sin embargo, no fue bien. Empezaba a preocuparle no ser lo suficientemente bueno en matemáticas para conseguirlo cuando alzó la mirada y vio que la puerta de la habitación se abría. Lindsey Lee Wells llevaba un pijama de cachemira.

—¿Qué tal la cabeza? —le preguntó al tiempo que se sentaba en la cama.

Colin cerró el ojo derecho, volvió a abrirlo y se presionó la herida con un dedo.

—Duele —le respondió—. Pero gracias por habérmelo curado.

Lindsey cruzó las piernas, sonrió y dijo:

—Para eso están los amigos. —Pero de repente se puso seria. Parecía incluso tímida—. Mira, me pregunto si puedo contarte algo —añadió, y se mordió el pulgar.

—Eh, yo hago lo mismo —dijo Colin señalándola.

—Qué raro. Es como el pobre hombre que se chupa el dedo, ¿no? En fin, solo lo hago en privado —aclaró Lindsey, y Colin pensó que estar con él no era exactamente «privado», aunque lo dejó correr—. Bueno, te parecerá una chorrada, pero ¿puedo contarte lo de la foto para que no creas que soy gilipollas perdida? Porque estaba en la cama pensando que debías de pensar que soy gilipollas, y que seguramente Hassan y tú estabais hablando de lo gilipollas que soy.

—Bueno, vale —le contestó Colin, aunque la verdad era que Hassan y él tenían muchas otras cosas de las que hablar.

—Yo era fea. Nunca he sido gorda, es verdad, y nunca he llevado aparatos, ni he tenido granos ni nada de eso. Pero era fea. Ni siquiera sé de qué depende que una tía sea fea o guapa… Quizá hay un grupito secreto de niños que se juntan en el vestuario y deciden quién es fea y quién está buena, porque, hasta donde recuerdo, en cuarto curso no puede haber ninguna tía buena.

—Está claro que no conociste a Katherine I —la interrumpió Colin.

—Regla número uno cuando te cuentan historias: no interrumpir. Ja, ja, ja. Pervertido. En fin, que yo era fea. Se metían mucho conmigo. No quiero aburrirte con mis historias de lo mal que estaba, pero estaba bastante mal. Era muy infeliz. Así que en octavo me hice alternativa. Hollis y yo fuimos en coche a Memphis a comprarme ropa, me corté el pelo, me lo teñí de negro, dejé de ponerme al sol y me convertí en medio emo, medio gótica, medio punk y medio nerd chic. Básicamente no sabía qué mierda estaba haciendo, pero no importaba, porque en el colegio de Milan, Tennessee, nadie había visto a un emo, un gótico, un punk o un nerd chic. Era diferente, nada más. Y los odiaba a todos, y todos me odiaron durante un año entero. Y luego empezó el instituto y decidí intentar caerles bien. Sencillamente, lo decidí. Fue muy fácil, tío. Fue facilísimo. Lo conseguí. Si vas de chica guay, y hablas como una chica guay, y te vistes como una chica guay, y eres la combinación perfecta de picardía, malicia y encanto, como una chica guay, te conviertes en una chica guay. Pero no me consideran gilipollas. En mi colegio ni siquiera hay gente especialmente popular.

—Eso solo lo dicen los que son populares —replicó Colin muy convencido.

—Bueno, vale. Pero no soy una ex chica fea que vendió su alma para salir con tíos buenos e ir a las mejores fiestas de toda la estupenda zona de Gutshot. —Lo repitió casi a la defensiva—: No vendí mi alma.

—Bueno, vale. No me importaría que la hubieras vendido —admitió Colin—. Los frikis siempre dicen que no les importa una mierda la popularidad, pero... no tener amigos es una putada. Personalmente, nunca me han gustado los tíos guays, entre comillas. Pensaba que eran todos unos idiotas y unos mierdas. Pero seguramente me gustan en algunas cosas. Por ejemplo, el otro día le dije a Hassan que quería ser importante... que me recordaran. Y él me dijo: «La fama es la nueva popularidad». Quizá tiene razón, y quizá solo quiero ser famoso. De hecho estaba pensándolo esta noche, que quizá quiero que los extraños piensen que soy guay, porque los que me conocen no lo piensan. Una vez, cuando tenía diez años, fui al zoo con mi clase, y en un momento dado tuve pis, ¿vale? La verdad es que aquel día había tenido que ir varias veces a mear, seguramente porque había bebido demasiada agua. Por cierto, ¿sabías que ese rollo de los ocho vasos al día es una chorrada y no tiene ninguna base científica? Pasa lo mismo con muchas otras cosas. Todo el mundo supone que son ciertas porque la gente es básicamente vaga e indolente, que, por cierto, es una de esas palabras que suenan como si no fueran una palabra, pero lo es.[38]

---

38. Lo de los ocho vasos de agua es rigurosamente cierto. No hay la menor razón para beberte ocho vasos de agua al día, salvo que, por las razones que sean, te guste especialmente el sabor del agua. La mayoría de los expertos está de acuerdo en que, a menos que te pase algo muy grave, tienes que beber agua sencillamente cuando tengas sed.

—Es muy raro ver cómo te funciona el cerebro —dijo Lindsey.

Colin suspiró. Era consciente de que no sabía contar historias, de que siempre incluía detalles que no venían a cuento, que solo le interesaban a él, y que se salía por la tangente.

—Bueno, el final de la historia es que un león estuvo bastante cerca de morderme el pene. Y lo que quería decir es que esas mierdas nunca les pasan a los que son populares. Nunca.

Lindsey se rió.

—Sería una historia cojonuda si supieras contarla. —Volvió a morderse el pulgar. Su vicio privado. Desde detrás de la mano añadió—: Bueno, yo creo que eres guay, y quiero que pienses que yo soy guay, y eso es la popularidad.

EL DESENLACE (DEL PLANTEAMIENTO)

Después de su primer beso, Colin y Katherine I se quedaron en silencio alrededor de dos minutos. Katherine observaba atentamente a Colin, que intentaba seguir traduciendo a Ovidio. Pero Colin se encontró con un problema sin precedentes. No podía concentrarse. No dejaba de mirarla. Los grandes ojos azules de Katherine, demasiado grandes para su joven cara, no se apartaban de él. Colin se dio cuenta de que estaba enamorado. Al final Katherine habló.

—Colin —dijo.

—Dime, Katherine.

—Quiero cortar contigo.

De entrada, Colin no entendió del todo la importancia de aquel momento, por supuesto. Se sumergió en Ovidio, llorando la pérdida en silencio, y Katherine siguió mirándolo durante media hora, hasta que sus padres entraron en la sala de estar para llevársela a casa. Pero solo necesitó a algunas Katherines más para recordar con nostalgia a Katherine la Grande como la perfecta representante del Fenómeno Katherine. Su relación de tres minutos fue el fenómeno en sí en su más pura esencia. Fue el inmutable tango entre el dejador y el dejado: llegar, ver, conquistar y volver a casa.

8

Cuando te pasas la vida entera en Chicago y sus alrededores, resulta que no consigues entender del todo algunas facetas de la vida rural. Pongamos, por ejemplo, el inquietante caso del gallo. Para Colin, el hecho de que los gallos cantaran al amanecer no era más que un tópico literario y cinematográfico. Colin suponía que cuando un autor quería que un personaje se despertara al amanecer, recurría a la tradición literaria del gallo cantando. Pensaba que era como cuando los autores escriben cosas diferentes a como en realidad suceden. Los autores nunca contaban la historia completa. Iban directos al grano. Colin pensaba que la verdad debería importar tanto como el grano, y suponía que por eso él era tan malo contando historias.

Aquella mañana aprendió que en realidad los gallos no empiezan a cantar al amanecer. Empiezan bastante antes del amanecer, hacia las cinco de la mañana. Colin se dio la vuelta en una cama que no era la suya, y por unos segundos, mientras entornaba los ojos en la oscuridad, se sintió bien. Cansado y enfadado con el gallo, pero bien. Entonces recordó que Katherine lo había dejado, y pensó en ella dormida en su gran cama mullida, no soñando con él. Se giró y miró el móvil. No tenía llamadas perdidas.

El gallo volvió a cantar. «Déjate de quiquiriquís, capullo», farfulló Colin. Pero el gallo siguió cantando, y hacia el amanecer, los quiquiriquís formaron una extraña sinfonía disonante al mezclarse con los sonidos amortiguados de los rezos matutinos de un musulmán. Aquellas horas con tanto ruido que no podía dormir le dieron tiempo para dar vueltas a muchas cosas, desde la última vez que Katherine pensó en él hasta los anagramas que podían hacerse con la palabra «gallo».[39]

Hacia las siete de la mañana, mientras el gallo (o quizá hubiera más de uno, quizá cantaban por turnos) daba inicio a su tercera hora de alaridos, Colin se dirigió dando tumbos al cuarto de baño, que daba también a la habitación de Hassan. Hassan todavía estaba en la ducha. Aunque era muy lujoso, su cuarto de baño no tenía bañera.

—Buenos días, Hass.

—¡Hola! —gritó Hassan desde la ducha—. Tío, Hollis se ha quedado dormida en la sala de estar viendo la teletienda. Tiene una casa de mil millones de dólares y duerme en el sofá.

—Las abejas reina son raras —contestó Colin sacándose el cepillo de dientes en mitad de la frase.

—De todas formas… Hollis está encantada conmigo. Cree que soy la panacea. Y que tú eres un genio. Y a quinientos dólares por semana, no tendré que volver a trabajar. Quinientos

39. Encontró dos: «algol» y «llago».

dólares pueden durarme cinco meses en casa, tío. Puedo sobrevivir con este verano hasta que tenga treinta años.

—Tu falta de ambición es impresionante, la verdad.

Hassan estiró el brazo desde la ducha y cogió una toalla con las iniciales HLW. Un momento después salió y se dirigió a la habitación de Colin con la toalla enrollada alrededor de su gruesa cintura.

—Mira, *kafir*, deja de darme la lata con lo de que vaya a la universidad. Déjame ser feliz y yo te dejaré ser feliz a ti. Tirarnos mierda entre nosotros está bien, pero hasta cierto punto.

—Perdona. No sabía que ya había llegado ese punto.

Colin se sentó en la cama y se puso una camiseta de *KranialKidz* que le habían regalado.

—Bueno, has sacado el tema doscientos ochenta y cuatro días seguidos.

—Quizá deberíamos tener una palabra —respondió Colin—. Para cuando nos pasemos. Una palabra cualquiera, y así sabremos que tenemos que dejarlo correr.

Hassan, todavía con la toalla alrededor de la cintura, miró al techo y luego dijo:

—Palominos.

—Palominos —aceptó Colin haciendo anagramas mentalmente.

«Palominos» era un chollo para hacer anagramas.[40]

—Estás haciendo anagramas, ¿verdad, capullo? —le preguntó Hassan.

40. «Pan solo mío», «País molón», «Nos amplió», «Si no palmo», «Poli masón», «Poli manso», «Sin aplomo», etcétera.

—Sí —le contestó Colin.

—Quizá por eso te dejó. Te pasas el día haciendo anagramas y no escuchas.

—Palominos —replicó Colin.

—Solo quería darte la oportunidad de que la utilizaras. Venga, vamos a comer. Tengo más hambre que un niño el tercer día en un campamento para gordos.

Mientras cruzaban un vestíbulo en dirección a una escalera de caracol que llevaba a la cocina, Colin preguntó, lo más cerca a un susurro que pudo:

—¿Por qué crees que Hollis quiere darnos trabajo en realidad?

Hassan se detuvo en la escalera, y Colin con él.

—Quiere hacerme feliz. Los gorditos tenemos un vínculo, tío. Es como una sociedad secreta. Tenemos todo tipo de mierdas que ni te imaginas. Apretones de manos, bailes especiales para gordos… Tenemos guaridas secretas en el centro de la tierra y bajamos en plena noche, mientras todos los niños delgados están durmiendo, a comer pasteles, pollo frito y otras porquerías. ¿Por qué crees que Hollis todavía está dormida, *kafir*? Porque nos pasamos toda la noche en la guarida secreta inyectándonos crema de mantequilla en las venas. Nos da trabajo porque un gordo siempre confía en otro gordo.

—Tú no estás gordo. Estás rellenito.

—Tío, me has visto las tetas cuando salía de la ducha.

—No están tan mal —dijo Colin.

—¡Aquí las tienes! ¡Tú te lo has buscado!

Hassan se levantó la camiseta hasta el cuello, y Colin echó un vistazo al torso peludo, en el que se veían —de acuerdo, no había por qué negarlo— dos tetas pequeñas. Aunque de copa A. Hassan sonrió con gran satisfacción, se bajó la camiseta y siguió descendiendo por la escalera.

Hollis tardó una hora en estar lista, y en ese tiempo Hassan y Lindsey charlaron y vieron la tele mientras Colin, sentado en la otra punta del sofá, leía uno de los libros que había metido en la mochila: una antología de Lord Byron que incluía los poemas *Lara* y *Don Juan*. Le gustaba mucho. Cuando Lindsey lo interrumpió, acababa de llegar a un verso que le encantaba: «La eternidad te invita a olvidar».

—¿Qué estás leyendo ahí, sabelotodo? —le preguntó Lindsey.

Colin levantó el libro.

—Don Juan —dijo, pronunciando «Juan» como «Wan»—. ¿Quieres aprender cómo evitar que te dejen?

—Juan —la corrigió Colin—. Se pronuncia Don Ju-an.[41]

—No me interesa —comentó Hassan.

Pero dio la impresión de que a Lindsey le había parecido más molesto que poco interesante. Puso los ojos en blanco y recogió de la mesita los platos del desayuno. Hollis Wells bajó envuelta en algo que parecía una toga de flores.

—Lo que vamos a hacer —dijo hablando muy deprisa— es reunir una historia oral de Gutshot para las generaciones futuras. Llevo un par de semanas lanzando la caña a gente para

41. Es cierto. Buena parte de la métrica de Don Juan solo funciona si se lee «Juan» como bisílabo.

hacer entrevistas, pero no las haré ahora que estáis vosotros. De todos modos, hasta ahora el fracaso de este proyecto han sido los cotilleos. Todo el mundo habla de lo que los demás dicen o no dicen. Pero vosotros no tenéis ningún motivo para charlar de si a Ellie Mae le gustaba o no su marido cuando se casó con él, en 1937. Así que lo haréis vosotros. Y Linds, porque todo el mundo confía…

—Soy muy sincera —explicó Lindsey interrumpiendo a su madre.

—Demasiado, querida. Pero sí. Bueno, pues hacéis que hablen y os aseguro que no callarán. Quiero seis horas de grabación diarias. Pero orientadlos hacia la historia real, si podéis. Lo hago para mis nietos, no para un festival de cotilleos.

Lindsey tosió, murmuró «Gilipolleces» y volvió a toser.

Hollis abrió los ojos como platos.

—¡Lindsey Lee Wells, pon una moneda en el bote de los tacos ahora mismo!

—Mierda —dijo Lindsey—. Una polla. Puta mierda. —Se acercó a la repisa de la chimenea y dejó un billete de un dólar en un bote de vidrio—. No hay cambio, Hollis.

Colin no pudo evitar reírse. Hollis le lanzó una mirada asesina.

—Bueno, deberíais poneros en marcha. Seis horas de grabación, y os quiero aquí a la hora de cenar.

—Espera, ¿quién va a abrir la tienda? —preguntó Lindsey.

—Mandaré a Colin de momento.

—Se supone que yo tengo que dedicarme a grabar —comentó Colin.

—Al otro Colin —aclaró Hollis—. El novio de Lindsey.
—Suspiró—. De todas formas, no aparece por el trabajo la
mitad de las veces. Venga, en marcha.

En el Coche Fúnebre, con Hassan conduciendo por el larguí-
simo camino que llevaba a la Mansión Rosa, Lindsey dijo:

—El novio de Lindsey y suspiro. Siempre igual: el novio
de Lindsey y suspiro. En fin, oye, llévame un momento a la
tienda.

Hassan levantó la mirada y se dirigió a Lindsey por el retrovisor.

—Ni de coña. Así empiezan las películas de terror. Te llevamos, te metes en la casa de algún extraño, y a los cinco minutos un psicópata está cortándome los huevos con un mache-
te, y su mujer esquizofrénica obliga a Colin a hacer flexiones
encima de brasas ardiendo. Tú te vienes con nosotros.

—No os ofendáis, pero no he visto a Colin desde ayer.

—Que no se ofenda ese capullo —respondió Hassan—,
pero Colin está en el asiento del copiloto leyendo Don JU-AN.
Tú sales con El Otro Colin, alias EOC.

Colin había dejado de leer. Escuchaba cómo lo defendía
Hassan. O al menos pensó que Hassan estaba defendiéndolo.
Con Hassan nunca se sabía.

—Lo que quiero decir es que no hay la menor duda de que
mi chico, este que está aquí, es el Colin Principal. No hay nadie como él. Colin, di «único» en todos los idiomas que sabes.

Colin empezó inmediatamente. Era una palabra que se
sabía.

—Veamos: *unique*,[42] *unico*,[43] *einzigartig*,[44] *único*,[45] уникáљнный,[46] μοναχός,[47] *singularis*,[48] *farid*.[49]

Sin duda Hassan sabía lo que hacía. Colin sintió un arrebato de cariño por él, y recitar las palabras sirvió para inundar el omnipresente agujero que tenía en el estómago. Por un momento fue como una medicina.

Lindsey sonrió a Colin por el retrovisor.

—Jolín, mi copa de Colins rebosa. —Sonrió—. Uno me enseña francés y el otro me hace un francés. —Se rió de su propio chiste y añadió—: Bueno, vale. Iré con vosotros. No me gustaría ver cómo le cortan los huevos a Colin. A ninguno de los dos Colins, la verdad. Pero luego tenéis que llevarme a la tienda.

Hassan aceptó y Lindsey los guió hasta lo que llamó el Taco Hell (el Infierno de los Tacos), y de allí a una calle pequeña con casas de una sola planta a ambos lados. Enfilaron un camino.

—Casi todo el mundo está trabajando —explicó—. Pero Starnes debe de estar en casa.

Starnes los saludó en la puerta. No tenía mandíbula inferior. Parecía tener un pico de pato cubierto de piel en lugar de barbilla, mandíbula y dientes. Pero intentó sonreír a Lindsey.

—Hola, cielo —le dijo—. ¿Cómo estás?

42. Inglés y francés.
43. Italiano.
44. Alemán.
45. Español.
46. Ruso.
47. Griego.
48. Latín.
49. Árabe.

—Siempre estoy bien cuando te veo, Starnes —le contestó abrazándolo.

Le brillaron los ojos. Lindsey le presentó a Colin y a Hassan. Como el anciano vio a Colin observándolo, explicó:

—Cáncer. Pero entrad y sentaos.

La casa olía a viejos sofás mohosos y a madera. Colin pensó que olía a telarañas y a confusos recuerdos. Olía como el sótano de K-19. Y el olor le trasladó tan instintivamente a un tiempo en que ella lo amaba —o al menos así lo sentía él— que volvió a dolerle el estómago. Cerró los ojos un segundo y esperó a que la sensación pasara, pero no pasó. Para Colin las cosas nunca pasaban.

EL PLANTEAMIENTO (DEL DESENLACE)

Katherine XIX no era todavía la XIX cuando salieron por tercera vez. Aunque los indicios parecían positivos, no se atrevió a preguntarle si quería salir con él, y sin duda no podía limitarse a acercarse y besarla. Colin solía flaquear cuando llegaba el momento de besarse. De hecho, tenía una teoría al respecto, llamada teorema de Minimización del Rechazo (TMR):

El acto de acercarse a besar a alguien, o preguntarle si puedes besarle, está cargado de posibilidades de rechazo, de modo que la persona menos proclive a ser rechazada debería acercarse o preguntar. Y esa persona, al menos en las relaciones heterosexuales durante el instituto, es sin duda la chica. Pensemos lo siguiente: los chicos básicamente quieren besar a las chicas. Los tíos quieren enrollarse. Siempre. Aparte de Hassan, raramente se da el momento en el que un chico piensa: «Bueno, creo que hoy es mejor no besar a ninguna chica». Un tío tendría que estar literalmente ardiendo para no pensar en enrollarse con una tía. Así es. Mientras que las chicas son muy volubles con eso de besar. A veces quieren enrollarse, y a veces no. La verdad es que son una fortaleza misteriosa e inescrutable.

Ergo: las chicas siempre deberían dar el primer paso, porque a) en general tienen menos probabilidades de ser rechazadas que los tíos, y b) de esta manera nunca las besarían si no quisieran que las besaran.

Por desgracia para Colin, besar no sigue la menor lógica, de modo que su teoría nunca funcionó. Pero, como siempre esperaba una eternidad para besar a una chica, rara vez lo rechazaban.

Aquel viernes, después de clase, llamó a la futura Katherine XIX, le preguntó si quería salir a tomar un café al día siguiente, y ella aceptó. Fueron a la misma cafetería que en sus dos primeras citas. Había tanta tensión sexual en el ambiente que no podía evitar ponerse cachondo cada vez que Katherine le rozaba la mano. De hecho, había dejado las manos encima de la mesa para que estuvieran a su alcance.

La cafetería estaba a pocos kilómetros de la casa de Katherine y a cuatro edificios de la de Colin. Se llamaba Café Sel Marie, y servía algunos de los mejores cafés de Chicago, lo que a Colin no le importaba lo más mínimo, porque no le gustaba el café. Le gustaba mucho la idea del café, una bebida caliente que te da energía y que durante siglos se había relacionado con gente sofisticada e intelectuales, pero el café en sí le sabía a bilis estomacal con cafeína. Así que lidió con aquel desagradable sabor llenando la taza de leche, por lo que Katherine se burló de él amablemente aquella tarde. No será necesario decir que Katherine se bebió el café solo. Las Katherines suelen beber el café solo. Les gusta el café como sus ex novios: amargo.

Horas después, tras cuatro tazas de café, Katherine quiso que viera una película.

—Se titula *Los Tenenbaum* —dijo—. Va de una familia de genios.

Colin y Katherine se metieron en la Brown Line hacia Wrigleyville, y luego recorrieron cinco manzanas hasta su casa, un estrecho edificio de dos plantas. Katherine lo condujo al sótano, un espacio frío y húmedo, con baldosas onduladas en el suelo, en el que había un viejo sofá, sin ventanas y con el techo muy bajo (a cinco centímetros de Colin). Como sala de estar era muy modesto, pero como cine era fantástico. Estaba tan oscuro que podías hundirte en el sofá y desaparecer en la película.

A Colin le gustó mucho la película. Se rió un montón y se sintió cómodo en un mundo en el que todos los personajes que habían sido niños inteligentes crecían y se convertían en adultos fascinantes y únicos (aunque estaban bien jodidos). Cuando acabó Katherine y Colin se quedaron sentados en la oscuridad. El sótano era el único sitio oscuro de verdad que Colin había visto en Chicago. En cualquier sitio con ventanas se filtraba día y noche una luz gris anaranjada.

—Me encanta la banda sonora —le dijo Katherine—. Te hace sentir guay.

—Sí —contestó Colin—. Y me han gustado los protagonistas. Hasta me ha gustado un poco el horrible padre.

—Sí, a mí también —dijo Katherine.

Colin veía su pelo rubio y la silueta de su cara, pero poco más. Tenía la mano agarrotada y sudorosa, porque había estado apretando la de Katherine durante media hora, mientras veían la película, pero no quería ser él el primero en retirarla.

—Bueno —siguió diciendo Katherine—, es egoísta, pero todo el mundo es egoísta.

—Exacto —dijo Colin.

—¿Y es así? Me refiero a ser un prodigio o algo así.

—No, la verdad es que no. Todos los prodigios de la película estaban buenos, por ejemplo —bromeó.

Katherine se rió y dijo:

—Todos los que yo conozco también.

Colin exhaló bruscamente, la miró y casi... pero no. No estaba seguro y no podía enfrentarse a la idea de que lo rechazara.

—Además, en la película todos han nacido superdotados. Yo no soy así, ¿sabes? Es decir, he trabajado como mínimo diez horas diarias, cada día, desde que tenía tres años —dijo sin el más mínimo orgullo.

Consideraba efectivamente un trabajo leer, aprender idiomas y pronunciación, recitar datos y analizar con cuidado todo texto que le entregaban.

—¿Y qué es lo que se te da bien exactamente? Bueno, sé que todo se te da bien, pero ¿en qué eres muy bueno aparte de en idiomas?

—Soy bueno con códigos y esas cosas. Y soy bueno en juegos lingüísticos, como los anagramas. En realidad es lo que más me gusta. Puedo hacer anagramas de lo que sea.

—¿Lo que sea?

—El saqueo —respondió al instante.

Ella sonrió y dijo:

—Katherine Carter.

Colin deseaba deslizarle la mano por la nuca, atraerla hacia sí y saborear suavemente sus labios en la oscuridad. Pero todavía no. No estaba seguro. El corazón le latía muy deprisa.

—Bueno, vale: Karate retrinche… Ah, y me gusta esta: Khan tire carrete.

Katherine se rió, soltó la mano y la apoyó en la rodilla de Colin. Tenía los dedos suaves. De repente le llegó su olor entre la humedad del sótano. Olía a lilas, y supo que casi había llegado el momento. Pero no se atrevió a mirarla, aún no. No apartaba los ojos de la pantalla en blanco. Quería prolongar el momento antes del momento, porque, por placentero que sea besar, nada es tan placentero como esperarlo.

—¿Cómo lo haces? —le preguntó.

—Es sobre todo práctica. Llevo mucho tiempo haciéndolo. Veo las letras y saco primero una buena palabra, como «karate» o «carrete», y luego intento utilizar las demás letras para… Oh, vaya, es un aburrimiento —dijo esperando que no lo fuera.

—No, no es un aburrimiento.

—Con las demás letras intento que tenga sentido gramatical. En fin, solo es un juego.

—Vale, anagramas. Ya tenemos una cosa. ¿Alguna otra cautivadora habilidad? —le preguntó.

Y por fin se sintió seguro de sí mismo.

Se volvió hacia ella, reunió en el estómago el poco valor de que disponía y contestó:

—Bueno, no beso del todo mal.

9

—Estáis en vuestra casa. Hollis me dijo que quizá os pasaríais por aquí para entrevistarme e indagar acerca de mi fascinante vida —explicó Starnes.

Colin se sentó en un sofá húmedo bastante parecido al que había compartido con K-19 cuando se dieron el primer beso. Lindsey le presentó a Colin y a Hassan, y Colin empezó a hacer preguntas. La sala no tenía aire acondicionado, de modo que mientras apretaba el botón de grabar de la minigrabadora digital y la dejaba encima de la mesita, sintió que se le formaba la primera gota de sudor en el cuello. Sería un día largo.

—¿Cuándo llegaste a Gutshot? —le preguntó Lindsey.

—Nací en este país en 1920.[50] Nací aquí, crecí aquí, siempre he vivido aquí y moriré aquí, estoy seguro —respondió, y le guiñó un ojo a Lindsey.

—Ay, Starnes, no digas eso —dijo Lindsey—. ¿Qué demonios haría aquí sin ti?

---

50. Colin tardó un momento en entender que Starnes no se refería a Estados Unidos, sino a la zona central del sur de Tennessee.

—Seguramente andar con ese Lyford —le contestó Starnes. Se volvió hacia los chicos y añadió—: No tengo demasiada buena opinión de su padre.

—Lo que pasa es que me quieres para ti solo —dijo Lindsey riéndose—. Háblanos de la fábrica, Starnes. Estos chicos no la han visto.

Por alguna razón, cuando hablaba con Starnes, Lindsey tenía un fuerte acento del sur.

—Abrieron la fábrica tres años antes de que yo naciera, y yo trabajé en ella desde los catorce. Supongo que si no hubiera trabajado en esa fábrica, habría sido granjero. Es lo que hacía mi padre hasta que la abrieron. En aquellos tiempos hacíamos de todo, camisetas, pañuelos, bufandas, y el trabajo era duro. Pero tu familia siempre fue justa. Primero, el doctor Donocefar, y luego su yerno, Corville Wells. Luego estuvo el hijo de puta de Alex, que ya sé que era tu padre, Lindsey, así que perdóname. Y luego Hollis, que se ocupó de todos nosotros. Trabajé en esa fábrica sesenta años. Tengo el récord mundial. A la sala de personal le pusieron mi nombre porque es donde pasé la mayor parte del tiempo.

Starnes sonrió con el labio superior, pero su barbilla sin mandíbula no pudo seguirlo.

La casa parecía ya una bañera caliente, sin agua y sin burbujas. «Qué duro es ganar cien dólares», pensó Colin.

—¿Queréis un té? —preguntó Starnes.

Se levantó sin esperar respuesta y se dirigió a la cocina.

El té, dulce y amargo a la vez, tenía cierto sabor a limonada, aunque más adulto. A Colin le encantó —era lo que esperaba del café—, y se sirvió varios vasos mientras Starnes charlaba. El anciano solo se detuvo para tomarse la medicación (una vez) y para ir al baño (cuatro veces; suele suceder con las personas mayores, parece que les encantan los cuartos de baño).

—Bueno, lo primero que tenéis que entender es que aquí nunca fuimos pobres. Ni siquiera durante la Depresión pasé hambre, porque, cuando el doctor Donocefar tenía que echar a gente, nunca despedía a más de una persona por familia.

Algo sobre el doctor Donocefar llevó a Starnes a otro tema.

—Sabéis que llaman Gutshot al pueblo desde hace la tira de tiempo, pero, Lindsey, apuesto a que no sabes por qué.

Lindsey negó con la cabeza amablemente, y Starnes se incorporó en su butaca y dijo:

—Ah, ¿lo ves? Pues entonces no os han contado una mierda. Hace mucho tiempo, tanto que ni siquiera este viejo había nacido aún, el boxeo era ilegal. Y si querías saltarte la ley, Gutshot era un lugar perfecto. La verdad es que siempre lo ha sido. Yo mismo estuve varias veces en la cárcel de Carver. En 1948 por ir borracho por la calle. En 1956 por alteración del orden público. Y en 1974 pasé dos días en la cárcel por disparar ilegalmente y matar a la serpiente de Caroline Clayton. Mary no pagó la fianza después de que matara a la maldita serpiente, claro. Pero ¿cómo demonios iba a saber yo que era una mascota? Entro en la casa de Caroline Clayton a buscar un martillo que le había prestado hacía seis meses, y de repente me encuentro a una puta serpiente arrastrándose por la cocina. ¿Qué habrías hecho tú, hijo? —preguntó a Colin.

Colin sopesó la situación.

—¿Entraste en la casa sin llamar? —le preguntó.

—No, llamé, pero ella no estaba en casa.

—Eso también es delito —señaló Colin—. Allanamiento de morada.

—Pues gracias a Dios que no me detuviste tú, chico —repuso Starnes—. Pero, en fin, si ves una serpiente, la matas. Eso me enseñaron de crío. Así que disparé. La partí en dos. Y aquella noche Caroline Clayton (ya ha muerto, que Dios la tenga en la gloria) se pasó por mi casa gritando y llorando porque había matado a Jake, y yo le dije que el que había matado a Jake debía de ser otro, a saber quién, porque yo lo único que había hecho había sido disparar a una puta serpiente. Y entonces resultó que Jake era la serpiente y que la quería como al hijo que nunca tuvo. Nunca se casó, claro. Era más fea que un pecado, que Dios la tenga en su gloria.

—Seguramente a la serpiente no le importaba que fuera fea —comentó Colin—. Son cortas de vista.

Starnes miró a Lindsey Lee Wells.

—Tu amigo es una fuente inagotable de conocimiento.

—Sí que lo es —le contestó.

—¿De qué estaba hablando? —preguntó Starnes.

—De Gutshot. El boxeo. Los viejos tiempos —le respondió Colin rápidamente.

—Eso, sí, bien. En aquellos tiempos, antes de que la fábrica atrajera a familias, era un pueblo problemático. Un rudo pueblo de aparceros. Mi madre me dijo que no tenía nombre. Pero empezaron a llegar boxeadores. Chicos de todo el país venían a luchar por cinco o diez dólares, el que ganaba se lo llevaba todo y hacían algo más de dinero apostando por su cuenta. Pero, para saltarse las leyes del boxeo, tenían esta norma: no podías pegar por debajo del cinturón ni por encima de los hombros. Golpes en la barriga (*gutshots*). El pueblo se hizo famoso por este tipo de boxeo, y así nos llamaron.

Colin se pasó el dorso de la mano sudorosa por la frente sudorosa, con lo que, en lugar de eliminar la humedad, la extendió, y dio varios sorbos de té.

—Mary y yo nos casamos en 1944 —siguió diciendo Starnes—, cuando se suponía que tenía que ir para la guerra.

Y Colin pensó que a Starnes no le iría nada mal una clase de un profesor de lengua del instituto, el señor Holtsclaw, que les habló de las preposiciones. Colin no podía contar una historia para que su vida se conservara, cierto, pero al menos sabía lo que eran las preposiciones. Aun así, resultaba divertido escuchar a Starnes.

—En fin —continuó Starnes—, no fui para la guerra porque me disparé en dos dedos de los pies, porque soy un cobarde. Soy viejo, así que puedo decírselo sinceramente. No me daba miedo la guerra, ¿sabéis? La guerra nunca me asustó. Sencillamente, no quería irme al quinto pino a pelear. Después tuve mala fama, porque dije que me había disparado por accidente, pero todo el mundo sabía la verdad. Nunca perdí esa mala fama, aunque ahora casi todos se han muerto, y a ninguno os han contado su historia, así que tenéis que creer la mía, porque no hay otra. Ellos también eran cobardes. Todo el mundo lo es.

»Pero nos casamos, y os aseguro que nos queríamos. Nos quisimos hasta el final. Yo no le gustaba demasiado, pero seguro que me quería, ya me entendéis. —Colin miró a Hassan, que le devolvió la mirada horrorizado, con los ojos como platos. Los dos se temían que sabían exactamente lo que Starnes estaba diciendo—. Murió en 1997. Un ataque al corazón. Ella era muy buena, y yo muy malo, pero ella se murió, y yo no.

Luego les enseñó fotos. Se agolparon alrededor de su butaca mientras sus manos arrugadas pasaban lentamente las páginas de un álbum lleno de recuerdos. Las fotos más viejas estaban descoloridas y amarillentas, y Colin pensó que las personas mayores parecen mayores incluso en las fotos de cuando eran jóvenes. Vio las fotos pasando de un nítido blanco y negro a los insulsos colores de las Polaroid, observó a niños que nacían y crecían, cuyo pelo se caía y se veía sustituido por arrugas. Y en todas las fotos Starnes y Mary estaban juntos, desde su boda hasta su quincuagésimo aniversario. «A mí me pasará lo mismo —pensó Colin—. Lo mismo. Seguro. Con Katherine. Pero yo seré algo más. Dejaré tras de mí algo más que un álbum en el que siempre parezca viejo.»

Poco después Colin supo que sus seis horas habían concluido porque Lindsey Lee Wells se levantó y dijo:

—Bueno, tenemos que marcharnos ya, Starnes.

—Muy bien —le contestó—. Encantado de que hayáis venido. Y Lindsey, estás perfecta.

—¿Necesitas un aparato de aire acondicionado? Hace un calor horroroso, y Hollis podría conseguirte uno sin problemas —dijo Lindsey.

—Me las apaño. Ya ha hecho bastante.

Starnes se puso en pie y los acompañó a la puerta. Colin estrechó la mano temblorosa del anciano.

Colin condujo el Coche Fúnebre lo más deprisa que le permitieron las carreteras, con las ventanillas bajadas para refrescarse un poco.

—Creo que acabo de perder veinticinco kilos en sudor —dijo Hassan.

—Entonces podrías aguantar el calor un poco más —le contestó Lindsey—. Han sido los cien dólares más fáciles que ha ganado nadie en Gutshot. Eh, no gires. Tienes que llevarme a la tienda.

—¿Para que pasemos un rato con El Otro Colin en un sitio con un estupendo aire acondicionado?

Lindsey negó con la cabeza.

—Pues no. Me dejáis en la tienda y os perdéis hasta dentro de dos horas, que pasaréis a recogerme, y luego diremos a Hollis que hemos pasado la tarde dando vueltas por el pueblo.

—Bueno —respondió Hassan con tono molesto—, sin duda echaremos de menos tu enorme encanto y tu alegre personalidad.

—Perdona —dijo Lindsey—. Era una broma. Tú me caes bien, Hassan. Al que no soporto es al sabelotodo.

Colin miró hacia el asiento de atrás por el retrovisor. Lindsey le sonreía con los labios cerrados. Sabía que estaba bromeando, o eso pensó, pero sintió que el cabreo le subía por la garganta y supo que sus ojos delataban que se había ofendido.

—Por favor, Singleton, es una broma.

—Recuerda que cuando oye a una chica decir que es insoportable suelen ser las últimas palabras de una Katherine —le explicó Hassan, como si Colin no estuviera al volante—. Es bastante susceptible con lo de ser insoportable.

—Palominos —dijo Colin.

—Oído.

Después de dejar a Lindsey, acabaron volviendo al Hardee's a comerse una hamburguesa doble con queso y patatas fritas tan grasientas que se habían quedado blandas. La primera media hora Colin leyó a Byron, y Hassan suspiraba cada dos por tres y decía «Qué aburrido eres», hasta que por fin Colin cerró el libro.

Todavía les quedaba una hora que perder cuando acabaron de comer. En el aparcamiento, con oleadas de calor irradiando desde el asfalto, Hassan se pasó la mano por la frente.

—Creo que deberíamos ir a la tienda.

Entraron en el aparcamiento de tierra de la tienda cincuenta minutos antes de lo previsto, subieron la escalera e irrumpieron en el aire acondicionado. Lindsey Lee Wells estaba sentada detrás del mostrador, encima de algo que parecía un chico, que la rodeaba con un brazo.

—Hola —dijo Colin.

EOC asomó la cabeza desde detrás de Lindsey. Hizo un gesto con la cabeza sin sonreír, pestañear ni mover el más mínimo músculo de su rudo rostro.

—¿Qué hay? —dijo EOC.

—No gran cosa —le contestó Colin.

—Tenéis los dos mucha suerte por estar alojados en casa de Lindsey.

Lindsey soltó una carcajada y se retorció para besar a su novio en el cuello.

—Bueno, algún día viviremos juntos —le dijo.

—Si la tocáis —soltó EOC sin venir a cuento—, os mato.

—Menudo tópico —replicó Hassan desde el pasillo de las golosinas—. ¿Y qué pasa si la tocamos? O sea, ¿qué pasa si la rozo al cruzar un pasillo?

EOC le lanzó una mirada asesina.

—Bueno —dijo—, muy divertido, pero Lindsey y yo estábamos hablando de cosas importantes, así que si no os importa…

—Ay, perdona. Sí, iremos a dar una vuelta —dijo Colin para relajar la tensión.

—Toma. —Lindsey le tiró unas llaves—. La camioneta de Colin tiene aire acondicionado.

—No la saquéis del aparcamiento —dijo EOC con tono brusco.

Mientras salían, Colin oyó a EOC preguntándole a Lindsey: «¿Quién es el genio, el gordo o el flaco?». Pero no esperó a oír la respuesta. Mientras cruzaban el aparcamiento de tierra hacia la camioneta de EOC, Hassan dijo:

—Joder, está cachas, ¿verdad? Mira, el gordo va a echar una meada en el campo.

—El flaco esperará al gordo en la camioneta —respondió Colin.

Colin entró, metió la llave y puso el aire acondicionado a tope, aunque al principio solo salió aire caliente.

Hassan abrió la puerta del copiloto y empezó a hablar de inmediato.

—Con él está muy alegre, pero con nosotros es una más, soltando mierdas, y con Starnes hablaba todo el rato con acento del sur.

—¿Te has colado por ella? —le preguntó de repente Colin.

—No. Solo pensaba en voz alta. Te repito por última vez que no me interesa salir con una chica con la que no voy a casarme. Salir con Lindsey sería *haram*.[51] Además tiene la nariz grande. No me suelen gustar las narices.

—Bueno, no es por discutir, pero haces todo tipo de cosas que son *haram*.

Hassan asintió.

—Sí, pero la mierda *haram* que hago es tener un perro, por ejemplo. No fumar crack, criticar a la gente por la espalda, robar, mentir a mi madre o follar con chicas.

—Relativismo moral —dijo Colin.

—No, no lo es. No creo que a Dios le importe una mierda que tengamos un perro o que una mujer se ponga pantalones cortos. Creo que lo que le importa es si eres buena persona.

A Colin las palabras «buena persona» le recordaron de inmediato a Katherine XIX. No tardaría en marcharse de Chicago para ir a un campamento de Wisconsin en el que trabajaba cada verano como monitora. El campamento era para niños con discapacidad física. Les enseñaban a montar a caballo. Era muy buena persona, y todo su cuerpo la echaba de menos. Echaba de menos sus infinitos.[52] Pero en la punzante parte que

---

51. *Haram* es una palabra árabe que significa «prohibido por el islam».
52. Es una cursilada, pero era lo que siempre se decían el uno al otro: «Te quiero infinito», «Te echo de menos infinito», etcétera.

le faltaba sentía que ella no lo deseaba así. Seguramente se había quitado un peso de encima. Si estuviera pensando en él, lo llamaría. A no ser que…

—Creo que voy a llamarla.

—No podrías haber tenido una idea peor —le contestó Hassan inmediatamente—. La peor idea de tu vida.

—No, no lo es, porque ¿qué pasa si está esperando que la llame, como yo estoy esperando que me llame ella?

—Vale, pero tú eres el dejado. Y los dejados no llaman. Lo sabes, *kafir*. Los dejados no deben llamar nunca jamás. Esta norma no tiene excepciones. Ninguna. Nunca llaman. Jamás. No puedes llamar. —Colin se metió la mano en el bolsillo—. No lo hagas, tío. Estás quitándole la argolla a una granada. Estás empapado de gasolina y el teléfono es una cerilla encendida.

Colin abrió el teléfono.

—Palominos —dijo.

Hassan levantó las manos.

—¡No puedes palominear eso! ¡Es un flagrante mal uso del palomino! ¡Te palomino que la llames!

Colin cerró el teléfono y se lo pensó. Mientras lo hacía se mordió el pulgar.

—De acuerdo —dijo metiéndose el teléfono en el bolsillo—. No llamo.

Hassan suspiró profundamente.

—Has estado a punto. Menos mal que ha funcionado la Doble Inversión de Palominos.

Se quedaron un momento en silencio, y luego Colin dijo:

—Quiero irme a casa.

—¿A Chicago?

—No, a casa de Lindsey. Pero aún nos quedan cuarenta minutos.

Hassan miró a través del parabrisas y asintió despacio. Tras unos segundos en silencio dijo:

—Vale. Vale. Ataque de asma del gordito. Es un clásico, pero funciona.

—¿Qué?

Hassan puso los ojos en blanco.

—¿Qué te pasa? ¿Estás sordo? Ataque de asma del gordito. Es el truco más viejo de todo el manual de los gorditos. Sígueme el rollo.

Salieron del coche, y Hassan empezó a respirar ruidosamente. Cada inhalación sonaba como el grito de un pato moribundo. HIIIIIIII, exhalación. HIIIIIIII, exhalación. Se llevó la mano al pecho y entró corriendo en la tienda.

—¿Qué le pasa? —preguntó Lindsey a Colin.

Antes de que Colin pudiera contestar, Hassan empezó a hablar entre jadeos.

—HIIIIIIII. Asma. HIIIIII. Ataque. HIIIIII. Grave. HIIIIII.

—Oh, mierda —dijo Lindsey.

Saltó de las rodillas de EOC, se giró, cogió el botiquín y empezó a buscar en vano algún medicamento para el asma. EOC se quedó en silencio en el taburete, sin duda molesto por la interrupción.

—Se pondrá bien —dijo Colin—. Suele pasarle. Solo tenemos que ir a casa a por su inhalador.

—A Hollis no le gusta que aparezca nadie cuando está trabajando —dijo Lindsey.

—Bueno, hará una excepción —dijo Colin.

Hassan siguió jadeando de camino a la casa y mientras subía corriendo las escaleras de la Mansión Rosa hacia su habitación. Colin se sentó con Lindsey en la sala de estar. Los dos oían a Hollis en la cocina diciendo: «Es un producto americano. Lo fabrican trabajadores americanos. Es el principal argumento de venta. Así podemos vender y promocionar nuestro producto. La gente compra los productos americanos. Tengo aquí un estudio…». Colin se había preguntado si quizá Hollis se limitaba a ver la teletienda todo el día y dejaba que los demás llevaran el negocio, pero era obvio que trabajaba.

Hollis salió y lo primero que dijo fue:

—No me interrumpáis en horas de trabajo, por favor.

Lindsey le contó que Hassan tenía un ataque de asma y había olvidado su inhalador, y Hollis corrió escaleras arriba. Colin la siguió a toda prisa gritando: «¡Hassan, espero que estés bien!», para que su amigo supiera que Hollis iba hacia su habitación, y cuando entraron estaba tumbado tranquilamente en la cama.

—He olvidado el inhalador. Lo siento —dijo—. No volverá a pasar.

Comieron hamburguesas y espárragos al vapor en el patio de la familia Wells. El patio de Colin en Chicago medía tres metros y medio por tres. Aquel patio era como un campo de fútbol. A la izquierda se elevaba una colina, y el bosque solo se veía interrumpido por algunos salientes rocosos. A la derecha, un césped bien cuidado se extendía desde el pie de la colina hasta un campo de soja (Starnes le había dicho que era soja). Cuando se puso el sol, encendieron una vela de citronela y la dejaron en medio de la mesa para espantar los mosquitos. A Colin le gustaba la sensación de amplitud e infinitud de Gutshot.

Cuando Colin terminó de comer, su mente volvió a Katherine XIX. Echó un vistazo al teléfono para comprobar si lo había llamado y se dio cuenta de que era la hora de llamar a sus padres.

Por alguna razón, en su casa de la tercera ciudad más grande del país nunca tenía cobertura, pero en Gutshot, Tennessee, tenía las cinco rayas. Contestó su padre.

—Estoy en el mismo pueblo que ayer. Gutshot, Tennessee —empezó a decir Colin—. Estoy en casa de una mujer que se llama Hollis Wells.

—Gracias por llamar a tu hora. ¿Debería sonarme ese nombre? —le preguntó su padre.

—No, pero está en el listín. Lo he comprobado. Es la dueña de una fábrica. Creo que nos quedaremos aquí unos días —mintió Colin—. No me lo explico, pero a Hassan le gusta, y además parece que hemos encontrado trabajo.

—No puedes quedarte en casa de unos desconocidos, Colin.

Colin se planteó mentir, pero dijo la verdad.

—Es muy maja. Confío en ella.

—Tú confías en todo el mundo.

—Papá, he sobrevivido diecisiete años en Chicago sin que me atracaran, me apuñalaran, me raptaran, sin caerme a las vías del tren y sin…

—Habla con tu madre —dijo su padre, que era lo que decía siempre.

Un momento después (Colin se los imaginaba hablando mientras su padre tapaba el teléfono con la mano) se puso su madre.

—Bueno, ¿estás contento?

—Yo no diría tanto.

—¿Más contento? —intentó su madre.

—Un poco —admitió—. No estoy tirado en la moqueta.

—Déjame hablar con esa mujer —dijo su madre.

Colin entró, encontró a Hollis en el sofá y le pasó el teléfono.

Y tras hablar con Hollis estaba decidido: podía quedarse. Sabía que su madre quería que viviera una aventura. Siempre había deseado que fuera un niño normal. Colin sospechaba que en el fondo estaría encantada si llegaba a casa una noche apestando a alcohol, porque sería normal. Los chicos normales vuelven a casa tarde. Los chicos normales beben licor de malta de cuarenta grados en la calle, con sus amigos (los chicos normales tienen más de un amigo). Su padre quería que estuviera por encima de estas cosas, pero quizá incluso él empezaba a darse cuenta de que era poco probable que Colin llegara a ser alguien fuera de lo corriente.

Colin fue a la habitación de Hassan para decirle que a sus padres les parecía bien que se quedara, pero Hassan no estaba. Lo buscó por las salas abovedadas y al final volvió a la planta baja, donde encontró una puerta cerrada desde la que se filtraba la voz de Lindsey. Se paró delante de la puerta y escuchó.

—Vale, pero ¿cómo lo hace? ¿Lo memoriza todo? —decía Lindsey.

—No, no es eso. Pongamos que tú o yo nos ponemos a leer un libro sobre los presidentes, por ejemplo, y leemos que

William Howard Taft fue el presidente más gordo y que una vez se quedó atascado en la bañera.[53] Podría parecernos interesante y lo recordaríamos, ¿de acuerdo? —Lindsey se rió—. Tú y yo leeremos un libro y encontraremos tres cosas interesantes que recordaremos. Pero a Colin le inquieta todo. Lee un libro sobre presidentes y lo recuerda casi todo porque todo lo que lee le parece jopidamente interesante. Sinceramente, le he visto hacerlo con el listín de teléfonos. Dice: «Oh, hay veinticuatro Tischler. Fascinante».

Colin experimentó una extraña mezcla de sensaciones, como si inflaran y a la vez ridiculizaran su talento. Supuso que era verdad. Pero no era solo que las cosas le parecieran fascinantes en sí mismas y por sí mismas, y fuera capaz de memorizar todo el listín telefónico porque le pareciera literatura de primera. Las cosas le parecían fascinantes por una razón. Pongamos como ejemplo la cuestión de los Tischler, que resultó ser cierta (y Hassan la recordaba correctamente). *Tischler* significa en alemán «carpintero», y cuando aquel día estaba buscando en el listín con Hassan, Colin pensó: «Qué raro que haya exactamente veinticuatro carpinteros alemanes en Chicago, y que el salón de manicura de la esquina de Oakley con Lawrence, abierto las veinticuatro horas del día, se llame Uñas 24/7». Entonces se preguntó si había exactamente siete carpinteros de alguna otra lengua en el listín telefónico de Chicago, y resultó que había exactamente siete Carpinteros, en español. De modo que no se trataba solo de que le interesaban las cosas porque no sabía lo que era el aburrimiento.

53. Es verdad.

Era que su cerebro establecía conexiones, y no podía evitar buscarlas.

—Pero eso no explica por qué es bueno en el Scrabble, por ejemplo —comentó Lindsey.

—Vale, sí, es bueno en el Scrabble porque es ridículamente bueno haciendo anagramas. Pero haga lo que haga, trabaja muy duro. Como la mecanografía. No aprendió a escribir a máquina hasta el instituto, cuando éramos amigos. Nuestro profesor de lengua quería los trabajos a máquina, así que en dos semanas Singleton aprendió mecanografía él solo. Y no aprendió pasando a máquina los trabajos de lengua, porque entonces no habría sido lo bastante bueno mecanografiando. Lo que hizo fue sentarse ante el ordenador cada día después de clase y teclear las obras de Shakespeare. Todas. Literalmente. Y luego copió *El guardián entre el centeno*. Y siguió copiando y copiando hasta que supo teclear como un jopido genio.

Colin se apartó un poco de la puerta. De repente se le pasó por la cabeza que no había hecho nada más en toda su vida. Hacer anagramas, escupir datos que había aprendido en libros, memorizar noventa y nueve dígitos de un número ya conocido, enamorarse de las mismas nueve letras una y otra vez, teclear, teclear, teclear y teclear. Su única esperanza de ser original era el teorema.

Colin abrió la puerta y encontró a Hassan y a Lindsey sentados cada uno en un extremo de un sofá de cuero verde en una sala con una mesa de billar con el fieltro de color rosa. Estaban viendo póquer en un enorme televisor de pantalla plana colgado en la pared. Hassan se giró hacia Colin.

—Tío —le dijo—, se les ven hasta los granos.

Colin se sentó entre ellos. Lindsey y Hassan hablaron de póquer, de granos, de alta definición y de grabadoras de vídeo digital mientras Colin hacía gráficas de su pasado. Hacia el final de la noche, había conseguido modificar ligeramente la fórmula para que funcionara con otras dos K: la IX y la XIV. Apenas se dio cuenta cuando apagaron la tele y se pusieron a jugar al billar. Siguió garabateando. Le gustaba el sonido del lápiz rasgando el papel cuando estaba concentrado. Significaba que algo estaba pasando.

Cuando el reloj marcaba la medianoche, Colin soltó el lápiz. Miró a Lindsey, que estaba apoyada en un solo pie, inclinada sobre la mesa de billar, en un ángulo raro y absurdo. Parecía que Hassan se había marchado de la sala.

—Eh —dijo Colin.

—Vaya, has salido de la dimensión desconocida —le contestó Lindsey—. ¿Qué tal el teorema?

—Bien. La verdad es que todavía no sé si funcionará. ¿Dónde está Hassan?

—Se ha ido a la cama. Te he preguntado si querías jugar, pero creo que no me has oído, así que he jugado un rato contra mí misma. Me estoy machacando sin problemas.

Colin se levantó y olisqueó.

—Creo que soy alérgico a esta casa.

—Quizá es por Princesa —le contestó Lindsey—. En realidad esta es su habitación. Chisss. Está durmiendo.

Colin se dirigió a la mesa de billar y se arrodilló al lado de Lindsey. Debajo de la mesa, una gran esfera que en un principio le había parecido un trozo de alfombra peluda subía y bajaba rítmicamente. Estaba respirando.

—Se pasa el día durmiendo.

—Soy alérgico a la caspa de los animales —dijo Colin.

Lindsey sonrió con suficiencia.

—Sí, bueno, pero Princesa vivía aquí antes que tú. —Se sentó encima de las piernas al lado de Colin, de modo que parecía más alta que él—. Hassan me ha dicho que eres bueno con los anagramas.

—Sí —le contestó—. Bueno con los anagramas… «Oso blanco ganarás menú».

Colin sintió de repente la mano de Lindsey (que desde el día anterior llevaba las uñas pintadas de color azul eléctrico) en el antebrazo y se puso tenso. Cuando giró la cabeza para mirarla, Lindsey volvió a dejar la mano en sus rodillas.

—Entonces eres un genio formando palabras con otras palabras —siguió diciendo—, pero no sabes crear palabras nuevas de la nada.

Y sí, era exactamente eso. No era un escritor, sino un mecanógrafo. Un prodigio, no un genio. Estaban tan en silencio que oyó la respiración de Princesa y sintió la parte que le faltaba en su interior.

—Solo quiero hacer algo que importe. O ser alguien que importe. Solo quiero importar.

Lindsey no le contestó inmediatamente. Se inclinó hacia Colin, al que le llegó el aroma de su perfume afrutado, y luego se tumbó boca arriba a su lado, con la cabeza rozándole los pantalones cortos.

—Creo que tú y yo somos opuestos —respondió por fin—. Porque, personalmente, pienso que importar es una gilipollez. Yo solo quiero volar por debajo del radar, porque cuando empiezas a meterte en cosas grandes es cuando caes en picado. Cuanto más grande eres, peor es tu vida. Mira la pena de vida de los famosos.

—¿Por eso lees *Celebrity Living*?

Lindsey asintió.

—Sí, exacto. En alemán hay una palabra para eso. Mierda, la tengo en la punta de…

—*Schadenfreunde* —dijo Colin.

«Encontrar placer en la desgracia ajena.»

—¡Correcto! En fin —continuó Lindsey—, es como quedarse aquí. Hollis siempre me dice que nunca me pasará nada realmente bueno si me quedo en Gutshot, y quizá sea cierto. Pero tampoco me pasará nada realmente malo, y algún día me quedaré con el negocio.

Colin no contestó, pero pensó que Lindsey Lee Wells, pese a su frialdad y todo eso, era un poco débil. Sin embargo, antes de que encontrara la manera de decirlo, Lindsey se incorporó y sacó otro tema.

—Muy bien —dijo—, lo importante para contar historias es tener un planteamiento, un nudo y un desenlace. Tus historias no tienen argumento. Dices: «Estaba pensando que…», y luego lo siguiente que estás pensando, y así sucesivamente. Y luego no puedes salir del follón. Eres Colin Singleton, aprendiz de narrador, así que tienes que aferrarte a un argumento coherente. Y necesitas una moraleja sólida. O un tema o lo que sea. Y luego están las historias amorosas y las aventuras. Tienes que incluirlas en tu relato. Si la historia trata de mear en la jaula de un león, incluye a una novia que vea que tienes el pajarito enorme y que en el último segundo te pegue un empujón y te salve, porque quiere salvar a toda costa ese pajarito fantástico y descomunal. —Colin se ruborizó, pero Lindsey prosiguió—: En el planteamiento, tienes que mear. En el nudo, meas. Y en el desenlace, después de la historia amorosa y de la aventura, tu pajarito es salvado de las fauces de un león hambriento gracias al valor de una chica motivada por su amor eterno a los pajaritos gigantes. Y la moraleja de la historia es que una novia heroica, unida a un pajarito gigante, te salvará hasta de las situaciones más desesperadas.

Cuando Colin dejó de reírse, colocó la mano encima de la de Lindsey. Se quedó así un momento, sintiendo el raído pulgar que Lindsey se mordía. Luego apartó la mano y dijo:

—Mi teorema contará la historia. Cada gráfica con su planteamiento, su nudo y su desenlace.

—En la geometría no hay historias de amor —le contestó Lindsey.

—Espera y verás.

EL PLANTEAMIENTO (DEL NUDO)

Nunca pensó demasiado en Katherine I. Solo se disgustó cuando le dejó porque se supone que es lo que tienes que hacer. Los niños juegan a las casitas, a la guerra y a los novios. Quiero salir contigo, has cortado conmigo y estoy triste. Pero en realidad nada de todo aquello era real.

Como el padre de Katherine era el tutor de Colin, los años siguientes Colin y Katherine siguieron viéndose de vez en cuando. Se llevaban bien, aunque tampoco se moría de ganas de verla. No la echaba de menos lo suficiente como para obsesionarse con su nombre y salir con Katherines una, y otra, y otra, y otra vez.[54]

Pero eso fue lo que pasó. Al principio no parecía deliberado. No era más que una serie de extrañas coincidencias. Sencillamente sucedía. Conocía a una Katherine y le gustaba. Y a ella le gustaba él. Y luego se acababa. Después, cuando dejó de ser una mera coincidencia, pasó a ser una sucesión de dos movimientos: uno (salir con Katherines) quería mantenerlo, y el otro (que lo dejaran) quería evitarlo. Pero resultó imposible separar un movimiento del otro. Siguió ocurriéndole, y con el tiempo lo vivía casi como una rutina. Y cada vez pasaba por sentimientos de cabreo, arrepentimiento, deseo, esperanza, desesperación, cabreo y arrepentimiento. El problema de que te dejaran en general, y en concreto que te dejaran Katherines, era que resultaba absolutamente monótono.

Por eso la gente se agobia escuchando a los dejados que se obsesionan con sus problemas: el hecho de que te dejen es previsible, repetitivo y aburrido. Quieren que sigáis siendo amigos. Se sienten asfixiados. Lo importante son ellos, no tú. Y después tú te quedas hecho polvo, y ellos, aliviados. Para ellos se ha terminado, pero para ti acaba de empezar. Y, al menos para Colin, se repetía algo todavía más grave: cada vez las Katherines lo dejaban porque ya no les gustaba. Todas ellas llegaban exactamente a la misma conclusión. No era tan guay o tan guapo o tan inteligente como esperaban. En definitiva, no

54. Y otra, y otra, y otra, y otra, y otra, y otra, y otra, y otra, y otra, y otra, y otra, y otra, y otra, y otra, y otra.

importaba lo suficiente. Y sucedió una y otra vez, hasta que se aburrió. Pero la monotonía no implica que deje de doler. En el siglo I n. e., las autoridades romanas castigaron a Santa Apolonia arrancándole los dientes uno a uno con unas tenazas. Colin solía relacionar este episodio con la monotonía de ser dejado. Tenemos treinta y dos dientes. Seguramente llega un momento en que el hecho de que te arranquen los dientes uno a uno se convierte en repetitivo, incluso aburrido. Pero nunca deja de doler.

10

A la mañana siguiente, Colin estaba tan cansado que, a pesar del canto del gallo, durmió hasta las ocho. Cuando bajó a la primera planta, encontró a Hollis con un muumuu hawaiano de color rosa fucsia, tirada en el sofá y con papeles esparcidos por su pecho y por el suelo. Colin pasó por su lado sin hacer ruido y pensando en añadir «muumuu» a su lista mental de palabras con las que no pueden hacerse anagramas.

Hassan estaba sentado en la cocina, comiendo copos de avena y huevos revueltos. Sin decir una palabra, pasó a Colin una nota escrita en papel estampado con las palabras HOLLIS P. WELLS / PRESIDENTE, TEXTILES GUTSHOT.

Chicos:

Seguramente estoy durmiendo, pero espero que os hayáis levantado puntuales. Tenéis que estar en la fábrica a las 9. Preguntad por Zeke. He escuchado vuestra entrevista a Starnes. Buen trabajo, aunque he cambiado de opinión en varias cosas. A seis horas por persona, nunca terminaremos con todo el pueblo.

Quisiera que solo hicierais las siguientes cuatro preguntas: ¿dónde vivirías si pudieras vivir en cualquier sitio?, ¿cómo te ganarías la vida si no trabajaras en la fábrica?, ¿cuándo llegó al pueblo tu familia? y ¿qué crees que hace especial a Gutshot? Creo que así las cosas irán mejor. Os esperan en la fábrica. Lindsey irá con vosotros.

Nos vemos esta noche.

HOLLIS

P. D.: Estoy escribiendo ésta nota a las 5.30 de la mañana, así que no me despertéis.

—Por cierto, bonitas greñas, *kafir*. Parece que hayas metido un tenedor en un enchufe.

—¿Sabías que en 1887 el pelo de Nikola Tesla se quedó de punta una semana entera después de que hubiera hecho circular cincuenta mil voltios por su cuerpo para demostrar que la elec...?

—*Kafir* —lo interrumpió Hassan dejando el tenedor en el plato—, no tiene el más mínimo interés. Pero si Nikola Tesla, sea quien mierda sea, se hubiera enrollado con una gallina coja, y su deseo por la gallina le hubiera puesto los pelos de punta... entonces claro que te pediría que compartieras conmigo esa historia divertida. Pero no la electricidad, *kafir*. Puedes hacerlo mejor.[55]

---

55. Lo curioso es que a Nikola Tesla realmente le gustaban los pájaros, aunque no las gallinas cojas. Tesla, que hizo por la electricidad al menos tanto como Thomas Edison, sentía una fascinación casi amorosa por las palomas. Quería realmente a una paloma blanca en concreto, de la que escribió: «Quería a esa paloma. La quería como un hombre quiere a una mujer».

Colin buscó entre un laberinto de armarios un plato, una taza y algún cubierto. Se sirvió huevos de la sartén y se llenó un vaso de agua en esa palanca del refrigerador en la que presionas y sale el agua.

—¿Cómo están los huevos? —le preguntó Hassan.

—Buenos, tío. Buenos. Eres un buen cocinero.

—Ni que lo digas. Por eso el papi se puso tan gordo. Por cierto, he decidido empezar a llamarme a mí mismo exclusivamente «el papi». Cada vez que el papi tenga que decir «yo», dirá «el papi». ¿Te gusta?

—Sí, claro, me encanta.

—¿Qué te encanta? —preguntó Lindsey Lee Wells entrando en la cocina con su pijama de cachemira y el pelo castaño recogido en una coleta.

Colin observó que parecía diferente, no sabía por qué, pero enseguida se dio cuenta. No se había maquillado. Estaba más guapa que nunca. Colin siempre había preferido a las chicas que no se maquillaban.

Colin estornudó y advirtió que Princesa había seguido a Lindsey. K-19 también tenía un perro, un pequeño salchicha llamado Fireball Roberts.

No había chica más guapa sin maquillar que Katherine. Nunca se maquilló, y nunca lo necesitó. Su pelo rubio en la cara, agitado por el viento mientras paseaban por el lago después de clase. Sus ojos entrecerrándose la primera vez que Colin le dijo «Te quiero». La velocidad y la segura suavidad con la que le contestó: «Y yo te quiero a ti». Todos los caminos le conducían a ella. Era el nexo de todas las conexiones de su cerebro, el centro de la rueda.

Cuando Colin alzó la mirada, Lindsey estaba leyendo la nota de Hollis.

—Uf, creo que será mejor que me ponga unos pantalones —dijo.

Se metieron en el Coche Fúnebre después de que Lindsey se pidiera el asiento del copiloto. En la puerta de Textiles Gutshot los recibió un hombre alto con una barba como la de Santa Claus, aunque más oscura.

—¿Cómo está mi chica? —preguntó a Lindsey abrazándola con un solo brazo.

—Muy bien. ¿Cómo está mi Zeke? —le preguntó Lindsey.

El hombre se rió. Estrechó la mano a Hassan y a Colin, y los condujo por una sala muy ruidosa en la que las máquinas parecían chocarse entre sí hasta una sala con un pequeño cartel de plástico marrón que decía: SALA DE PERSONAL STARNES WILSON.

Colin dejó la grabadora en una mesita. La sala parecía amueblada con trastos que los trabajadores se habían quitado de encima: un sofá de pana de color amarillo bilis, un par de sillas de cuero negro llenas de grietas por las que asomaba la espuma, y una mesa de comedor de formica con seis sillas. Por encima de dos máquinas expendedoras colgaba un retrato de Elvis Presley pintado en terciopelo. Colin, Lindsey y Hassan se acomodaron en el sofá, y Zeke se sentó en una silla de cuero. Zeke comenzó a hablar antes de que empezaran a hacerle las preguntas de Hollis.

—Hezekiah Wilson Jones, cuarenta y dos años, divorciado, dos hijos de once y nueve años, Cody y Cobi, los dos con muy buenas notas. Crecí en Bradford y me vine aquí a vivir a los trece años porque mi padre perdió su gasolinera en una partida de póquer, cosa que a mi viejo le sucedía cada dos por tres. Consiguió trabajo en esta fábrica. Yo empecé a trabajar aquí los veranos mientras estaba en el instituto, y en cuanto me gradué pasé a jornada completa. Desde entonces aquí trabajo. He estado en la cadena de producción y en el control de calidad, y ahora soy el gerente del turno de día. Lo que hacemos aquí, chicos, es trabajar el algodón… normalmente de Alabama o Tennessee. —Se calló, se metió una mano en el bolsillo de los vaqueros y sacó un cuadradito envuelto en papel de plata. Lo desenvolvió, se metió el chicle en la boca y siguió hablando—. Dejé de fumar hace once años, y todavía utilizo chicles de nicotina, que saben como la mierda y además no son baratos. No fuméis. Ahora vamos a la planta.

Durante los siguientes veinte minutos, Zeke los guió por el proceso de conversión del algodón en cuerda, y por las máquinas que cortan la cuerda en trozos de exactamente 5,3 centímetros para luego transportarlos. Dijo que transportaban una cuarta parte directamente a su mayor cliente, Tampones Stasure, y que el resto iba a un almacén de Memphis, desde donde se distribuía al sector de los tampones.

—Ahora tengo que volver al trabajo, pero voy a mandaros a varios trabajadores durante el descanso para que podáis hacerles preguntas. Por cierto, ¿alguna pregunta para mí?

—La verdad es que sí —dijo Hassan—. ¿Dónde vivirías si pudieras elegir? ¿Cómo te ganarías la vida si no trabajaras en esta fábrica? ¿Cuándo llegó al pueblo tu familia? Espera, eso ya lo has contestado. ¿Y qué crees que hace especial a Gutshot?

Zeke presionó el labio inferior contra los dientes y chupó el chicle de nicotina.

—Viviría aquí —contestó—. Si no trabajara en esta fábrica, seguramente trabajaría en otra. Aunque quizá montaría un negocio de poda de árboles. Mi ex cuñado tiene uno, y le va muy bien. ¿Y qué tiene este pueblo de especial? Bueno, mierda. Para empezar, nuestra máquina de Coca-Cola es gratis. Aprietas el botón y sale una. En la mayoría de los trabajos no es así. Además tenemos a la encantadora señorita Lindsey Lee, que ningún otro pueblo tiene. En fin, chicos, tengo que volver al trabajo.

En cuanto Zeke se hubo marchado, Lindsey se levantó.

—Ha sido una pasada, chicos, pero me voy a la tienda a mirar a los ojos a mi novio. Pasadme a buscar a las cinco y media, ¿vale?

Y se fue. Teniendo en cuenta que Lindsey podría pasarlas canutas si Colin o Hassan se chivaban a Hollis, parecía muy tranquila. Y Colin se descubrió a sí mismo pensando: «Eso debe de querer decir que somos amigos». Casi por accidente, y en solo dos días, Colin había hecho su segundo mejor amigo.

En las siguientes siete horas, Colin y Hassan entrevistaron a veintiséis personas, a las que hicieron las mismas cuatro preguntas. Colin escuchó a gente a la que le gustaría ganarse la vida haciendo esculturas con sierra mecánica o siendo maestros de escuela. Le pareció bastante interesante que casi todos los entrevistados dijeran —como Lindsey Lee Wells— que, de todos los lugares del mundo, se quedarían en Gutshot. Pero, como Hassan hizo casi todas las preguntas, Colin pudo centrarse en su teorema.

Seguía convencido de que la conducta amorosa era básicamente monótona y previsible, y de que por lo tanto era posible dar con una fórmula bastante sencilla que predijera la trayectoria de colisión de dos personas cualesquiera. Pero le preocupaba no ser lo bastante genio para establecer las conexiones. No se le ocurría la manera de predecir correctamente a las demás Katherines sin fastidiar a las que ya había incluido. Y, por alguna razón, su temor a carecer de genio le hizo echar de menos a K-19 más de lo que la había echado de menos desde el día en que había pegado la cara a la moqueta de su habitación. La parte que le faltaba en el estómago le dolía mucho, y al final dejó de pensar en el teorema y solo se preguntó cómo puede dolerte algo que no tienes.

A las cuatro y media entró una mujer diciendo que era la única trabajadora de Textiles Gutshot sin entrevistar que quedaba. Se quitó unos guantes gruesos, se retiró el flequillo de la frente con un soplido y dijo:

—Dicen que uno de vosotros es un genio.

—No soy un genio —le contestó Colin, impasible.

—Bueno, eres lo más parecido que conozco, así que quiero preguntarte una cosa. ¿Cómo es posible que la cortina de la ducha siempre se mueva hacia dentro, cuando el agua debería empujarla hacia fuera?

—Es uno de los grandes misterios no resueltos de la condición humana —admitió Hassan.

—La verdad es que lo sé —dijo Colin sonriendo.

Le gustaba volver a sentirse útil.

—¡No! —exclamó Hassan—. ¿En serio?

—Sí. Lo que pasa es que el chorro de agua crea un remolino, una especie de huracán. Y el centro del remolino, el ojo del huracán, es una zona de baja presión, que absorbe la cortina de la ducha. Un tipo hizo un estudio sobre este tema. De verdad.

—Pues eso sí que es interesante —respondió Hassan—. ¿Es como si hubiera un pequeño huracán en todas las duchas?

—Exacto.

—Uau —dijo la mujer—. Llevo toda la vida preguntándomelo. Bueno, vale. Me llamo Katherine Layne. Tengo veintidós años y trabajo aquí desde hace diez meses.

—Un momento, ¿puedes deletrear tu nombre? —le preguntó Hassan.

—K-a-t-h-e-r-i-n-e L-a-y-n-e.

—Vaya… —murmuró Hassan.

Colin la miró y la encontró bastante atractiva. Pero no. No le gustaba Katherine Layne. Y no era por la diferencia de edad. Era por K-19. Colin supo que si podía sentarse frente a una Katherine muy amable y atractiva (y mayor que él, lo que resultaba sexy) sin sentir la más mínima fascinación, su situación era sin duda desesperada.

Después de haber entrevistado a Katherine Layne, se marcharon. Dieron una vuelta con el Coche Fúnebre, bajaron las ventanillas y se perdieron por una carretera de dos carriles en dirección a ninguna parte. Tenían puesta una emisora de radio con música country a volumen tan alto que los viejos altavoces del Coche Fúnebre distorsionaban el sonido de las guitarras acústicas. Cuando se sabían el estribillo, cantaban a gritos y desafinando sin que les importara una mierda. Y se sentían muy bien cantando con un acento country inventado. Colin estaba triste, pero era una tristeza tonificante e infinita, como si lo conectara con Hassan, con las canciones ridículas y sobre todo con ella, y estaba gritando «Like Strawwwwwwberry Wine» cuando de repente se giró hacia Hassan y le dijo:

—Espera, para aquí.

Hassan se metió en el arcén de gravilla, y Colin salió del coche de un salto y sacó el teléfono.

—¿Qué estás haciendo? —le preguntó Hassan desde el asiento del conductor.

—Voy a meterme en ese campo hasta que tenga cobertura y voy a llamarla.

Hassan empezó a dar cabezazos contra el volante. Colin se alejó. Mientras se adentraba en el campo, oyó gritar a Hassan:

—¡Palominos!

Pero Colin siguió andando.

—¡El papi te dejará aquí si das un paso más!

Colin dio un paso más y oyó que el coche arrancaba detrás de él. No se volvió. Oyó que los neumáticos giraban en la gravilla y regresaban al asfalto, y el murmullo del siempre esforzado motor alejándose. Había caminado cinco minutos cuando encontró una zona con cobertura. El silencio era terrible. «En Chicago solo hay este silencio cuando nieva», pensó. Entonces abrió el teléfono, pulsó el botón de voz y dijo: «Katherine». Lo dijo en voz baja, con respeto.

Cinco tonos y su voz en el contestador: «Hola, soy Katherine», oyó, y de fondo un ruido de coches pasando. Volvían juntos a casa del RadioShack[56] cuando grabó el mensaje. «No estoy… ay.» Y recordaba que había dicho «ay» porque le había tocado el culo mientras hablaba. «Ay, disponible, supongo. Déjame un mensaje y te llamaré.» Y recordó todo lo de aquel día, y todo lo de todos los demás, por qué no podía olvidarlo, y piii.

«Hola, soy Col. Estoy en un campo de soja a las afueras de Gutshot, Tennessee. Es una larga historia y hace calor, K. Estoy sudando como si tuviera hiperhidrosis, esa enfermedad en la que se suda mucho. Mierda. No es interesante. En fin, hace calor, así que pienso en el frío para mantenerme fresco. Y he recordado aquel día que nevaba y que volvimos caminando después de haber visto una película ridícula. ¿Te acuerdas, K? Estábamos en Giddings, y la nieve hacía que todo estuviera tan silencioso que la única cosa en el mundo que oía era a ti. Y hacía mucho frío, no se oía nada, y te quería mucho. Ahora hace calor, y tampoco se oye nada, y te sigo queriendo.»

A los cinco minutos, de vuelta hacia la carretera, su teléfono empezó a vibrar. Volvió corriendo al lugar con cobertura y respondió jadeando.

—¿Has oído el mensaje? —preguntó de inmediato.

—Creo que no es necesario —le contestó Katherine—. Lo siento, Col, pero creo que tomamos la decisión correcta.

Colin ni siquiera se molestó en puntualizar que la decisión no la habían tomado ambos, porque el sonido de su voz hizo

56. Un garito de mala muerte.

que se sintiera bien… Bueno, no bien exactamente. Era como el *mysterium tremendum et fascinans*, el miedo y la fascinación. El enorme y terrible terror.

—¿Se lo has dicho a tu madre? —le preguntó, porque su madre lo quería. Todas las madres lo querían.

—Sí. Se puso triste, pero me dijo que querías ir siempre pegado a mí, y que no era sano.

—Un destino mejor —contestó, básicamente para sí mismo.

La imaginó poniendo los ojos en blanco mientras le decía:

—Seguramente eres la única persona que conozco que quiere ser un gemelo siamés.

—Gemelo unido —la corrigió Colin—. ¿Sabías que en inglés hay una palabra para las personas que no son gemelos unidos? —le preguntó.

—No. ¿Qué palabra? ¿Persona normal?

—*Singleton* —le contestó—. La palabra es *Singleton*.

—Qué gracioso, Col. Oye, tengo que marcharme, de verdad. Tengo que preparar la bolsa para el campamento. Quizá no deberíamos hablar hasta que vuelva. Creo que te iría bien tomar un poco de distancia.

Y aunque Colin quiso decir: «Se suponía que íbamos a ser AMIGOS, ¿recuerdas?», y «¿Qué pasa? ¿Estás saliendo con otro?», y «Te quiero con toda mi alma», se limitó a murmurar:

—Solo escucha el mensaje, por favor.

—De acuerdo. Adiós —le contestó Katherine.

Y Colin no dijo nada, porque no quería ser él quien acabara la conversación y colgara. Luego oyó la nada y se acabó. Se tumbó en la tierra seca y rojiza, y dejó que las altas hierbas lo engulleran hasta hacerlo invisible. El sudor que le resbalaba por la cara se mezclaba con las lágrimas. Por fin... por fin... lloró. Recordó sus brazos enredados, sus pequeñas bromas privadas, cómo se sentía cuando iba a su casa después de clase y la veía mirando por la ventana. Lo echaba todo de menos. Había pensado en ir a la universidad con ella, en tener la libertad de dormir con ella cuando quisiera, los dos juntos en la Northwestern. También eso lo echaba de menos, y ni siquiera había sucedido. Echó de menos el futuro que había imaginado.

«Puedes querer mucho a alguien —pensó—. Pero nunca puedes querer a nadie tanto como puedes echarlo de menos.»

Esperó al lado de la carretera unos veinte minutos, hasta que llegó Hassan, con Lindsey sentada en el asiento del copiloto.

—Tenías razón —dijo Colin—. No ha sido una buena idea.

—El papi lo lamenta —le contestó Hassan—. La situación es una mierda. Quizá tenías que llamarla.

Lindsey se giró en su asiento.

—Quieres de verdad a esa chica, ¿eh?

Colin volvió a echarse a llorar. Lindsey saltó al asiento de atrás y le pasó un brazo por los hombros. Colin apoyó la cabeza en la de Lindsey. Intentaba no gimotear demasiado, porque lo que está claro es que un chico gimoteando es lo menos atractivo del mundo.

—Suéltalo, suéltalo —le dijo Lindsey.

—No puedo, porque si lo suelto, pareceré un sapo llamando a una hembra para aparearse —le contestó Colin.

Y todos, incluso él mismo, se rieron.

Trabajó en el teorema desde que llegaron a casa hasta las once de la noche. Lindsey le llevó una especie de ensalada de pollo mexicana del Taco Hell, pero Colin se limitó a picotear un poco. No solía pensar demasiado en comer, menos aún cuando estaba trabajando. Pero aquella noche su trabajo se quedó en nada. No conseguía que el teorema funcionara y supo que su momento Eureka había sido una falsa alarma. Para imaginar el teorema bastaba un prodigio, pero para terminarlo era preciso un genio. En definitiva, demostrar el teorema requería más datos de los que Colin aportaba a la gráfica.

—Voy a quemarte —dijo en voz alta a la libreta—. Voy a tirarte al fuego.

Y la idea era buena. Lástima que no hubiera fuego. En el verano de Tennessee no suele haber muchas chimeneas encendidas, y Colin no fumaba, así que no tenía cerillas a mano. Revolvió los cajones vacíos del escritorio en busca de cerillas o un mechero, pero no encontró nada. Aun así, estaba emperrado en quemar la maldita libreta con todos sus teoremas, de modo que cruzó el cuarto de baño y abrió de golpe la puerta de la habitación de Hassan, que estaba a oscuras.

—Tío, ¿tienes cerillas? —le preguntó Colin intentando en vano susurrar.

—El papi está durmiendo.

—Ya lo sé, pero ¿tienes un mechero, cerillas o algo así?

—Te aseguro que el papi está haciendo jopidos esfuerzos por pensar en una razón mínimamente decente para que lo despiertes en plena noche haciéndole esa jopida pregunta.

Pero no. No. El papi no tiene ni cerillas ni mechero. Y basta de tonterías con el papi. Espera a mañana para rociarte de gasolina e inmolinarte.

—Inmolarte —lo corrigió Colin.

Y cerró la puerta.

Bajó a la primera planta y pasó despacio al lado de Hollis, que estaba demasiado distraída con los papeles que la rodeaban y con la teletienda a todo volumen como para darse cuenta. Se dirigió al fondo de un pasillo, hacia donde creía que estaba la habitación de Lindsey. En realidad nunca la había visto, pero sí la había visto entrando en la sala de estar desde esa zona de la casa. Además tenía la luz encendida. Llamó a la puerta suavemente.

—Sí —dijo Lindsey.

Estaba sentada en un sillón de felpa debajo de un enorme corcho de pared a pared, en el que había colgado con chinchetas fotos suyas con Katrina y con EOC, y fotos suyas vestida de camuflaje. Era como si hubiera colgado todas sus fotos, aunque Colin no tardó en darse cuenta de que todas eran de los dos últimos años. No había fotos de cuando era bebé, ni de cuando era niña, ni de su etapa emo-alternativa-gótica-screamo-punk. Pegada a la pared de enfrente del corcho había una cama grande con dosel. Cabe destacar que no había nada de color rosa.

—No veo rosa por aquí —le comentó Colin.

—Es el único refugio de toda la casa —le contestó Lindsey.

—¿Tienes cerillas?

—Claro, un montón —le respondió Lindsey sin alzar la cabeza—. ¿Por qué?

—Quiero quemar esto —dijo levantando la libreta—. No consigo terminar mi teorema, así que quiero quemarla.

Lindsey se puso en pie, se dirigió a Colin y le quitó la libreta de la mano. Pasó las páginas un momento.

—¿No te basta con tirarla?

Colin suspiró. Era evidente que no lo entendía.

—Bueno, sí, podría tirarla. Pero, mira, si no puedo ser un genio, y está claro que no puedo, al menos puedo quemar mi trabajo, como los genios. Piensa en todos los genios que intentaron quemar sus papeles, lo hicieran o no.

—Sí —repuso Lindsey sin prestarle demasiada atención, todavía leyendo la libreta—. Han sido muchos.

—Carlyle, Kafka, Virgilio… Cuesta imaginar mejor compañía, la verdad.

—Sí. Oye, explícame esto —dijo Lindsey mientras se sentaba en la cama y le hacía sitio a su lado.

Estaba leyendo una página con una de las primeras versiones de la fórmula y varias gráficas inexactas.

—La idea es coger a dos personas y descubrir si son dejadores o dejados. Se utiliza una escala que va del −5 para los muy dejados a +5 para los muy dejadores. La diferencia entre estos números da la variable D, e introduciendo D en la fórmula, obtienes una gráfica que predice la relación. Solo que… —Se detuvo intentando encontrar la manera de expresar poéticamente su fracaso—. Bueno, la verdad es que no funciona.

Lindsey no lo miró. Se limitó a cerrar la libreta.

—Puedes quemarla —le dijo—, pero no esta noche. La quiero durante un par de días.

—Bueno, vale —le contestó Colin.

Y esperó a que Lindsey dijera algo más. Al final la chica añadió:

—Es una manera cojonuda de contar historias. Bueno, yo odio las mates, pero estas son guays.

—De acuerdo, pero la quemamos pronto —dijo Colin levantando un dedo, fingiendo ser contundente.

—Pues claro. Y ahora vete a la cama antes de que el día se te complique todavía más.

11

En su quinta noche en Gutshot, Hassan y Colin se separaron. Hassan salió con Lindsey a dar una vuelta, actividad que al parecer consistía en conducir la furgoneta rosa de Hollis desde la tienda hasta la gasolinera/Taco Hell, y después volver a la tienda, y volver a la gasolinera/Taco Hell, *ad infinitum*.

—Deberías salir —le había dicho Hassan.

Estaba al lado de Lindsey en la sala de estar. Lindsey llevaba unos pendientes azules y un poco de colorete, que la hacía parecer ruborizada.

—Me he retrasado en las lecturas —le explicó Colin.

—¿Retrasado en las lecturas? Lo único que haces es leer —replicó Lindsey.

—Me he quedado atrás porque he trabajado mucho en el teorema y por el tema de la historia oral. Intento leer cuatrocientas páginas al día… desde que tenía siete años.

—¿También los fines de semana?

—Especialmente los fines de semana, porque puedo centrarme en el placer de leer.

Hassan negó con la cabeza.

—Tío, eres un friki. Y te lo dice un fan obeso de *Star Trek* que suspendió el examen de cálculo avanzado. Así que tu situación es grave.

Le pasó la mano por el pelo afrojudío, como para desearle suerte, y se dio media vuelta.

—¡Deberías ir, para que no se metan en problemas! —gritó Hollis desde el sofá.

Sin decir una palabra, Colin cogió su libro (una biografía de Thomas Edison)[57] y subió a su habitación, se tumbó en la cama y se dedicó a leer tranquilamente. En las siguientes cinco horas acabó ese libro y empezó otro que encontró en la estantería de su habitación, titulado *Foxfire*. *Foxfire* trataba de cómo funcionaban las cosas antiguamente en Appalachia.

La lectura le silenció un poco el cerebro. Sin Katherine, sin el teorema y sin la esperanza de importar, le quedaba muy poco. Pero siempre estaban los libros. Los libros son el no va más de los dejados. Los dejas y te esperan toda la vida; les prestas atención y siempre te corresponden.

Foxfire acababa de enseñar a Colin cómo despellejar un mapache y tratar la piel cuando Hassan entró corriendo en su habitación, riéndose a carcajadas, con la lenta bola de pelo gris conocida como Princesa andando tranquilamente detrás de él.

—No voy a mentirte, *kafir*. Me he bebido media cerveza.

---

57. Que no fue un niño prodigio, aunque acabó siendo algo parecido a un genio. Sin embargo, muchos de los descubrimientos de Edison en realidad no fueron suyos. Por ejemplo, la bombilla, que en sentido estricto la inventó sir Humphrey Davy en 1811, pero su bombilla era una mierda y se quemaba cada dos por tres. Edison mejoró la versión y también robó ideas a Nikola Tesla, el enamorado de la paloma mencionado anteriormente.

Colin se apretó la nariz y resopló.

—¿Lo ves? Beber es *haram*. Te dije que te pasabas el día haciendo mierdas *haram*.

—Sí, bueno, allá adonde fueres, haz lo que vieres.

—Tu compromiso con la religión es un modelo para todos nosotros —ironizó Colin.

—Venga, no hagas que me sienta culpable. He compartido una cerveza con Lindsey. No noto nada. Lo que es *haram* es emborracharse, no beberse media cerveza. Pero, bueno, salir a dar una vuelta es divertido. Es increíblemente divertido. Tengo que pegarme hora y media sentado en una camioneta con EOC, VSA y BMT, y la verdad es que no están mal. Creo que he conseguido caerles bien a todos. Y además resulta que Katrina es muy maja. Y cuando digo maja, quiero decir preciosa. Aunque es ridículo que todos traten a EOC como si fuera un don del cielo para Gutshot. Creo que juega en el equipo de fútbol americano, pero se acaba de graduar, así que dudo que siga en el equipo, pero al parecer jugar al fútbol americano es como ser marine: si lo eres una vez, lo eres para siempre. Y cuando Lindsey no está, EOC no habla de otra cosa que de su culo. No tiene otro tema de conversación. Parece que dedica buena parte de su tiempo libre a agarrarla por el culo. Imagínate la escena. Yo ni siquiera me había fijado en su culo.

—Yo tampoco —dijo Colin.

En realidad nunca se fijaba en los culos, a menos que fueran espectaculares.

—En fin —prosiguió Hassan—, en el bosque hay un campamento de caza, así que iré a cazar con ellos, con Lindsey y un tipo de la fábrica. A cazar. Con escopeta. ¡Cerdos!

A Colin no le apetecía disparar a cerdos, ni a ninguna otra cosa, ya puestos.

—Uf —dijo Colin—, yo ni siquiera sé disparar.

—Yo tampoco, pero no puede ser tan difícil. Hay auténticos idiotas que se pasan el día disparando. Por eso matan a tanta gente.

—Lo que podríamos hacer es ir tú y yo al bosque este fin de semana. Podríamos ir de camping, hacer fuego y cosas así.

—No me jodas.

—No, puede ser divertido. Leer junto al fuego, cocinar en el fuego y todo eso. Sé hacer fuego hasta sin cerillas. Lo he leído en este libro —añadió Colin señalando el *Foxfire*.

—¿Tengo pinta de boy scout de primaria, *sitzpinkler*? Iremos a cazar y nos divertiremos. Nos levantaremos temprano, nos beberemos un café, cazaremos cerdos y todo el mundo se emborrachará y se lo pasará en grande menos nosotros.

—No puedes obligarme a ir contigo —le contestó Colin.

Hassan dio un paso hacia el pasillo.

—Es verdad, *sitzpinkler*. No tienes que venir. No voy a reprocharte que te quedes apalancado. Dios sabe que siempre me ha encantado apalancarme. Es solo que últimamente me siento un poco aventurero.

Colin se sintió como si acabaran de dejarlo. Había intentado llegar a un acuerdo. Realmente quería salir el fin de semana con Hassan, pero no con aquellos tipos que iban de guays.

—No lo entiendo —dijo Colin—. ¿Es que quieres enrollarte con Lindsey?

Hassan acarició la bola de pelo para que soltara caspa y Colin la respirara.

—¿Otra vez con lo mismo? No, joder. No quiero salir con nadie. Ya he visto lo que te ha pasado a ti. Como sabes, creo que debo guardarme el nabo para una chica muy especial.

—También crees que no deberías beber.

—*Touché, mon ami.*

EL NUDO (DEL NUDO)

El mayor estudio de niños superdotados que se ha hecho jamás fue una ocurrencia (por así decirlo) de un tal Lewis Terman, un psicólogo de California. Con la ayuda de profesores de todo el estado, Terman eligió a siete mil niños especialmente dotados a los que siguieron durante casi sesenta años. No todos eran prodigios, por supuesto —su coeficiente intelectual iba de 145 a 190, mientras que el de Colin había llegado algunas veces a 200—, pero eran buena parte de los niños más brillantes de aquella generación de estadounidenses. El resultado fue sorprendente: los niños mejor dotados del estudio no tenían más probabilidades de llegar a ser destacados intelectuales que los niños normales. Casi todos los niños del estudio tuvieron una vida moderadamente exitosa —banqueros, médicos, abogados y profesores de universidad—, pero casi ninguno de ellos resultó ser un auténtico genio, y la correlación entre un coeficiente intelectual muy elevado y hacer una aportación significativa al mundo era muy pequeña. En definitiva, los niños especialmente dotados de Terman rara vez acabaron siendo tan especiales como en un principio parecía que iban a ser.

Tomemos como ejemplo el curioso caso de George Hodel. Con uno de los coeficientes intelectuales más elevados del estudio, se podría haber esperado que descubriera la estructura del ADN o algo parecido, pero se dedicó a la práctica de la medicina en California, con bastante éxito, y tiempo después se fue a vivir a Asia. Pese a que nunca llegó a ser un genio, se las arregló para ser tristemente célebre: es bastante probable que fuera un asesino en serie.[58] Para que luego digan que ser un prodigio no tiene sus ventajas.

Como sociólogo, el padre de Colin estudiaba a la gente y tenía una teoría sobre cómo convertir a un niño prodigio en un genio adulto. Creía que el desarrollo de Colin exigía una sutil interacción entre lo que él llamaba «educación de los padres activa y orientada a los resultados» y la natural predisposición de Colin a estudiar. Esto significaba básicamente dejar que su hijo estudiara y establecer «marcas», que eran exactamente como objetivos, pero los llamaba «marcas». El padre de Colin creía que este tipo de prodigio —que nace como tal, pero al que el entorno y la educación correctos hacen más inteligente— podría convertirse en un genio considerable, al que recordarían siempre. Se lo decía a Colin de vez en cuando, cuando su hijo volvía del colegio deprimido, cansado del Mu-

---

58. Seguramente Hodel fue culpable del asesinato de la llamada Dalia Negra en 1947, uno de los casos más famosos de crímenes sin resolver de la historia de California. (Al parecer era muy bueno asesinando en serie, como cabe esperar de un prodigio, porque nunca lo pillaron, y probablemente nadie habría oído hablar de Hodel si no hubiera sido porque su hijo —la historia es real— llegó a ser detective de homicidios en California, y gracias a una serie de asombrosas coincidencias y al trabajo serio de la policía, llegó a la convicción de que su padre era un asesino.)

ñeco de Nieve Abdominal, cansado de fingir que su desdichada falta de amigos no le importaba.

—Pero ganarás tú —le decía su padre—. Colin, tienes que
pensar que algún día todos ellos mirarán atrás y desearán haber sido tú. Al final tendrás lo que todo el mundo quiere.

Pero no hubo que esperar hasta el final. Llegó con *Kranial-
Kidz*.

Hacia el final de las vacaciones de navidad del tercer curso,
Colin recibió una llamada de una cadena por cable de la que
nunca había oído hablar llamada CreaTVity. No veía demasiado la tele, pero no importó, porque nadie había oído hablar de
CreaTVity. Les había dado su número Krazy Keith, con quien
contactaron por sus artículos académicos sobre los niños prodigio. Querían a Colin para su concurso. Sus padres no querían, pero su educación «activa y orientada a los resultados»
implicaba dar a Colin cierto margen de libertad para tomar
sus propias decisiones. Y él quería ir al concurso, porque *a*) los
diez mil dólares del primer premio eran un montón de dinero,
b) iría a la tele, y *c*) diez mil dólares es un montón de dinero.

Cuando llegó a grabar por primera vez, le hicieron un
cambio de imagen para convertirlo en un prodigio sarcástico
y alborotador. Le compraron unas gafas de montura metálica
rectangular y le embadurnaron el pelo con una infinidad de
productos para rizárselo y alborotárselo un poco, como el de los
niños más guays del colegio. Le dieron ropa para que se cambiara cinco veces, entre ella unos vaqueros de marca que le
apretaban el culo como un novio desesperado, y una camiseta

en la que ponía con letra escrita a mano: VAGO. Y luego grabaron las seis primeras competiciones en un día, haciendo una pausa para que los prodigios se cambiaran de ropa. Colin ganó las seis rondas, de modo que pasó a la final. Su contrincante fue Karen Aronson, una niña rubia de doce años que estaba estudiando un doctorado en Matemáticas. A Karen le habían dado el papel de niña adorable. Durante la semana entre las primeras grabaciones y la final, Colin se puso para ir al colegio sus camisas nuevas y sus vaqueros de marca, y la gente le preguntaba: «¿De verdad vas a salir en la tele?». Y entonces una chica guay llamada Herbie[59] contó a Hassan que a una tal Marie Caravolli le gustaba Colin. Y como no hacía mucho que Katherine XVIII había dejado a Colin, este pidió para salir a Marie, porque Marie, una morenaza italiana que habría sido la reina del baile de bienvenida si la escuela Kalman hubiera organizado esos bailes, era la tía más buena con la que se había cruzado Colin en su vida, y con la que pudiera cruzarse. No digamos ya hablar. Y menos aún salir. Quería seguir con su racha de Katherines, por supuesto, pero Marie Caravolli era una de esas chicas por las que interrumpes las rachas.

Y entonces sucedió algo gracioso. El día de su cita, bajó del tren después de clase. Lo tenía todo perfectamente planeado. Tenía el tiempo justo para volver a casa, limpiar el Coche Fúnebre, que estaba lleno de cajas de comida rápida y de latas de

59. ¿Cómo se las puede arreglar para ser guay una chica que se llama Herbie? Uno de los eternos misterios de la vida es cómo gente que se llama Herbie, Dilworth, Vagina o cosas así supera con tanta facilidad el peso de su nombre y adquiere un estatus legendario, mientras que a Colin no dejaban de llamarlo Culín.

164

refresco, darse una ducha, comprar unas flores en el White Hen y pasar a buscar a Marie. Pero al llegar a su calle vio a Katherine I sentada en los escalones de su casa. Al verla, con la barbilla casi apoyada en las rodillas, se dio cuenta de que nunca había visto a Katherine sin Krazy Keith.

—¿Va todo bien? —le preguntó Colin acercándose.

—Sí, sí —le contestó—. Perdona que haya venido sin avisar. Es que tengo un examen de francés, ¿sabes? Mañana. Y como no quiero que mi padre sepa que soy una negada en francés, he pensado que quizá… Quería llamarte, pero no tengo tu móvil. En fin, he pensado que ya que conozco a una estrella de los concursos de televisión famosa en el mundo entero, quizá podría darme una clase particular.

Katherine sonrió.

—Vaya… —dijo Colin.

Y por unos segundos intentó imaginarse cómo sería salir con Marie. Colin siempre había sentido celos de gente como Hassan, que sabe hacer amigos. Pero se descubrió a sí mismo pensando que el riesgo de poder ganarse a cualquiera era elegir a las personas equivocadas.

Se imaginó el mejor escenario posible: aunque es poco probable, al final a Marie acaba gustándole, con lo cual Colin y Hassan ascienden en la escala social y consiguen comer en una mesa diferente y que los inviten a algunas fiestas. Pero Colin había visto suficientes películas para saber lo que pasa cuando los tontos van a las fiestas de los guays: en general o acaban tirándolos a la piscina,[60] o se emborrachan y acaban

60. Aunque es cierto que en Chicago no hay muchas piscinas.

siendo guays y anodinos ellos también. Ninguna de las dos posibilidades parecía buena. Y estaba también el hecho de que, en sentido estricto, a Colin no le gustaba Marie. Ni siquiera la conocía.

—Espera —le dijo a Katherine.

Entonces llamó a Marie, que le había dado su número aquel mismo día, en la segunda conversación que habían mantenido en su vida,[61] dato nada desdeñable teniendo en cuenta que llevaban casi diez años yendo al mismo colegio.

—Lo siento mucho —le dijo—, pero tengo una emergencia familiar… Sí, no, mi tío está en el hospital y tenemos que ir a verlo… Bueno, sí, seguro que todo irá bien… Vale. Guay. Lo siento.

Y así fue como la única vez en que Colin se acercó a la posibilidad de dejar a alguien, fue a Marie Caravolli, sobre la que todo el mundo estaba de acuerdo en que era la persona más atractiva de la historia de Estados Unidos. Lo que hizo fue dar una clase particular a Katherine I. Y de una clase pasaron a una por semana, luego a dos por semana, y al mes siguiente Katherine fue a su casa con Krazy Keith para ver, junto con los padres de Colin y Hassan, cómo Colin aniquilaba a un pobre gilipollas llamado Sanjiv Reddy en el primer programa de *KranialKidz*. Aquella noche, más tarde, después de que Hassan se hubiera marchado a su casa, mientras Krazy Keith y los padres de Colin bebían vino tinto, Colin y Katherine Carter salieron sigilosamente de casa para ir a tomar un café en el Café Sel Marie.

---

61. En la primera le había preguntado si quería salir con él.

12

El jueves siguiente, Colin se despertó con el canto del gallo mezclado con los rezos de Hassan. Se levantó de la cama, se puso una camiseta, meó y entró en la habitación de Hassan desde el cuarto de baño. Hassan se había vuelto a meter en la cama y tenía los ojos cerrados.

—¿No podrías rezar más bajo? Vaya, ¿no debería Dios oírte aunque susurraras?

—Voy a avisar de que estoy enfermo —le contestó Hassan sin abrir los ojos—. Creo que tengo sinusitis y no voy a ir a trabajar. Por Dios. Este trabajo está bien, pero necesito asentar el culo y ver a la juez Judy. ¿Te das cuenta de que llevo doce días sin ver a la juez Judy? Imagínate que llevaras doce días separado del amor de tu vida.

Colin observó a Hassan en silencio, frunciendo los labios. Hassan abrió los ojos un segundo y volvió a cerrarlos.

—Vale. Perdona.

—No puedes avisar de que estás enfermo. Tu jefa trabaja aquí. En esta misma casa. Se dará cuenta de que no estás enfermo.

—Pasa los jueves en la fábrica, gilipollas. A ver si prestas más atención. Es el día perfecto para decir que estoy enfermo. Solo necesito recargar las pilas emocionales.

—¡Llevas todo el año cargando las pilas! ¡No has hecho nada en doce meses!

Hassan sonrió.

—¿No tienes que irte a trabajar?

—Al menos llama a tu madre para decirle que te matricule en la Loyola. En cuatro semanas se cierra el plazo. Lo he consultado en internet por ti.

Hassan no abrió los ojos.

—Estoy intentando recordar una palabra. Joder, la tengo en la punta de la lengua. Pul… pol… pal… Ah, sí, palominos, capullo. PALOMINOS.

Cuando Colin bajó, vio que Hollis ya se había levantado —o quizá no había dormido aquella noche— y se había puesto un traje chaqueta rosa.

—Bonito día —le dijo—. Hoy no pasaremos de los veintiocho grados. Pero, por Dios, te aseguro que me alegro de que la semana solo tenga un jueves.

Colin se sentó a su lado a la mesa del comedor.

—¿Qué haces los jueves? —le preguntó.

—Bueno, me gusta ir a la fábrica por la mañana a echar un vistazo. Y hacia las doce voy a Memphis para visitar el almacén.

—¿Por qué no está el almacén en Gutshot, sino en Memphis? —preguntó Colin.

—Por Dios, haces demasiadas preguntas —le contestó Hollis—. Mira, ya habéis entrevistado a casi todos los trabajadores de la fábrica, así que voy a empezar a enviaros a otras personas del pueblo, jubilados y gente por el estilo. Quiero que sigáis haciendo las mismas cuatro preguntas, pero quizá podéis quedaros un rato más con ellos, básicamente por ser amables.

Colin asintió. Se quedó un instante en silencio y a continuación dijo:

—Hassan está enfermo. Tiene sinusitis.

—Pobrecillo. Bien, irás con Lindsey. Hoy tenéis camino por delante. Iréis a ver a los abuelitos.

—¿Los abuelitos?

—Así los llama Lindsey. Los tipos de la residencia de ancianos de Bradford. Muchos viven de la pensión de Textiles Gutshot. Lindsey iba a verlos a menudo antes de que empezara a… —Suspiró—. A salir con ese… —Volvió a suspirar—. Chico. —Giró el cuello y gritó hacia el pasillo—: ¡LINDSSSEEE-EEEY! ¡MUEVE EL CULO DE LA CAMA, SO VAGA!

Y aunque el sonido de la voz de Hollis había tenido que cruzar el pasillo y atravesar dos puertas cerradas para llegar a Lindsey, al momento Lindsey gritó:

—YA PUEDES PONER UNA MONEDA EN EL PUTO BOTE DE LOS TACOS, HOLLIS. VOY A DUCHARME.

Hollis se levantó, echó una moneda en el bote de los tacos de la repisa de la chimenea, volvió hacia Colin, le pasó la mano por el pelo afrojudío y le dijo:

—Oye, volveré tarde. El viaje desde Memphis es largo. Llevaré el móvil. Cuidaos.

Cuando Lindsey bajó, con pantalones cortos caqui y con una camiseta negra ceñida en la que ponía GUTSHOT, Hassan estaba en el sofá, viendo reposiciones de *Saturday Night Live*.

—¿Quiénes son nuestras víctimas hoy? —preguntó Lindsey.

—Los abuelitos.

—Qué bien. Soy experta en ese grupo. Venga, levántate del sofá, Hass.

—Lo siento, Linds. He avisado de que estaba enfermo —le contestó.

«Yo nunca la he llamado Linds», pensó Colin.

Hassan se rió de una broma de la tele. Lindsey se apartó el pelo de la cara de un soplido, cogió del brazo a Colin y tiró de él hasta el Coche Fúnebre.

—No puedo creer que se haga el enfermo —dijo Colin, aunque arrancó el coche—. Estoy agotado, me he tirado la mitad de la jopida noche leyendo un jopido libro sobre la invención de la televisión,[62] ¿y él va y dice que está enfermo?

—Oye, ¿por qué Hassan y tú os pasáis el jopido día diciendo jopido?

Colin resopló despacio.

—A ver, ¿has leído *Los desnudos y los muertos*, de Norman Mailer?

—Ni siquiera sé quién es.

62. La televisión la inventó un niño. En 1920, el célebre Philo T. Farnsworth concibió el tubo de rayos catódicos utilizado en casi todos los televisores del siglo XX. Tenía catorce años. Farnsworth construyó el primero cuando tenía veintiuno. (Y poco después dio inicio a una larga y distinguida carrera de alcoholismo crónico.)

—Un novelista estadounidense. Nació en 1923. Estaba leyéndolo cuando conocí a Hassan. Y Hassan acabó leyéndolo porque trata de la guerra, y le gustan los libros de acción. En fin, tiene ochocientas setenta y dos páginas, y utiliza la palabra «joper», o «jopido», o cualquiera de sus variantes unas treinta y siete mil veces. Casi todo es «jopido». En fin, después de haber leído una novela me gusta leer alguna crítica literaria sobre esa novela.

—Sorpréndeme —contestó Lindsey.

—Bien. Cuando Mailer escribió el libro, no utilizó «joper». Pero envió el libro a la editorial y le dijeron: «Señor Mailer, ha escrito un libro excelente, pero en 1948 nadie va a comprarlo, porque hay más bombardeos de jodiendas que bombas normales». Así que Norman Mailer, para fastidiar a la editorial, revisó las ochocientas setenta y dos páginas de su libro y cambió cada «joder» o «jodido» por «joper» o «jopido». Le conté a Hassan la historia mientras leía el libro y decidió empezar a decirlo como homenaje a Mailer… y porque puedes decirlo en clase sin meterte en problemas.

—La historia es buena. ¿Lo ves? Sabes contar una historia —dijo ella con una sonrisa brillante como fuegos artificiales en un cielo sin estrellas—. No tiene moraleja ni historia amorosa ni aventura, pero… como mínimo es una historia, y no has metido reflexiones sobre la hidratación.

Colin la vio con el rabillo del ojo sonriéndole.

—Gira a la izquierda —le indicó Lindsey—. Seguiremos recto por esta jopida carretera y luego… Ay, espera, espera, frena, ese es el coche de Chase.

Un Chevy Bronco de dos colores se acercaba de frente. Colin frenó de mala gana el Coche Fúnebre. Al volante iba

EOC. Colin bajó la ventanilla mientras EOC bajaba la suya. Lindsey se inclinó hacia Colin para ver a su novio.

—Hola, Lass —dijo EOC.

—No tiene gracia —dijo Lindsey.

Y Chase, sentado en el asiento del copiloto, soltó una carcajada.

—Oye, Chase y yo hemos quedado con Fulton esta noche en el campamento. ¿Nos vemos allí?

—Creo que esta noche me quedaré en casa —le contestó Lindsey. Luego se volvió hacia Colin y añadió—: Vamos.

—Eh, Linds, solo estaba chinchándote.

—Vamos —repitió.

Colin pisó el acelerador y se marcharon.

Colin estaba a punto de pedirle que le explicara qué acababa de suceder cuando Lindsey se giró hacia él y le dijo muy tranquila:

—No pasa nada…, una broma privada. En fin, he leído tu libreta. La verdad es que no lo entiendo todo, pero al menos le he echado un vistazo a todo.

Colin no tardó en olvidar el raro episodio con EOC.

—¿Y qué piensas? —le preguntó.

—Bueno, para empezar, me hizo pensar en lo que hablamos cuando llegaste. Cuando te dije que creía que no era buena idea importar. Creo que voy a retirarlo, porque al ver tus notas me ha apetecido encontrar la forma de mejorar tu teorema. Me he empeñado en arreglarlo y demostrarte que las relaciones sí pueden verse como patrones. Vaya, que debería funcionar. La gente es condenadamente previsible. Y entonces el teorema no sería tuyo, sino nuestro, y yo podría… Bueno, parece de imbécil, pero, en fin, supongo que quiero importar un poco…, que me conozcan fuera de Gutshot, porque si no no habría pensado tanto en este tema. Quizá solo quiera tener éxito sin marcharme de aquí.

Colin fue reduciendo la velocidad al acercarse a un stop y la miró.

—Lo siento —le dijo.

—¿Por qué lo sientes?

—Porque no podrías arreglarlo.

—Ya lo he hecho —dijo Lindsey.

Colin frenó el coche del todo a cinco metros del stop.

—¿Estás segura? —le preguntó.

Lindsey, sin embargo, se limitó a seguir sonriendo.

—Vamos, cuéntamelo —le suplicó.

—Vale, bueno, no lo he ARREGLADO, pero tengo una idea. Soy una negada en mates… una auténtica negada, así que dime si me equivoco, pero parece que el único factor que entra en la fórmula es dónde se coloca cada persona en la escala dejador/dejado, ¿no?

—Exacto. Justo de eso va la fórmula. Del hecho de que te dejen.

—Sí, pero no es el único factor en una relación. Está la edad. Cuando tienes nueve años, tus relaciones tienden a ser más breves, menos serias y más caprichosas que cuando tienes cuarenta y uno y estás desesperado por casarte antes de que se te pase el arroz, ¿de acuerdo?

Colin giró la cabeza y observó el cruce de carreteras, ambas desiertas, que tenía delante. Lo pensó un momento. De repente le parecía obvio, como tantos descubrimientos.

—Más variables —comentó entusiasmado.

—Exacto. Como he dicho… la edad, de entrada. Aunque depende de un montón de cosas. Lo siento, pero el atractivo importa. Hay un tipo que acaba de entrar en los marines, aunque el año pasado todavía estaba en el instituto. Noventa y cinco kilos de músculos esculpidos, y quiero a Colin y todo eso, pero ese tío era sexy que te mueres, y dulce, y amable, y tenía un Montero tuneado.

—Lo odio —dijo Colin.

Lindsey se rió.

—Vale, seguro que lo odiarías, pero, en fin, es un dejador total. Un defensor declarado de la fórmula «Búscalas, atráelas, fóllatelas y olvídalas». Solo que cometió el error de salir con la única persona que estaba más buena que él en todo Tennessee: Katrina. Se convirtió en un perrito faldero empalagoso, dependiente y llorón, y al final Katrina tuvo que librarse de él.

—Pero no se trata solo de atracción física —intervino Colin metiéndose la mano en el bolsillo para coger el lápiz y la libreta—. Se trata de lo atractiva que te parece una persona y de lo atractivo que les pareces tú. Pongamos a una chica que es muy guapa, pero resulta que yo tengo una extraña fijación y que solo me gustan las chicas con trece dedos en los pies. Bueno, yo podría ser el dejador si se da el caso de que ella tiene diez dedos y solo le ponen los tipos delgados con gafas y corte de pelo afrojudío.

—Y los ojos muy verdes —añadió Lindsey como si tal cosa.

—¿Qué?

—Era un piropo —dijo Lindsey.

—Ah. Mis ojos. Verdes. Vale.

«Tranquilo, Singleton. Tranquilo.»

—En fin, creo que tiene que ser más complicado. Tiene que ser tan complicado que una inútil en mates como yo al final no lo entienda.

Un coche se detuvo detrás de ellos y tocó la bocina, así que Colin siguió conduciendo, y para cuando llegaron al aparcamiento de la residencia de ancianos, se habían decidido por cinco variables:

Edad (A)[63]

Diferencial de popularidad (C)[64]

Diferencial de atractivo (H)[65]

Diferencial dejado/dejador (D)[66]

Diferencial introvertido/extrovertido (P)[67]

---

63. Para obtener esta variable, Colin tomaba la media de las dos personas y restaba 5. Por cierto, todas las notas al pie de esta página son sobre matemáticas, por lo tanto son meramente optativas.

64. A la que Colin llegaba calculando la diferencia de popularidad entre la Persona A y la Persona B en una escala de 1 a 1.000 (puede ser aproximada) y dividiéndola entre 75. Números positivos si la chica es más popular, y negativos si lo es el chico.

65. Que se calcula como un número entre 0 y 5 basado en la diferencia de atracción entre ambos. Números positivos si el chico se siente más atraído por la chica, y negativo a la inversa.

66. Entre 0 y 1, la distancia relativa entre las dos personas en el rango dejador/dejado. Número negativo si el chico es más dejador, y positivo si lo es la chica.

67. En el teorema, es la diferencia de extroversión entre dos personas, calculada en una escala del 0 al 5. Números positivos si la chica es más extrovertida, y negativos si lo es el chico.

Se quedaron sentados en el coche con las ventanillas bajadas. El aire era cálido y pegajoso, aunque no resultaba agobiante.

Colin anotaba posibles nuevas ideas y explicaba las matemáticas a Lindsey, que hacía sugerencias y observaba sus anotaciones. Durante media hora, con el ceño fruncido, dibujó la gráfica básica de las rupturas de varias Katherines.[68] Pero no podía ajustar el tiempo.

Katherine XVIII, que le costó meses de vida, no parecía haber durado más, o haber importado más, que los 3,5 días que había pasado en los brazos de Katherine V. Su fórmula era demasiado simple. Y seguía intentándolo totalmente al azar. «¿Y si elevo al cuadrado la variable del atractivo? ¿Y si pongo aquí una onda senoidal o allí una fracción?» Necesitaba ver la fórmula no como matemáticas, que odiaba, sino como lenguaje, que le encantaba.

Así que comenzó a pensar en la fórmula como un intento de comunicar algo. Empezó creando fracciones entre las variables para que fuera más sencillo trabajar con ellas en una gráfica. Y antes incluso de introducir las variables sabía el resultado que darían las diferentes fórmulas para las Katherines, y a medida que lo hacía, la fórmula era cada vez más complicada, hasta que comenzó a ser casi…, cómo decirlo sin parecer del

68.

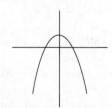

todo imbécil… bueno, bonita. Tras una hora metidos en el coche, la fórmula era así:

$$-D^7x^8 + D^2x^3 - \frac{x^4}{A^5} - Cx^2 - Px + \frac{1}{A} + 13P + \frac{\sin(2x)}{2}\left[1 + (-1)^{H+1}\frac{\left(x + \frac{11\pi}{2}\right)^H}{\left|x + \frac{11\pi}{2}\right|^H}\right]^{69}$$

—Creo que casi está —dijo por fin.

—Te aseguro que no entiendo una mierda, aunque lo has hecho delante de mis narices —contestó Lindsey riéndose—. Bueno, vamos a ver a los abuelitos.

Colin solo había estado una vez en una residencia de ancianos. Cuando tenía once años, un fin de semana fue con su padre a Peoria, Illinois, para ver a su tía bisabuela Esther, que en aquellos momentos estaba en coma, así que tampoco era la mejor compañía.

Por eso Sunset Acres le sorprendió gratamente. En una mesa de picnic colocada en el césped, cuatro ancianas, todas con grandes sombreros de paja, jugaban a las cartas.

—¿Aquella es Lindsey Lee Wells? —preguntó una de las mujeres.

Lindsey corrió hacia la mesa muy animada. Las mujeres dejaron las cartas para abrazarla y darle palmaditas en las mejillas. Lindsey las conocía a todas por su nombre —Jolene, Gladys, Karen y Mona— y les presentó a Colin. Jolene se quitó el sombrero, se abanicó la cara y dijo:

69. Esto no cuenta como matemáticas, porque no es necesario entender cómo funciona o lo que significa para pensar que es bonita.

—Lindsey, tienes un novio muy guapo, ¿no? No me extraña que ya no vengas a vernos.

—Jolene, no es mi novio. Siento no haber venido mucho últimamente. He tenido mucho que hacer en el instituto, y Hollis me hace trabajar como una esclava en la tienda.

Y empezaron a hablar sobre Hollis. Pasaron quince minutos hasta que Colin pudo encender la grabadora para formular las cuatro preguntas que tenían que hacerles, pero no le importó, de entrada porque Jolene creía que era guapo, y en segundo lugar porque se trataba de un grupo de ancianas muy tranquilas. Por ejemplo, Mona, una mujer con manchas en la piel y el ojo izquierdo tapado, respondió a la pregunta «¿Qué tiene Gutshot de especial?» diciendo: «Bueno, para empezar, la fábrica tiene un buen plan de pensiones. Llevo treinta años jubilada y Hollis Wells sigue comprándome los pañales. Está bien, porque los uso. Se me escapa el pis cuando me río», dijo muy contenta, y se rió inquietantemente fuerte.

A Colin le dio la impresión de que Lindsey era una especie de estrella del rock para los abuelitos. A medida que por el edificio corría la voz de que había llegado, más ancianos se acercaban a la mesa de picnic y rodeaban a Lindsey. Colin fue uno por uno, grabando sus respuestas. Al final se sentó y dejó que Lindsey los llevara hasta él.

Su entrevista favorita fue la que hizo a un hombre llamado Roy Walker.

—Bueno, no puedo imaginarme por qué demonios le interesaría a alguien mi opinión —dijo Roy—, pero estoy encantado de charlar.

Roy empezó a hablarle a Colin de su antiguo trabajo como director de planta del turno de noche de Textiles Gutshot, pero de repente se detuvo y dijo:

—Mira cuánto quieren todos a la pequeña Lindsey. Todos la hemos visto crecer. Yo solía verla una vez a la semana o más… La vimos cuando era una niña, y cuando no podías distinguirla de un chico, y cuando tenía el pelo azul. Cada sábado me traía a escondidas una Budweiser, que Dios la bendiga. Hijo, si algo sé —y Colin pensó que a las personas mayores siempre les gusta decirte algo que saben— es que en este mundo hay gente a la que quieres cada vez más pase lo que pase.

Entonces Roy se acercó a Lindsey, y Colin lo siguió. Lindsey se retorcía un mechón de pelo, pero observaba atentamente a Jolene.

—Jolene, ¿qué has dicho?

—Estaba contándole a Helen que tu madre ha vendido ochenta hectáreas de tierra de Bishops Hill a mi Marcus.

—¿Hollis ha vendido tierra de Bishops Hill?

—Exacto. A Marcus. Creo que Marcus quiere construir casas, una… no me acuerdo cómo la llama.

Lindsey entrecerró los ojos y suspiró.

—¿Una urbanización? —le preguntó.

—Eso. Una urbanización. En lo alto de la colina, creo. En fin, tendrá buenas vistas.

Lindsey se quedó callada y sus ojos se perdieron en la lejanía, en los campos que se extendían por detrás de la residencia. Colin se sentó y escuchó a los ancianos. Al final Lindsey lo agarró del brazo, por encima del codo, y le dijo:

—Deberíamos irnos ya.

En cuanto cerraron las puertas del Coche Fúnebre, Lindsey murmuró como para sí misma:

—Mi madre nunca vendería tierra. Nunca. ¿Por qué lo ha hecho? —Colin pensó que nunca había oído a Lindsey llamar a Hollis «mi madre»—. ¿Por qué habrá vendido tierra a ese tipo?

—Quizá necesita dinero —comentó Colin.

—Si ella necesita dinero, yo necesito un puñetero agujero en la cabeza. Mi bisabuelo construyó esa fábrica. El doctor Francis N. Donocefar. No nos hace falta el dinero. Te lo prometo.

—¿Era árabe?

—¿Qué?

—Donocefar.

—No, no era árabe. Era alemán o algo así. En fin, hablaba alemán… como Hollis, y por eso yo lo hablo también. ¿Por qué siempre haces preguntas tan ridículas?

—Vaya, perdona.

—No importa. Solo estoy confundida. Qué más da. A otra cosa, mariposa. Los abuelitos son divertidos, ¿verdad? No lo parece, pero son geniales. Solía ir a verlos a sus casas casi a diario. En aquellos momentos la mayoría todavía no estaba en la residencia. Iba de casa en casa, me daban de comer y me abrazaban. Eran los tiempos en los que todavía no tenía amigos.

—Está claro que te adoran —dijo Colin.

—¿A mí? Las mujeres no dejaban de decir que estás buenísimo. Estás perdiéndote una población importante de Katherines por no probar en el mercado de las que tienen más de ochenta años.

—Tiene gracia que pensaran que estamos saliendo —dijo Colin volviéndose.

—¿Qué tiene de gracioso? —le preguntó sosteniéndole la mirada.

—Hum…

Sin prestar atención a la carretera, Colin observó a Lindsey mientras esta le ofrecía una levísima versión de su inimitable sonrisa.

13

Aquel sábado, Hassan salió a dar una vuelta con Lindsey, Katrina, EOC, VSA y BMT. La noche siguiente volvió a salir, y al regresar a casa, después de medianoche, encontró a Colin trabajando en su teorema, que ya funcionaba diecisiete de diecinueve veces. Todavía no había conseguido que funcionara ni para Katherine III ni para la más importante, Katherine XIX.

—¿Passsa? —le preguntó Hassan.

—Esa palabra no existe —le contestó Colin sin levantar la mirada.

—Eres como el sol en un día nublado, Singleton. Cuando fuera hace frío, eres el mes de mayo.

—Estoy trabajando —replicó Colin.

No sabía determinar en qué momento había empezado Hassan a ser como cualquier otro en el planeta, pero sin duda había sucedido, y sin duda era un fastidio.

—He besado a Katrina —dijo Hassan.

Colin soltó el lápiz y giró su silla.

—¿Queloqué?

—Esa palabra no existe —lo imitó Hassan.

—¿En la boca?

—No, gilipollas, en el esfínter pupilar. Sí, en la boca.

—¿Por qué?

—Estábamos en el asiento de atrás de la camioneta de Colin, girando una botella de cerveza, pero había unos baches de la hostia, porque íbamos a ese sitio del bosque. Así que alguien giraba la botella de cerveza, que salía volando y aterrizaba en la otra punta del coche, de modo que nadie besaba a nadie. He supuesto que jugar no era peligroso, ¿vale? Pero entonces hice girar la botella y te juro por Dios que no se ha movido de su sitio, aunque seguíamos pasando por baches… Vaya, que solo Dios ha podido evitar que esa botella saltara por los aires… y entonces se ha parado justo delante de Katrina, que ha dicho: «Qué suerte», y no era irónico, *kafir*. Lo decía en serio. Se ha inclinado en la camioneta, hemos pillado un bache y ha aterrizado en mis brazos, y entonces ha venido directa hacia mi boca, y te juro por Dios que ha empezado a lamerme los dientes.

Colin lo miraba incrédulo. Se preguntaba si Hassan se lo estaba inventando.

—Ha sido… —continuó Hassan—, uf, raro, y húmedo, y caótico…, pero divertido, supongo. Lo mejor ha sido ponerle la mano en la cara, mirar hacia abajo y verla con los ojos cerrados. Supongo que le gustan los gorditos. En fin, mañana por la noche iré con ella al Taco Hell. Pasará a buscarme. Así soy yo. —Hassan sonrió con suficiencia—. Las mujeres vienen a buscar al gran papi, porque el gran papi no tiene coche.

—Hablas en serio —dijo Colin.

—Hablo en serio.

—Espera, ¿crees que el hecho de que la botella no haya salido volando por la camioneta ha sido un milagro?

Hassan asintió. Colin tiró el lápiz contra la mesa y se levantó.

—Y Dios no te permitía besar a una chica si no ibas a casarte con ella, así que ¿quiere Dios que te cases con la chica que se creyó que yo era un francés con el síndrome de Tourette?

—No seas gilipollas —replicó Hassan con tono casi amenazador.

—Es solo que me sorprende que Don Religioso se dedique a hacer el capullo con chicas en el asiento trasero de una camioneta, nada más. Seguro que estabas bebiendo cerveza y te habías puesto una camiseta de fútbol.

—¿Qué mierda dices, tío? He besado a una chica. Por fin. Una chica que está buenísima y es muy maja. Palominos. Deja de presionarme.

Colin no sabía por qué, pero sentía el impulso de seguir presionando.

—Lo que tú digas. Pero no puedo creerme que te hayas enrollado con Katrina. ¿No es tan imbécil y tan pava como parecía el primer día?

Hassan alargó el brazo y agarró a Colin del pelo afrojudío. Lo arrastró por la habitación y lo empujó contra la pared. Apretó la mandíbula mientras presionaba el plexo solar de Colin, justo en el punto del estómago en el que tenía el agujero.

—He dicho «palominos», *kafir*. Tienes que respetar los puñeteros palominos. Me voy a la cama antes de que acabemos peleándonos. ¿Y sabes por qué no quiero pelearme contigo? Porque perdería.

«Sigue de broma —pensó Colin—. Está siempre de broma, incluso cuando está furioso.»

Y mientras Hassan cruzaba el cuarto de baño de camino a su habitación, Colin volvió a sentarse a trabajar en su teorema con la cara roja y humedecida por las lágrimas de frustración. Colin odiaba no ser capaz de conseguir sus «marcas». Lo odiaba desde que tenía cuatro años y su padre estableció el aprendizaje de veinticinco verbos de las conjugaciones latinas como la «marca» de un día, pero al final de aquel día Colin solo se sabía veintitrés. Pese a que su padre no lo riñó, Colin sabía que había fallado. Y las «marcas» quizá eran ya más complicadas, pero seguían siendo bastante sencillas: quería un mejor amigo, una Katherine y un teorema. Y tras casi tres semanas en Gutshot, parecía ir peor que al principio.

Hassan y Colin se las arreglaron para no hablar la mañana siguiente, ni una sola vez, y Colin tuvo claro que Hassan seguía tan cabreado como él. Colin observó en absoluto silencio a Hassan acuchillando con furia su desayuno, y más tarde dejando la grabadora de un golpe en la mesita de un jubilado de la fábrica que era viejo, pero no tanto como para estar en la residencia. Colin oía el fastidio en la voz de Hassan mientras preguntaba con tono agresivamente aburrido cómo había sido la vida en Gutshot cuando el abuelito era niño. En aquellos momentos parecía que ya habían pasado por los que contaban mejores historias y les quedaba gente que tardaba cinco minutos en determinar si había estado en Asheville, Carolina del Norte, en junio o en julio de 1961. Colin todavía prestaba atención —era lo que hacía, al fin y al cabo—, pero su cerebro estaba ausente. Básicamente pasaba revista a todas las veces en que Hassan se había comportado como un capullo con él, todas las veces en que había sido el blanco de sus bromas y todos los comentarios sarcásticos que había hecho sobre sus historias con las Katherines. Y ahora Hassan tenía una historia con una Katrina, se dedicaba a salir por ahí y dejaba de lado a Colin.

Lindsey se saltó aquel día para quedarse con EOC en la tienda, así que estuvieron solo Colin, Hassan y un abuelito, que monopolizó el día entero. Aunque el anciano habló durante siete horas casi sin parar, el mundo de Colin pareció extrañamente silencioso hasta que, cuando salían de la casa del anciano para ir a buscar a Lindsey, se rindió.

—Sonará a tópico, pero creo que has cambiado —dijo Colin caminando por el camino de delante de la casa del abuelito—. Y estoy harto de que estés conmigo solo para reírte de mí.

Hassan no contestó. Se sentó en el asiento del copiloto y cerró la puerta. Colin entró, arrancó el coche y a Hassan se le fue la olla.

—¿Nunca se te ha pasado por la cabeza, gilipollas desagradecido, que cuando tenía que chuparme todas tus rupturas, cuando levantaba tu penoso culo del suelo de tu habitación, cuando escuchaba tus interminables broncas y desvaríos sobre cada jopida chica que pasaba de ti, quizá en realidad lo hacía por ti, no porque esté tan desesperado por enterarme del último abandono de tu vida? ¿Qué problemas míos has oído, capullo? ¿Te has sentado alguna vez conmigo durante horas a escucharme lloriquear porque soy un jopido gordo cuyo mejor amigo lo deja tirado cada vez que aparece una Katherine? ¿Se te ha ocurrido alguna vez, aunque sea por un puñetero segundo, que mi vida podría ser tan mala como la tuya? Imagínate que no fueras un jopido genio, estuvieras solo y nadie te escuchara. Pues sí. Mátame. Besé a una chica. Y volví a casa a contarte esa historia porque, después de cuatro años escuchando las tuyas, por fin tenía una historia propia. Pero eres un gilipollas tan egocéntrico que ni por un jopido segundo piensas que mi vida no gira alrededor de la estrella de Colin Singleton.

Hassan se detuvo para respirar, y Colin mencionó lo que le había estado fastidiando casi todo el día.

—Lo llamaste Colin —dijo Colin.

—¿Sabes cuál es tu problema? —siguió Hassan sin prestarle atención—. No puedes vivir con la idea de que alguien se marche. Así que, en lugar de alegrarte por mí, como cualquier persona normal, te cabreas porque oh, oh, no, a Hassan ya no le caigo bien. Eres un pedazo de *sitzpinkler*. Te asusta tanto la idea de que alguien pueda dejarte que centras tu jopida vida en que no te dejen de lado. Pues no funciona, *kafir*. No es solo una idiotez. Es que es ineficaz. Porque no eres un buen amigo, o un buen novio, o lo que sea, ya que solo piensas «quizá no les caigo bien, quizá no les caigo bien», ¿y sabes qué? Cuando actúas así, no caes bien a nadie. Aquí tienes tu maldito teorema.

—Lo llamaste Colin —repitió Colin recuperando la voz.

—¿A quién llamé Colin?

—A EOC.

—No.

Colin asintió.

—¿Lo llamé Colin?

Colin asintió.

—¿Estás seguro? Vale, claro que estás seguro. Uf. Bueno, perdona. Fue una gilipollez por mi parte.

Colin se metió en el aparcamiento de la tienda y paró el coche, pero no se movió para salir.

—Sé que tienes razón. En lo de que soy un gilipollas egocéntrico.

—Bueno, solo a veces. Pero lo eres. Déjalo ya.

—No sé cómo, de verdad —dijo—. ¿Cómo deja de aterrorizarte el hecho de que te dejen de lado, acabes solo y no importes a nadie lo más mínimo?

—Eres muy inteligente —le contestó Hassan—. Estoy seguro de que algo se te ocurrirá.

—Es genial —dijo Colin un momento después—. Me refiero a lo de Katrina. Has besado a una chica. A una chica. Bueno, siempre había pensado que eras gay —admitió Colin.

—Podría ser gay si mi mejor amigo fuera más guapo —dijo Hassan.

—Y yo podría ser gay si pudiera encontrar tu polla debajo de las lorzas.

—Capullo, podría pesar doscientos kilos más y seguirías viéndome el nabo colgando hasta las rodillas.

Colin sonrió.

—Es una chica con suerte.

—Lástima que no vaya a saber la suerte que tiene si no nos casamos.

Y Colin volvió al tema.

—A veces eres un capullo conmigo. Sería más fácil si actuaras como si en realidad no me odiaras.

—Tío, ¿quieres que me siente y te diga que eres mi mejor amigo, que te quiero y que eres tan genial que por las noches quiero acurrucarme a tu lado? Porque no voy a hacerlo. Es una *sitzpinklerez*. Pero sí creo que eres un genio. Sin gilipolleces. Lo creo de verdad. Creo que puedes hacer lo que te salga de las narices en la vida, que no está nada mal.

—Gracias —dijo Colin.

Salieron del coche, se reunieron delante del capó, Colin extendió un poco los brazos, Hassan lo empujó de broma y entraron en la tienda.

EOC estaba reponiendo palitos de carne seca, y Lindsey estaba sentada en el taburete, detrás del mostrador, leyendo una revista del corazón, con los pies descalzos encima del mostrador, al lado de la caja.

—Hola —dijo EOC—, me han dicho que esta noche tienes una cita, grandullón.

—Sí, gracias a lo bien que conduces. Si hubieras evitado el bache, no habría acabado en mis brazos.

—Bueno, de nada. Está buena, ¿verdad?

—¡Eh! —dijo Lindsey sin levantar la mirada de la revista—. ¡La que está buena soy yo!

—Cariño, cállate un poco —dijo EOC—. Bueno, Colin, Hass dice que no te gusta demasiado salir, pero tienes que venir a cazar con nosotros este fin de semana.

—Eres muy amable por invitarme —respondió Colin.

Y en verdad era amable. Nadie que tuviera algo que ver con el fútbol americano le había invitado nunca a nada. Pero

Colin pensó de inmediato en la razón por la que había elegido a Katherine XIX en lugar de a Marie Caravolli. Pensó que en este mundo es mejor quedarte con los que son como tú.

—Aunque no sé disparar.

—Oh, apuesto a que pillas un pedazo de cerdo —respondió EOC.

Colin miró a Hassan, que abrió los ojos como platos y asintió ligeramente. Por un segundo, Colin se planteó pasar de cazar cerdos, pero pensó que se lo debía a Hassan. Pensó que no ser un gilipollas egocéntrico en parte consistía en hacer cosas con tus amigos aunque no quisieras. Aunque el resultado fuera matar un cerdo salvaje.

—De acuerdo —dijo Colin mirando a Hassan, no a EOC.

—Perfecto —le contestó EOC—. Mirad, como estáis aquí y podéis vigilar la tienda hasta la hora de cerrar, yo me voy. He quedado con los chicos en la fábrica. Vamos a jugar a los bolos.

Lindsey dejó por fin la revista.

—Me gusta jugar a los bolos —dijo.

—Solo chicos, cariño.

Lindsey fingió enfadarse, luego sonrió y se levantó para darle un beso a EOC, que se inclinó por encima del mostrador, le dio un pico y se marchó.

Cerraron la tienda temprano y volvieron a casa, aunque a Hollis no le gustaba que la interrumpieran antes de las cinco y media. Estaba tumbada en el sofá del comedor diciendo: «Necesitamos tu ayuda. Si miras el precio de venta…», cuando los vio entrar y añadió: «Luego te llamo». Y colgó el teléfono.

—Os he dicho que trabajo hasta las cinco y media, y que no podéis interrumpirme.

—Hollis, ¿por qué has vendido tierra a Marcus?

—No es asunto tuyo, y te agradecería que no intentaras cambiar de tema. Marchaos de casa hasta las cinco y media. Recordad que os pago para que trabajéis. Y Lindsey Lee Wells, sé que no has ido a casa del señor Jaffrey. No creas que no me entero de estas cosas.

—Esta noche he quedado, así que no vendré a cenar —intervino Hassan.

—Y yo saldré a cenar con Colin —dijo Lindsey—. Con este Colin —aclaró señalándole el bíceps con el dedo.

Hollis sonrió. Colin miró a Lindsey sorprendido y confuso a la vez.

—Bueno, como no vais a estar en casa esta noche, supongo que podré trabajar un poco —dijo Hollis.

Colin pasó las horas que faltaban para su «cita» trabajando en el teorema. En media hora encajó a K-19. Resultó que el problema no era tanto que fuera malo en matemáticas, como que albergaba falsas esperanzas. Colin había intentado modificar el teorema para que la gráfica de K-19 fuera así:

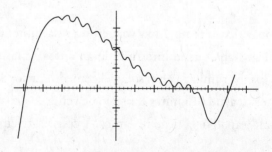

En definitiva, había contado con volver con ella. Había dado por hecho que el teorema tenía que reflejar el futuro, cuando K-19 volviera con él. Pero llegó a la conclusión de que el teorema no podía tener en cuenta su propia influencia. Así que, con la misma fórmula que había descubierto en el coche con Lindsey,[70] Colin consiguió que reflejara su relación con Katherine XIX hasta aquel momento:

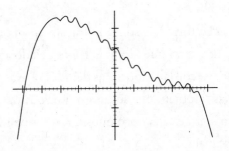

Alrededor de las cinco de la tarde estaba peligrosamente cerca. Había plasmado la montaña rusa de Katherine dieciocho veces. Pero había dejado sin hacer algo muy importante: no había llevado al papel a Katherine III, y no es posible presentar una ecuación que predice dieciocho de diecinueve Katherines al comité del Premio Nobel.[71] Durante las dos horas siguientes pensó en todos los aspectos de Katherine III (nombre completo: Katherine Mutsensberger) con la precisión y la claridad que hacían de su cerebro algo tan poco habitual. Pero no pudo solucionar lo que decidió llamar la Anomalía III. La ecua-

70. La bonita, con todas esas letras.
71. Como no hay Premio Nobel de Matemáticas, podría haberlo intentado con el Premio Nobel de la Paz.

ción que predecía correctamente a las otras dieciocho resultó
ser así:

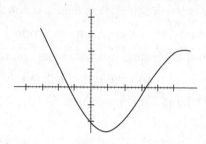

La curva en forma de sonrisa indicaba que la III no había
dejado a Colin, sino que Colin la había dejado a ella, lo cual
era ridículo. Recordaba todos los detalles de Katherine III, y
de las demás también, por supuesto. Lo recordaba absolutamente todo, pero estaba claro que en Katherine III había algo
que se le escapaba.

Colin estaba tan concentrado trabajando en el teorema
que el mundo exterior a su libreta parecía no existir, de modo que
se sobresaltó cuando oyó a Lindsey diciendo a su espalda:

—Hora de cenar, tío.

Se giró y vio su cabeza asomando por la puerta abierta.
Llevaba una camiseta de algodón azul sin mangas, vaqueros
ceñidos, Converse All Stars y —como si supiera lo que le gustaba a Colin— no se había maquillado. Estaba... bueno, guapa, aunque no sonriera. Colin echó un vistazo a sus vaqueros
y su camiseta amarilla de *KranialKidz*.

—No te arregles por mí —le indicó Lindsey sonriendo—.
De todas formas tenemos que salir ya.

Bajaron justo a tiempo para ver a través de la puerta con
tela metálica a Hassan subiendo al coche de Katrina. Estaba

ofreciéndole una rosa mustia que había arrancado del jardín de la mansión. Katrina sonrió y se besaron. Por Dios. Colin lo había visto con sus propios ojos: Hassan besando a una chica que seguro que había sido la reina del baile.

—¿Katrina fue la reina del baile?

—No, lo fui yo —le contestó Lindsey inmediatamente.

—¿De verdad?

Lindsey frunció los labios.

—Bueno, no, pero no hace falta que te sorprendas tanto. Pero Katrina fue una dama de honor. —Se detuvo y gritó hacia la cocina—: ¡Eh, Hollis! Nos vamos. Seguramente volveremos tarde. Un poco de sexo y esas cosas.

—¡Que os divirtáis! —le contestó Hollis—. ¡Llama si no estáis en casa a las doce!

Fueron al centro, a la gasolinera/Taco Hell, donde pidieron desde el coche. Los dos miraron por la ventanilla. Lindsey se inclinó sobre Colin para ver a Hassan y a Katrina comiendo.

—Parece que a Katrina le gusta de verdad —dijo Lindsey—. Que conste que Hassan me cae muy bien. No quiero ser mala. Es solo que me sorprende. Suelen interesarle los… los idiotas, los tíos buenos.

—Como a ti.

—Cuidado. Al fin y al cabo, la cena la pago yo.

Cogieron sus tacos de pollo y se marcharon. Al final Colin decidió preguntarle qué estaba pasando.

—¿Por qué hemos salido a cenar juntos?

—Bueno, por tres razones. Primera, porque he estado pensando en nuestro teorema y tengo una pregunta. ¿Cómo funciona si eres gay?

—¿Eh?

—A ver, si la gráfica va hacia arriba, significa que el chico deja a la chica, y si la gráfica va hacia abajo, significa que la chica deja al chico, ¿no? Pero ¿qué pasa si los dos son chicos?

—No importa. Sencillamente asignas una posición a cada persona. En lugar de ser «chico» y «chica», perfectamente podrían ser «chico1» y «chico2». Así funciona el álgebra.

—Eso explica mi insuficiente. Vale. Gracias a Dios. La verdad es que me preocupaba que solo ayudara a los heteros, porque no sería un teorema. La segunda razón es que estoy intentando gustar a Hollis. A ella le gustas, así que, si me gustas a mí, le gustaré a ella. —Colin la miraba confuso—. Insuficiente en álgebra, sobresaliente en ser guay. Mira, la popularidad es complicada. Tienes que perder mucho tiempo pensando en gustar. Tiene que gustarte gustar, y también no gustar.

Colin la miraba fijamente, mordiéndose el pulgar. Escuchar a Lindsey hablando de la popularidad le hacía sentirse parte del *mysterium tremendum*.

—En fin —siguió diciendo Lindsey—, tengo que descubrir qué pasa para que venda un terreno. Ese tal Marcus construyó una urbanización de casas en serie al sur de Bradford. Es vomitiva. Hollis nunca aceptaría esa mierda.

—Ah, vale —dijo Colin sintiéndose utilizado.

—Y la tercera razón —continuó Lindsey— es que voy a enseñarte a disparar para que no tengas que avergonzarte.

—¿Disparar un arma?

—Una escopeta. He metido una en el maletero de tu coche esta tarde. —Colin miró nervioso hacia atrás—. No muerde —añadió Lindsey.

—¿De dónde has sacado un arma?

—¿De dónde la he sacado? Sabelotodo, conseguir un arma en Gutshot, Tennessee, es más fácil que pillar clamidias con una puta.

Veinte minutos después estaban sentados en un campo de hierba, en el extremo de una zona arbolada que Lindsey dijo que pertenecía a Hollis, pero que no tardaría en ser de Marcus. El campo, cubierto de flores silvestres y algún árbol pequeño, se hallaba cercado por troncos entrelazados.

—¿Por qué está vallado?

—Teníamos un caballo llamado Hobbit que pastaba aquí, pero se murió.

—¿Era tuyo?

—Sí. Bueno, y de Hollis. Fue el regalo de boda de mi padre, pero cuando nací yo, seis meses después, Hollis me lo regaló a mí. Hobbit era un caballo muy dulce. Pude montarlo desde los tres años.

—¿Tus padres están divorciados?

—No, oficialmente no. Pero ¿sabes lo que dicen de Gutshot? Que la población nunca aumenta ni disminuye, porque, cada vez que una mujer se queda embarazada, un hombre se marcha del pueblo. —Colin se rió—. Se marchó cuando yo tenía un año. Llama un par de veces al año, pero Hollis nunca deja que hable con él. No lo conozco, y la verdad es que no me importa. ¿Y tú?

—Mis padres siguen casados. Tengo que llamarlos cada noche a la misma hora… dentro de media hora, por cierto.

Supongo que son superprotectores, pero es normal. Somos muy aburridos.

—Tú no eres aburrido. Deja de una vez de decirlo o la gente empezará a creerte. Vamos a por la escopeta.

Lindsey se levantó, corrió por el campo y saltó la valla. Colin la siguió a paso más tranquilo. En general, no creía en las carreras.

—¡Abre el maletero! —gritó Lindsey.

Colin lo abrió y encontró una gran escopeta de dos cañones con mango de madera tintada. Lindsey cogió el arma y se la pasó a Colin.

—Apunta al cielo —le indicó.

Cogió una caja de cartón cuadrada y volvieron a saltar la valla y a atravesar el campo.

Lindsey abrió el arma como una experta, sacó dos balas cilíndricas de la caja y las introdujo.

—Cuando esta mierda esté cargada, no me apuntes a mí, ¿me oyes?

Cerró la escopeta, la levantó por encima de su hombro y se la tendió con cuidado a Colin.

Se colocó detrás de él y lo ayudó a sujetar la escopeta contra el hombro. Colin sentía los pechos de Lindsey pegados a sus omoplatos, sus pies al lado de los suyos y su estómago contra su espalda.

—Mantenla apretada contra el hombro —le dijo, y Colin le hizo caso—. El seguro está aquí —agregó alargando el brazo y colocándole la mano en un botón de acero a un lado del arma.

Colin nunca había tenido un arma en las manos. Aunque estaba emocionado, a la vez sentía que era un error.

—Cuando dispares —le dijo ella con la boca pegada a su cuello—, no hundas el gatillo. Colocas el dedo y presionas. Solo presionas suavemente. Doy un paso atrás y disparas, ¿vale?

—¿Adónde apunto?

—No puedes darle a nada, así que apunta recto hacia delante.

Colin notó la ausencia de Lindsey en su espalda y entonces, muy despacio, apretó el gatillo.

La explosión le impactó a la vez en los oídos y el hombro derecho, y la fuerza de la escopeta hizo que se le levantara el brazo, que se le doblaran las piernas y que se encontrara a sí mismo sentado en un campo de flores silvestres y con la escopeta apuntando al cielo.

—Bueno —dijo—, ha sido divertido.

Lindsey estaba riéndose.

—¿Lo ves? Por eso estamos aquí, para que no te caigas de culo delante de Colin, Chase y todos los demás. Tienes que aprender a prepararte para ese golpe.

Y en la hora siguiente Colin se dedicó a disparar en dirección a los robles que tenían delante, y solo hizo pausas para cargar la escopeta y llamar a sus padres. Disparó cuarenta y cuatro balas al bosque, y cuando tenía el brazo derecho entumecido y se sentía como si un boxeador le hubiese golpeado sin parar en el hombro, preguntó:

—¿Por qué no pruebas tú?

Lindsey negó con la cabeza y se sentó en la hierba. Colin se sentó a su lado.

—Yo no disparo. Me aterrorizan las armas —dijo.

—¿Estás quedándote conmigo?

—No. Además es del calibre diez. No dispararía una escopeta del calibre diez ni por mil dólares. Golpean como una maldita mula.

—¿Y por qué…?

—Ya te lo he dicho: no quiero que parezcas un cobarde.

Colin quería seguir con la conversación, pero no sabía cómo, de modo que se tumbó y se frotó el hombro dolorido. En general, Gutshot había sido poco amable con él desde el punto de vista físico: una cicatriz encima del ojo, cuarenta y cuatro cardenales perfectamente visibles en el hombro y, por supuesto, un enorme agujero en el estómago que todavía le dolía. Pero de alguna manera le gustaba aquel lugar.

Vio que Lindsey estaba tumbada a su lado, con los brazos detrás de la cabeza. Lindsey le dio una patada en la espinilla de broma para llamar su atención.

—¿Qué? —le preguntó.

—Estaba pensando en esa chica a la que quieres tanto —le dijo—. Y en este pueblo, que yo quiero tanto. Y en cómo pasa. Cómo caes en eso. El problema con el terreno que Hollis va a vender es que… Bueno, en parte me pongo enferma porque no quiero que aquí haya una mierda de urbanización de McMansiones, pero en parte también porque allí está mi escondite secreto.

—¿Tu qué?

—Mi escondite secreto. Mi superlugar increíblemente secreto, que nadie en el mundo conoce. —Lindsey guardó silencio, apartó la mirada del cielo brillante y observó a Colin—. ¿Quieres verlo?

EL DESENLACE (DEL NUDO)

—No quiero echarme flores —dijo Katherine I entre sorbos de café en el Café Sel Marie—, pero el hecho de que todo esto empezara conmigo hace que me sienta un poco especial.

—Bueno —respondió Colin, que estaba bebiendo leche con una gota de café—, se puede ver de tres maneras. O 1) es una enorme coincidencia que todas las chicas que me han gustado compartieran las mismas nueve letras, o 2) resulta que pienso que es un nombre especialmente bonito, o 3) nunca he superado nuestra relación de dos minutos y medio.

—Entonces eras muy mono, ¿sabes? —dijo Katherine, que sopló en el café con los labios fruncidos—. Recuerdo que lo pensaba. Eras un friki guay antes de que los frikis guays fueran guays.

—En estos momentos me inclino por la explicación 3.

Colin sonrió. A su alrededor se oía ruido de platos. La cafetería estaba llena de gente. Veía la cocina, donde el camarero estaba fumándose un cigarrillo largo y fino.

—Creo que quizá te haces el raro a propósito. Creo que te gusta. Hace que seas tú y nadie más.

—Hablas como tu padre —dijo Colin aludiendo a Krazy Keith.

—Me has parecido terriblemente atractivo desde que te vi cuando estaba acojonada con mi examen de francés —le contestó. No pestañeó ni apartó la mirada. Sus ojos eran azules como el cielo. Y luego sonrió—. ¿Hablo como mi padre ahora?

—Sí, es raro. Él también es un negado en francés.

Katherine se rió. Colin vio al camarero apagando su cigarrillo y luego acercándose a su mesa para preguntarles si querían algo más. Katherine I le contestó que no y después se volvió hacia Colin.

—¿Sabes algo de Pitágoras? —le preguntó.

—Conozco su teorema —le respondió Colin.

—No, me refiero al tipo —aclaró Katherine—. Era raro. Creía que todo podía expresarse con números, que… las matemáticas podían abrir el mundo. Es decir, todo.

—¿Qué? ¿También el amor? —le preguntó Colin, algo molesto por el hecho de que Katherine supiera algo que él no sabía.

—Especialmente el amor —le contestó Katherine—. Y me has enseñado el suficiente francés para que pueda decir: 10-5 espacio 16-5-14-19-5 espacio 17-21-5 espacio 10-5 espacio 20-1-9-13-5.

Colin la observó un buen rato sin decir una palabra. Descifró el código enseguida, pero se quedó en silencio, intentando pensar cuándo se le había ocurrido y lo había memorizado. Ni siquiera él podría haber trasladado letras francesas a números arábigos tan deprisa. *Je pense que je t'aime*, había dicho Katherine con números. «Creo que me gustas.» O «Creo que te quiero». El verbo francés *aimer* significa las dos cosas. Y por eso le gustaba y la quería. Hablaba con él en un lenguaje que, por más que lo estudiaras, no podía entenderse del todo.

Se quedó en silencio hasta haber formulado totalmente su respuesta, una respuesta que mantuviera vivo su interés sin dejarla satisfecha. Podría decirse que Colin Singleton no podía jugar la prórroga de una relación para salvar el partido, pero perfectamente podía obtener una buena puntuación en la primera parte.

—Solo lo dices porque salgo en un programa de televisión que nadie ve —repuso.

—Puede ser.

—O quizá lo dices porque te halaga que haya pasado ocho años de mi vida detrás de las nueve letras de tu nombre.

—Puede ser —admitió Katherine.

Y de repente sonó el teléfono de Colin. Su madre. Su escapada había terminado. Pero era demasiado tarde. Para él, Katherine I estaba ya convirtiéndose en Katherine XIX. No tardaría en recuperar el trono que desde siempre le había correspondido.

14

—El problema de tus historias —le decía Lindsey en medio de la oscuridad mientras se acercaban al bosque— es que siguen sin tener moraleja, no sabes imitar la voz de una chica y no cuentas demasiado de los demás. Sigue siendo tu historia. Pero, en fin, ahora me hago una ligera idea de cómo es esa Katherine. Es inteligente. Y un poco mala contigo. Creo que eso te gusta. A casi todos los tíos les gusta. La verdad es que así es como conseguí a Colin. Katrina estaba más buena que yo y le interesaba más que a mí. Habían salido varias veces cuando se fijó en mí. Pero ella era demasiado fácil. Sé que es mi amiga y seguramente la novia de Hassan y todo eso, pero Katrina es más fácil que un puzle de cuatro piezas.

Colin se rió, y Lindsey continuó hablando.

—Conseguir gustar es muy fácil, de verdad. No entiendo que no lo haga más gente.

—Para mí no es tan fácil.

—Bueno, a mí me gustas, y nunca me gusta nadie. A Hassan le gustas, y sé que tampoco suele gustarle nadie. Sencillamente necesitas más personas a las que no les gusta la gente.

—¿En serio que nunca te gusta nadie?

Atravesaron el bosque por un sendero estrecho, por momentos invisible. Lindsey señaló los árboles y dijo:

—Has disparado al bosque entero, sabelotodo. Sería fantástico que cazaras un cerdo.

—La verdad es que no quiero matar un cerdo —comentó Colin. Como había leído *La telaraña de Carlota*, repitió—: ¿En serio que nunca te gusta nadie?

—Bueno, supongo que es una exageración —le contestó—. Es solo que hace ya tiempo que aprendí que la mejor manera de conseguir gustar a la gente es que la gente no te guste demasiado.

—Sí, pero te preocupas de mucha gente. ¿Los abuelitos? —le preguntó Colin.

—Bueno, los abuelitos son diferentes —respondió. Se detuvo y se giró hacia Colin, que se había quedado sin aliento subiendo la colina detrás de ella—. Creo que lo que pasa con los abuelitos es que nunca me han apretado las clavijas, así que no me preocupan. Sí, los abuelitos y los niños son excepciones.

Caminaron un buen rato en silencio entre la espesa maleza, con delgados árboles que crecían muy altos a su alrededor. El camino era cada vez más empinado y zigzagueaba por la colina hasta que por fin llegaron a un saliente rocoso de unos cinco metros de altura.

—Ahora toca subir la roca —dijo Lindsey Lee Wells.

Colin miró las rocas escarpadas.

«Seguramente hay gente que puede negociar la subida a esta roca, pero no soy uno de ellos», pensó.

—Imposible —dijo.

Lindsey se volvió hacia él con las mejillas rojas y brillantes de sudor.

—Es broma.

Corrió hasta una roca húmeda y cubierta de musgo, y Colin la siguió. De inmediato vio una estrecha grieta que le llegaba hasta el pecho, cubierta por una telaraña.

—Mira, te he traído aquí porque eres el único chico que conozco lo bastante delgado. Entra —le dijo.

Colin apartó la telaraña… Perdón, Carlota. Se colocó de lado, se agachó y se alejó lentamente de la luz exterior. No tardó en no ver nada. Tenía las rodillas, la espalda y la cabeza pegadas a la roca, y por un momento se asustó, pensó que Lindsey le había engañado y que iba a dejarlo allí atrapado. Pero continuó moviendo los pies hacia delante. Algo se deslizó por su espalda y gritó.

—Tranquilo. Soy yo —dijo Lindsey. Encontró los hombros de Colin y añadió—: Un paso más.

Colin dejó de sentir la presión de la roca. Lindsey lo giró para colocarlo frente a ella.

—Sigue andando —le dijo—. Ahora no es necesario que te agaches.

Sus manos desaparecieron. Colin la oyó pasándolas por el suelo.

—Tengo una linterna, pero no la en… Ya la tengo.

Le pasó la linterna, Colin la tanteó y al final el mundo se iluminó.

—Uau —dijo Colin.

La única sala de la cueva, más o menos cuadrada, era lo bastante grande como para tumbarse cómodamente en cualquier dirección, aunque el techo gris parduzco descendía hacia los lados, por lo que en muchas partes no se podía estar de pie. Había una manta, un saco de dormir, varias almohadas viejas y un frasco lleno de líquido. Lo empujó con el pie.

—Priva —le explicó Lindsey.

—¿De dónde la has sacado?

—En Danville hay un tipo que hace aguardiente casero con maíz. Sin mierdas. Y te lo vende si tienes diez dólares y la edad suficiente para andar. Me lo dio Colin. Le dije que me lo había bebido, pero en realidad lo traje aquí porque le da ambiente.

Colin movió despacio la linterna por las paredes de la cueva.

—Siéntate —le dijo Lindsey—. Y apaga la linterna.

Y se quedaron en una de esas oscuridades a las que los ojos nunca terminan de adaptarse.

—¿Cómo encontraste esta cueva?

—Estaba dando una vuelta por aquí. De niña me encantaba caminar por las tierras de mi madre con los abuelitos. En los últimos años de primaria empecé a venir sola, y un día, cuando iba a octavo, me la encontré. Debía de haber pasado por delante de esta roca cien veces sin darme cuenta de nada. Se me hace raro hablar contigo sin verte.

—Yo tampoco te veo a ti.

—Somos invisibles. Nunca he venido con nadie. Ser invisible con alguien es otra cosa.

—¿Y qué haces aquí?

—¿Qué quieres decir?

—Bueno, está demasiado oscuro para leer. Supongo que podrías traerte una linterna de cabeza o algo así, pero aparte de eso…

—No, simplemente me siento. Cuando era una nerd, venía para estar en un sitio en el que nadie pudiera encontrarme. Y ahora… no sé, supongo que por lo mismo.

—…

—…

—¿Quieres beber? El aguardiente, digo.

—La verdad es que nunca he bebido de verdad.

—Imagíname sorprendida.

—Además, el aguardiente puede dejarte ciego, y lo que hasta ahora he visto de la ceguera no me ha impresionado demasiado.

—Sí, para ti sería una mierda no poder leer. Pero ¿cuántas veces vas a estar en una cueva con aguardiente? Vive un poco.

—Lo dice la chica que no quiere salir de su pueblo.

—No me jodas. Vale, yo cojo la botella. Háblame y yo seguiré tu voz.

—Hum, hola, me llamo Colin Singleton, está muy oscuro y deberías seguir mi voz, pero la acústica es francamente… Oh, soy yo. Es mi rodilla.

—Hola.

—Hola.

—Las damas primero.

—De acuerdo… Joder, sabe como si me acabara de tragar un trozo de maíz con un vaso de gas de mechero.

—¿Te has quedado ciega?

—No tengo ni idea. Vale. Te toca.

—... Ajjjufffaaah. Uffffff. Uau. Uau. Es como pegarle un morreo a un dragón.

—Es lo más gracioso que has dicho en tu vida, Colin Singleton.

—Antes era más gracioso. Perdí la confianza en mí mismo.

—...

—...

—Deja que te cuente una historia.

—Oooh, una historia de Lindsey Lee Wells. ¿El protagonista es un archiduque?

—No, la protagonista es una Lindsey, pero tiene todos los ingredientes de una historia de primera. ¿Dónde estás? Ah, aquí. Hola. Hola, rodilla. Hola, pantorrilla. Muy bien. Bueno, pues todos íbamos a la escuela primaria de Danville, y casi todos los niños de Gutshot íbamos siempre juntos, porque los demás pensaban que éramos sucios, pobres y piojosos. Pero en tercero (como te dije, yo era fea) Colin y todos sus amigos empezaron a decir que era un perro.

—Lo odio. Ni te imaginas lo que odio a los críos así.

—Regla número uno: no interrumpir. En fin, que empezaron a llamarme Lass, un diminutivo de Lassie.

—Eh, te llamó así el otro día, cuando íbamos a ver a los abuelitos.

—Sí, lo recuerdo. Y te lo repito: regla número uno. Bueno, estamos en cuarto, ¿de acuerdo? Y es el día de San Valentín. Y de verdad quería recibir alguna tarjeta de San Valentín, así que le pregunté a Hollis qué tenía que hacer, y ella me dijo que regalara tarjetas a toda la clase, y que así la gente me respondería. Hollis compró un montón de tarjetas de Charlie Brown y yo escribí una para cada niño de mi clase, aunque no tenía muy buena letra y tardé un huevo. Y, como era de esperar, yo no recibí ninguna.

»Volví a casa muy disgustada, pero no quería decírselo a Hollis, así que me senté junto a la ventana de mi habitación sintiéndome tan… tan mal… No quiero ni pensarlo. Entonces veo a Colin acercándose a mi casa con una cajita de cartón. Y es el niño más mono del colegio y el único popular de Gutshot. Deja la caja en el suelo, delante de la puerta, llama al timbre y echa a correr. Bajo la escalera con el corazón a toda pastilla, con la esperanza de que en secreto esté colado por mí, llego abajo y veo que ha decorado la caja especialmente, que ha pegado corazones rojos de papel alrededor… Dios, llevaba mucho tiempo sin recordarlo, hasta que me llamó Lass.

—Espera. ¿Qué había en la caja?

—Comida para perros. Una lata de comida para perros. Pero al final lo conseguí, porque ahora está saliendo con aquel perro.

—Uau. Por Dios.

—¿Qué?

—Nada. Bueno, ya sabes. Pensaba que mis relaciones eran una mierda.

—En fin, conseguirlo se convirtió en la meta de mi vida. Besarle. Casarme con él. No puedo explicarlo, pero así fue.

—Y lo conseguiste.

—Sí. Y ahora es diferente. Bueno, teníamos ocho años. Éramos niños. Ahora es dulce. Muy protector y todo eso.

—…

—…

—¿Te has preguntado alguna vez si a la gente le gustarías más o menos si pudieran verte por dentro? Es decir, siempre he sentido que las Katherines me dejan en cuanto empiezan a ver cómo soy por dentro… Bueno, menos K-19. Pero siempre me lo pregunto. Si la gente me viera como yo me veo… si conocieran mis recuerdos… ¿habría una sola persona que me quisiera?

—Bueno, ahora no me quiere. Llevamos dos años saliendo y no me lo ha dicho ni una vez. Pero seguro que no me querría si me viera por dentro. Porque es muy auténtico en todo. En fin, puedes decir lo peor de Colin, pero es él mismo. Trabajará toda su vida en esa fábrica, tendrá los mismos amigos, está encantado y cree que es importante. Pero si supiera…

—¿El qué? Termina la frase.

—Soy una mierda. Nunca soy yo misma. Tengo acento del sur cuando estoy con los abuelitos. Soy una friki de las gráficas y las ideas profundas cuando estoy contigo. Soy una princesita con Colin. No soy nada. El problema de pasarte la vida siendo un camaleón es que al final nada es real. Tu problema es… ¿cómo lo dices?… ¿que no eres significativo?

—No importar. Que no importo.

—Exacto, importar. Bueno, pero al menos llegas a la parte en la que no importas. Las cosas sobre ti, y sobre Colin, y sobre Hassan y Katrina son verdad o no son verdad. Katrina es alegre. Hassan es divertidísimo. Pero yo no soy así. Yo soy lo que tengo que ser en cada momento para mantenerme por encima del suelo, pero por debajo del radar. La única frase verdadera sobre mí que empieza por «Soy» es «Soy una mierda».

—…

—…

—…

—…

—Bueno, a mí me gustas. Y conmigo no haces el camaleón. Acabo de descubrirlo. Por ejemplo, te muerdes el dedo delante de mí, y es un vicio privado, pero lo haces delante de mí porque yo no cuento como público. Estoy en tu escondite secreto. No te importa que te vea un poco por dentro.

—Un poco, puede ser.

—Porque no soy una amenaza. Soy un pelele.

—No, no eres un pelele. Por…

—Sí, lo soy. Por eso.

—Puede ser. No lo he pensado.

—No pretendo juzgarte. Es solo que me parece interesante. Tampoco yo me siento amenazado por ti, porque nunca me habían gustado las personas populares. Pero no eres como ellas. Es como si hubieras encontrado la manera de robarles lo guays que son. Es impre…

—Hola.

—Hola.

—No deberíamos.

—Bueno, has empezado tú.

—Cierto, pero he empezado solo para poder decir «No deberíamos» con tono dramático.

—Ja.

—Deberíamos dejarlo en que nuestras frentes se toquen, y nuestras narices se toquen, y apoyes tu mano en mi pierna, y no deberíamos… ya sabes.

—Te huele el aliento a alcohol.

—Te huele el aliento como si acabaras de enrollarte con un dragón.

—Eh, ese chiste es mío.

—Perdona. Tenía que liberar la tensión.

—…

—…

—¿Qué haces?

—Morderme el puñetero dedo. Mi vicio privado.

Al final salieron de la cueva bastante después de que hubiera anochecido, pero la luna era tan brillante que Colin se descubrió a sí mismo parpadeando. El camino colina abajo hasta el coche estuvo sumido en un silencio incómodo. Desde allí volvieron a la Mansión Rosa. Acababan de enfilar el camino que llevaba a la casa cuando Lindsey dijo:

—Bueno, claro que me gustas y que eres genial, pero dejemos… No puede ser.

Y Colin asintió, porque no podía tener novia antes de haber terminado el teorema. Y de todas formas, se llamaba Lindsey.

Abrieron la puerta despacio, con la esperanza de no molestar a Hollis, que estaría trabajando o viendo la teletienda. En cuanto Colin cerró la puerta, sonó el teléfono.

—Hola —oyó contestar a Hollis desde la cocina.

Lindsey agarró a Colin y lo empujó contra la pared, donde podían oír sin que los vieran.

—Bueno, pues déjalo fuera para que lo recoja el basurero —dijo Hollis—. Menuda gilipollez… No pueden pedirte que recojas porquería. Para eso pagamos impuestos… Bueno, lo siento, Roy, pero es una gilipollez… No, no podemos pagarlo, créeme… No, rotundamente no… Bueno, no lo sé, Roy… No, entiendo el problema… Espera, estoy pensando. Joder, mi hija está a punto de llegar a casa… ¿Qué pasa con el terreno? Es nuestro, ¿no?… Sí, exacto… Solo necesitas una puñetera excavadora y un toro… Bueno, a mí tampoco me gusta, pero si no se te ocurre otra cosa… Sí, de acuerdo. Perfecto. Nos vemos el jueves.

Y colgó el teléfono.

—Hollis debe una pasta al bote de los tacos —susurró Lindsey. Tiró de Colin por el pasillo y entraron en la sala del billar—. Por la ventana.

Colin subió la ventana que daba al patio lo más silenciosamente posible y señaló la mosquitera. Quería decir algo sobre la mosquitera, pero sabía que no era capaz de susurrar.

—Joder, parece que nunca te hayas escapado de una casa —susurró Lindsey.

Presionó las esquinas de la mosquitera y la levantó. Sacó primero la cabeza y movió ligeramente las piernas en el aire mientras daba una voltereta hasta el césped. Colin la siguió con los pies por delante, con un movimiento acrobático que pareció ridículo.

Una vez que Lindsey y Colin consiguieron escabullirse de la casa, se sacudieron la ropa, se dirigieron a la puerta y la abrieron.

—¡Hollis! —gritó Lindsey—, ¡ya estamos en casa!

Hollis estaba sentada en el sofá, con una pila de papeles en las rodillas. Se volvió hacia ellos y sonrió.

—Hola —dijo Hollis sin el menor rastro de enfado en su voz—. ¿Lo habéis pasado bien?

—Pocas veces me he divertido tanto en mi vida —respondió Lindsey mirando a Colin, no a Hollis.

—Seguro —le contestó Hollis, que no parecía estar escuchando.

—Era el almacén —dijo Colin en voz baja, con tono conspiratorio, mientras subían la escalera—. Los jueves va al almacén.

Lindsey sonrió con suficiencia.

—Sí, lo sé. Llevas aquí dos semanas, pero yo llevo diecisiete años. No sé qué pasa, pero entre esto, vender tierras y que cada vez que aparecemos por casa esté hablando por teléfono cabreada, empiezo a pensar que no estaría mal hacer un viaje —dijo Lindsey.

—Es sorprendente la cantidad de problemas que puede resolver un viaje —admitió Colin.

—¿Un viaje? ¿Alguien ha hablado de un viaje? —preguntó Hassan desde lo alto de la escalera—. Porque me apunto. Y Katrina también. Va a la universidad, ya sabéis. Estoy saliendo con una chica que va a la universidad.

—Está sacándose el título de ayudante de enfermera en la Danville Community —dijo Lindsey despectivamente.

—Es una universidad. Es lo único que he dicho. Y que conste, Singleton, que pensabas que no conseguiría a una universitaria si yo no iba a la universidad.

—¿Cómo te ha ido? —le preguntó Colin.

—Perdona, tío, pero no puedo hablar. Tengo los labios entumecidos de tantos besos. Esa chica besa como si quisiera succionarte el alma.

Colin se metió en la habitación de Hassan en cuanto Lindsey bajó a la suya, charlaron sobre la situación de Hassan (que ya había avanzado hasta la blusa) y luego Colin le contó lo de Lindsey, menos lo del escondite secreto, que era privado.

—En fin —dijo Colin—, que estaba oscuro y nuestras caras se tocaban, menos los labios. De repente ha pegado su cara a la mía.

—Bueno, ¿te gusta?

—Hum, no lo sé. En ese momento me ha gustado.

—Tío, piénsalo. Si consiguieras que tu teorema funcionara, podrías predecir cómo iría la cosa. —Colin sonrió al pensarlo—. Ahora más que nunca tienes que terminarlo.

15

Los siguientes días fueron un poco raros con Lindsey. Colin y ella siguieron en plan amigable, pero era todo muy superficial, y a Colin le daba la impresión de que deberían estar hablando de los grandes temas, como importar, el amor, la Verdad con uve mayúscula y la comida para perros, pero solo hablaron del mundano asunto de contar historias. Las bromas sutiles desaparecieron. Hassan no dejaba de quejarse de que «de repente, tengo que cargar yo solo con el peso de las bromas en esta familia». Sin embargo, poco a poco las cosas volvieron a su lugar. Lindsey tenía novio, y Colin tenía el corazón roto y un teorema que terminar. Además, Hassan tenía novia y estaban preparándose para ir a cazar cerdos, así que también había cosas que no eran del todo normales.

El día antes de su primera cacería del cerdo salvaje, Colin Singleton se preparó de la única manera que Colin Singleton se preparaba: leyendo. Echó un vistazo a diez libros en busca de información sobre las costumbres y el hábitat de los cerdos

219

salvajes. Luego buscó «cerdo salvaje» en Google, donde se enteró de que los cerdos salvajes gustaban tan poco que en el estado de Tennessee prácticamente puedes dispararles cada vez que te encuentres con uno. El cerdo salvaje es considerado una plaga, y como tal no goza de la protección que se concede, por ejemplo, a los ciervos o a las personas.

No obstante, el párrafo más descriptivo sobre el cerdo salvaje lo encontró en un libro de Hollis titulado *Nuestras montañas del sur*: «Cualquiera puede ver que cuando no está rebuscando o durmiendo, está pensando en hacer diabluras. Muestra una considerable comprensión del lenguaje humano, en especial de las palabras soeces, incluso una sorprendente habilidad para leer los pensamientos de los hombres, siempre y cuando esos pensamientos atenten contra la tranquilidad y la dignidad de los cerdos». Estaba claro que no era un enemigo al que tomarse a la ligera.

Colin no pretendía atentar contra la tranquilidad y la dignidad de los cerdos. En el poco probable caso de que se encontrara con un cerdo, suponía que le permitiría seguir pensando en sus diabluras tranquilamente. Así justificaba no haber comentado con sus padres lo de la caza del cerdo cuando hablaba por teléfono con ellos por las noches. En realidad no iría a una cacería. Iría a dar una vuelta por el bosque. Con una escopeta.

La mañana de la cacería le despertó la alarma a las cuatro y media. Era la primera vez desde que había llegado a Gutshot que se despertaba antes que el gallo. Abrió inmediatamente la ventana de su habitación, pegó la cara a la mosquitera y gritó: ¡QUIQUIRIQUÍ! ¿TE GUSTA QUE TE LO HAGAN A TI, CAPULLO?

Se lavó los dientes y se metió en la ducha. Se duchó con agua fría para despejarse. Hassan entró para lavarse los dientes y gritó mientras Colin seguía debajo del agua:

—*Kafir*, estoy seguro de una cosa: hoy no va a morir ningún cerdo. Ni siquiera puedo comerme a esos cabrones.[72] Estoy seguro de que no voy a matar ninguno.

—Amén —le contestó Colin.

Hacia las cinco, estaban en el Coche Fúnebre, con Lindsey y Princesa en el asiento trasero.

—¿Por qué el perro? —preguntó Hassan.

—A Chase y a Fulton les gusta llevarla a cazar. No da pie con bola (a la pobre Princesa le interesan más sus propios rizos que seguir el rastro a los cerdos), pero ellos se divierten.

Dejaron atrás la tienda y giraron hacia una carretera de grava que ascendía una pequeña colina atravesando una densa vegetación.

—Hollis no ha vendido estas tierras porque le gustan a todo el mundo —se quejó Lindsey.

La carretera terminaba en una casa de madera de una planta, larga y estrecha. Junto a la puerta había ya dos camionetas y el Blazer de VSA. EOC y VSA, que seguía llevando los vaqueros superapretados, estaban sentados en la plataforma trasera de una camioneta, con las piernas colgando. Frente a ellos, un hombre de mediana edad sentado en algo que parecía una silla

---

72. Comer cerdo es *haram* para el islam. También lo prohíbe el judaísmo, pero *a*) Colin era solo medio judío, y *b*) no era religioso.

de plástico robada de una clase de tercero revisaba el cañón de su escopeta. Todos llevaban pantalones de camuflaje, camisetas de manga larga de camuflaje y chalecos reflectantes de color naranja.

Cuando el hombre se volvió para hablar con ellos, Colin vio que era Townsend Lyford, una de las personas a las que habían entrevistado en la fábrica.

—¿Qué tal estáis? —les preguntó mientras salían del coche. Dio la mano a Colin y a Hassan, y abrazó a Lindsey—. Bonito día para cazar cerdos.

—Es un poco temprano —dijo Colin.

Aunque en aquellos momentos la ladera empezaba a iluminarse. El cielo estaba despejado y prometía un bonito día, aunque caluroso.

Katrina asomó la cabeza por la puerta de la casa y dijo:

—¡El desayuno está listo! Ah, hola, guapo.

Hassan le guiñó un ojo.

—Eres como un gatito —se burló Colin.

Ya dentro de la casa, BMT dio a Colin y a Hassan ropa de camuflaje y unos ridículos chalecos reflectantes de color naranja.

—Cambiaos en el cuarto de baño —les dijo.

El «cuarto de baño» al que se refería BMT era una letrina exterior. La ventaja era que la peste de la letrina atenuaba el olor de la ropa de camuflaje, que a Colin le recordó los peores momentos en el gimnasio de la escuela Kalman. Pero se quitó los pantalones cortos y se puso los pantalones, la camisa y el chaleco naranja de guardia urbano que vigila los cruces junto a los colegios. Antes de salir de la letrina, Colin se vació los bolsillos. Por suerte los pantalones de camuflaje tenían bolsillos enormes, espacio más que suficiente para la cartera, las llaves del coche y la grabadora, que llevaba a todas partes.

Cuando Hassan se hubo cambiado también, todos se sentaron en un banco, menos el señor Lyford, que se quedó de pie. Habló con un fuerte acento del sur y con autoridad. El señor Lyford parecía disfrutar enfatizando sus palabras.

—El cerdo salvaje es un animal extremadamente peligroso. No por nada lo llaman el «oso pardo de los pobres». Yo cazo sin perros. Prefiero perseguir a mi presa como los indios. Pero Chase y Fulton... cazan con perro, y también está bien. De todos modos, no olvidemos que es un deporte peligroso.

«Perfecto —pensó Colin—. Nosotros tenemos escopetas, y los cerdos tienen hocico. Peligroso, claro que sí.»

—Estos cerdos son una plaga..., lo dice hasta el Gobierno..., así que hay que exterminarlos. Lo normal sería que dijera que os va a costar cazar un cerdo salvaje a plena luz del día, pero llevábamos tiempo sin cazar en esta zona, así que creo que tenemos una excelente oportunidad. Ahora saldré con Colin y Hassan —pronunció «HASS-in»—, bajaremos a la explanada y buscaremos huellas. Vosotros podéis distribuiros como queráis. Pero tened cuidado y no os toméis a la ligera los peligros del cerdo salvaje.

—¿Podemos dispararles en los huevos? —preguntó VSA.

—No, no podéis. Los cerdos salvajes atacan si les disparan en los testículos —le contestó el señor Lyford.

—Vamos, papá, lo ha dicho de broma. Sabemos cazar —dijo EOC.

Hasta aquel momento Colin no se había enterado de que EOC era hijo del señor Lyford.

—Bueno, chico, supongo que estoy nervioso por dejarte solo con una pandilla de paletos.

Entonces empezó a contar cosas aburridas sobre las armas, como qué balas utilizar en la escopeta y que siempre hay que cargar los dos cañones. Resultó que Lindsey y EOC irían juntos a un puesto de caza junto a una zona con cebo, y VSA y BMT tomarían otra dirección con la encantadora y poco amenazante labradoodle. Katrina se quedaría en el campamento, porque se negaba a cazar por razones morales. Por lo que le dijo a Colin cuando estaban en la cafetería, era vegetariana.

—Creo que es un crimen —dijo Katrina refiriéndose a la caza del cerdo—. Aunque esos cerdos son espantosos. Pero no es que haya cerdos salvajes, sino que nosotros metemos a muchos cerdos en un corral para comérnoslos.

—He estado pensando en hacerme vegetariano —le dijo Hassan pasándole un brazo por la cintura.

—Bueno, pero no adelgaces —le contestó Katrina.

Se besaron delante de Colin, que seguía sin entender nada.

—Bien, chicos —dijo el señor Lyford dándole a Colin una palmada demasiado fuerte en la espalda—. ¿Listos para vuestra primera cacería?

Colin asintió con cierta reticencia, se despidió con la mano de Lindsey y de los demás, y se puso en marcha con Hassan, cuyo chaleco naranja no era lo bastante grande para que le rodeara el pecho cómodamente. Bajaron la ladera no por un camino, sino campo a través.

—Para empezar, buscamos huellas —les explicó el señor Lyford—. Sitios en los que algún cerdo haya estado escarbando en la tierra con su gran hocico.

Les hablaba como si tuvieran nueve años, y Colin se preguntaba si el señor Lyford pensaba que eran más jóvenes de lo que realmente eran cuando el señor Lyford se giró hacia ellos con una lata de tabaco de mascar y les ofreció un pellizco. Colin y Hassan rechazaron su invitación educadamente.

En la siguiente hora apenas hablaron, porque el señor Lyford dijo que «el cerdo salvaje puede huir de la voz humana», como si el cerdo salvaje no huyera de otras voces, como las de los marcianos. Caminaron despacio por el bosque, buscando huellas en el suelo, con las escopetas apuntando a la tierra, con una mano en la culata y la otra, sudorosa, en el cañón. Hasta que por fin Colin vio algo.

—Señor Lyford —susurró Hassan.

Señaló un trozo de tierra removida de cualquier manera. El señor Lyford se arrodilló para observarlo de cerca. Olisqueó el aire. Hundió los dedos en la tierra.

—Es una huella —dijo el señor Lyford—: Y tú, HASS-in, has encontrado una huella reciente. Sí, un cerdo ha estado aquí hace poco. Vamos a buscarlo.

El señor Lyford aligeró el paso, y a Hassan le costaba mantener su ritmo. El señor Lyford encontró otra huella, y después otra más, y estuvo seguro de que estaba siguiéndole el rastro, así que echó a correr moviendo los brazos de modo que la escopeta se contoneaba en el aire como si fuera un soldado agitando la bandera. A los cinco minutos, Hassan se acercó a Colin.

—Dios mío, basta de carreras, por favor —dijo.

—Que Dios te oiga —le contestó Colin.

—¿Señor Lyford? —dijeron los dos a la vez.

El señor Lyford se giró y retrocedió unos pasos.

—¿Qué pasa, chicos? Estamos siguiéndole el rastro. Estamos a punto de ver un cerdo, lo siento.

—¿Podemos ir más despacio? —le preguntó Hassan—. ¿O descansar un momento? ¿O descansar un momento y luego ir más despacio?

El señor Lyford suspiró.

—Chicos, si no os tomáis en serio la caza del cerdo salvaje, os dejo aquí. Estamos siguiendo el rastro de un cerdo —susurró impaciente—. No es momento de perder el tiempo y hacer el tonto.

—Bueno —sugirió Colin—, entonces quizá debería dejarnos atrás. Podemos proteger esta zona por si el cerdo salvaje da media vuelta.

El señor Lyford pareció enormemente decepcionado. Frunció los labios y movió la cabeza con tristeza, como si le dieran pena las pobres almas incapaces de llevar su cuerpo hasta el límite en busca del cerdo salvaje.

—Muy bien, chicos. Volveré a buscaros. Y cuando vuelva, será para que me ayudéis a cargar un hermoso cerdo. —Empezó a alejarse, pero de pronto se detuvo y sacó su lata de tabaco de mascar—. Toma —dijo tendiéndosela a Colin—, no sea que el cerdo huela la gaulteria.

—Ah, gracias —respondió Colin.

Y el señor Lyford se alejó corriendo por el bosque en busca de más huellas recientes.

—Bueno —dijo Hassan agachándose para sentarse en un tronco—, ha sido divertido. No pensaba que cazar exigiría andar tanto. Deberían habernos dado el curro de Lindsey, sentarse en un árbol, mirar y esperar a que pase un cerdo.

—Sí —le contestó Colin sin prestarle atención.

—Oye, ¿has traído la grabadora? —le preguntó Hassan.

—Sí, ¿por qué?

—Dámela —le dijo.

Colin se la sacó del bolsillo y se la pasó.

Hassan pulsó el botón para grabar y empezó a decir con su mejor voz de *Star Trek*:

—Diario del capitán. Fecha estelar 9326.5. Cazar cerdos es increíblemente aburrido. Creo que me echaré una siesta y confío en que mi brillante compañero vulcano me avise si se acerca algún cerdo salvaje extremadamente peligroso.

Hassan devolvió la grabadora a Colin y se tumbó al lado del árbol caído. Colin vio que cerraba los ojos.

—Esto sí que es cazar —dijo Hassan.

Colin se quedó un rato escuchando el viento entre los árboles y viendo desplazarse las nubes, y dejó que su mente divagara. Su mente fue a parar a un lugar previsible, y la echó de menos. Todavía estaba en el campamento, y no le dejaban utilizar el móvil, al menos no le habían dejado el año anterior, pero para asegurarse se sacó el teléfono de un bolsillo del pantalón de camuflaje. Para su sorpresa, tenía cobertura, pero no tenía ninguna llamada perdida. Pensó en llamarla, aunque decidió no hacerlo.

La llamaría cuando terminara el teorema, lo que le llevó a pensar en él y en la aparentemente irresoluble Anomalía III. Dieciocho de diecinueve Katherines funcionaban, pero esa nimiedad totalmente insignificante en el Katherímetro siempre tenía la forma de una sonrisa desdentada. Volvió a recordarla y volvió a pensar si acaso no había incluido en sus cálculos alguna faceta de su personalidad. Tenía que admitir que solo había estado con ella doce días, pero la idea general del teorema era que no se necesitaba conocer a alguien íntimamente para que funcionara. Katherine III. Katherine III. ¿Quién iba a pensar que ella, una de las menos importantes para él, demostraría que el teorema era un fracaso?

Colin pasó la siguiente hora y media pensando todo el tiempo en la chica con la que había estado menos de dos semanas. Pero al final hasta él se cansó. Para pasar el rato, intentó hacer anagramas con su nombre: Katherine Mutsensberger. «Bregues entre mentiras», pensó. Pero no. Le sobraban dos letras. Por primera vez en mucho tiempo no conseguía resolver un anagrama. Y el incompleto resultado que obtenía parecía más bien una advertencia.

Hassan resopló, abrió los ojos y miró a su alrededor.

—Joper, ¿todavía estamos cazando? El papi necesita comer.

Hassan se levantó, se metió las manos en los bolsillos de los pantalones y sacó dos sándwiches aplastados metidos en bolsas de plástico.

—Lo siento, tío. Me he quedado dormido encima de la comida.

Colin se descolgó la cantimplora del cinturón y se sentaron a comer sándwiches de pavo y a beber agua.

—¿Cuánto he dormido?

—Casi dos horas —le contestó Colin entre mordisco y mordisco.

—¿Y qué mierda has hecho tú?

—Tendría que haberme traído un libro. He intentado terminar el teorema. El único problema que queda es Katherine III.

—¿Quién? —preguntó Hassan con la boca llena de un sándwich con demasiada mayonesa.

—Verano después de cuarto. De Chicago, pero no iba al colegio. Estudiaba en su casa. Katherine Mutsensberger. Un hermano. Vivía en la plaza Lincoln, en Leavitt, al sur de Lawrence, pero nunca fui a su casa porque me dejó tres días antes de que acabara el campamento para niños inteligentes de Michigan. Tenía el pelo rubio oscuro, algo rizado, se mordía las uñas, su canción preferida cuando tenía diez años era «Stuck with You», de Huey Lewis and the News, su madre era comisaria del Museo de Arte Contemporáneo, y de mayor quería ser veterinaria.

—¿Cuánto tiempo estuviste con ella? —le preguntó Hassan. Se había terminado el sándwich y se limpió las manos en los pantalones.

—Doce días.

—Vaya, tiene gracia. Yo la conocía.

—¿Qué?

—Sí. Mutsensberger. Íbamos juntos a esos estúpidos eventos para niños que estudian en casa. En plan: lleva a tu hijo que estudia en casa al parque para que aprenda a ser menos repelente. Y lleva a tu hijo que estudia en casa a un picnic para niños que estudian en casa para que el niño musulmán acabe con el culo molido a patadas por los niños evangélicos.

—Espera, ¿la conoces?

—Bueno, no hemos mantenido el contacto, pero sí. Podría conseguir su teléfono.

—A ver, ¿era bastante introvertida, un poco imbécil, y a los siete años tuvo un novio que la dejó?

—Sí —le contestó Hassan—. Bueno, lo del novio no lo sé. Tenía un hermano. La verdad es que era un tarado de marca mayor. Participaba en concursos de ortografía. Creo que llegó al nacional.

—Qué raro. Bueno, la fórmula no funciona con ella.

—Quizá olvidas algo. No puede haber tantos Mutsensberger en Chicago. ¿Por qué no la llamas y le preguntas?

Y la respuesta a esta pregunta —«Porque no se me había ocurrido»— era tan escandalosamente idiota que Colin se limitó a sacar el teléfono sin pronunciar palabra y a marcar el 773.555.1212.

—¿Ciudad?

—Chicago —dijo.

—¿Apellido?

—Mutsensberger. MUTSENSBERGER.

—Espere.

La voz del ordenador recitó el número, Colin pulsó 1 para que le pasaran directamente la llamada sin cargo, y al tercer tono una chica descolgó.

—Hola —dijo.

—Hola. Soy Colin Singleton. ¿Está… Está Katherine?

—Soy yo. ¿Quién has dicho que eres?

—Colin Singleton.

—Me suena —dijo la chica—. ¿Te conozco?

—Cuando estabas en cuarto, salí contigo unas dos semanas, en un programa de verano para niños superdotados.

—¡Colin Singleton! ¡Sí, sí! Vaya, qué sorpresa…

—Bueno, te parecerá raro, pero, en una escala del uno al cinco, ¿cómo valorarías tu popularidad en cuarto?

—¿Qué? —le preguntó.

—¿Y tienes un hermano que participaba en concursos de ortografía?

—Sí. ¿Quién eres? —preguntó con un tono molesto.

—Soy Colin Singleton, lo prometo. Ya sé que parece raro.

—No sé lo popular que era. Bueno, tenía algunos amigos. Éramos unos empollones, supongo.

—Muy bien. Gracias, Katherine.

—¿Estás escribiendo un libro?

—No, estoy haciendo una fórmula matemática que predice cuál de las dos personas acabará con una relación amorosa y cuándo —le contestó.

—Hum —dijo la chica—. Por cierto, ¿dónde estás? ¿Qué ha sido de tu vida?

—Mi vida ha sido lo que ha sido —le contestó.

Y colgó.

—Bueno —le dijo Hassan—, seguro que cree que estás COMO UNA CABRA.

Pero Colin estaba sumido en sus pensamientos. Si Katherine III era la que aseguraba ser, y la que él recordaba que era, entonces… ¿No podría ser que la fórmula fuera correcta? Volvió a llamarla.

—Katherine Mutsensberger —dijo Colin.

—¿Sí?

—Soy Colin Singleton otra vez.

—Ah, vaya, hola.

—Tengo una última pregunta que parece una auténtica locura, pero ¿por casualidad fui yo el que cortó contigo?

—Hum.

—¿Fui yo?

—Sí. Estábamos cantando alrededor de una hoguera, te acercaste a mí y delante de todos mis amigos me dijiste que era la primera vez que hacías algo así, pero que tenías que cortar conmigo porque no creías que fuese a funcionar a largo plazo. Eso dijiste. «A largo plazo.» Me quedé destrozada. Te había puesto por las nubes.

—Lo siento, de verdad. Siento haber cortado contigo —le dijo Colin.

Ella se rió.

—Bueno, teníamos diez años. Lo superé.

—Sí, pero aun así. Perdona si herí tus sentimientos.

—Bueno, gracias, Colin Singleton.

—De nada.

—¿Algo más? —le preguntó.

—Creo que es todo.

—Vale, pues cuídate —le dijo con el mismo tono en que se lo habría dicho a un vagabundo esquizofrénico al que acababa de darle un dólar.

—Tú también, Katherine Mutsensberger.

Hassan miraba a Colin sin pestañear.

—Muy bien, ponme un tutú, súbeme a un monociclo y llámame Carolina la Osa Bailarina. Eres un jopido dejador.

Colin se apoyó en el tronco caído e inclinó la espalda hacia atrás hasta ver el cielo lleno de nubes. ¡Traicionado por su tan cacareada memoria! Pues sí, había bregado entre mentiras. ¿Cómo podía recordarlo todo de ella y no recordar que la había dejado él? Y, por cierto, ¿cómo podía haber sido tan gilipollas para dejar a una chica tan maja como Katherine Mutsensberger?

—Siento que solo he sido dos cosas en la vida —dijo en voz baja—. Soy un niño prodigio y un tipo al que dejan las Katherines. Pero ahora…

—No eres ninguna de las dos cosas —dijo Hassan—. Y da gracias. Tú eres un dejador y yo me estoy enrollando con una tía buena. El mundo al revés. Me encanta. Es como si estuviéramos en un globo de nieve, Dios decidiera que quiere ver una tormenta y nos sacudiera toda la mierda.

Así como Lindsey casi no podía pronunciar ninguna frase verdadera que empezara por «Soy», Colin veía desaparecer todo lo que había creído verdad sobre sí mismo, todas sus frases que empezaban por «Soy». De repente le faltaba no solo una parte, sino mil.

Colin tenía que descubrir qué había fallado en su cerebro y arreglarlo. Volvió a la pregunta fundamental: ¿cómo podía haber olvidado totalmente que la había dejado? O casi totalmente, porque Colin había sentido un tenue destello cuando

Katherine le había contado que la había dejado delante de sus amigos, algo así como cuando tienes una palabra en la punta de la lengua y alguien la dice.

Por encima de él, las ramas entrelazadas parecían dividir el cielo en un millón de pequeñas partes. Sintió vértigo. La única capacidad en la que siempre había confiado —la memoria— era un fraude. Y podría haber seguido pensándolo durante horas, o al menos hasta que el señor Lyford hubiera vuelto, si no hubiera sido porque en aquel momento oyó un extraño gruñido y de repente notó que Hassan le daba golpecitos en la rodilla con la mano.

—Tío —dijo Hassan en voz baja—, *janzir*.[73]

Colin se levantó. A unos diez metros por delante de ellos, un animal gris parduzco metía su largo hocico en la tierra y resoplaba como si tuviera sinusitis. Parecía un cruce entre un cerdo vampiro y un oso negro, un animal absolutamente enorme de pelo espeso y apelmazado y dientes que le llegaban por debajo de la boca.

—*Maza, al-janazir la yatakalamun arabi?*[74] —preguntó Colin.

—No es un cerdo —le contestó Hassan—. Es un puto monstruo.

El cerdo dejó de escarbar y los miró.

—Es decir —añadió Hassan—, Wilbur es un jopido cerdo. Babe es un jopido cerdo. Esa cosa ha nacido entre las piernas de Iblis.[75]

73. Árabe: «Cerdo».
74. Árabe: «¿Qué pasa, que los cerdos no hablan árabe?».
75. Árabe: «Satanás».

Ya estaba claro que el cerdo podía verlos. Colin veía sus pupilas.

—Deja de decir tacos. El cerdo salvaje muestra una considerable comprensión del lenguaje humano, en especial de las palabras soeces —murmuró citando el libro.

—Menuda gilipollez —replicó Hassan, y en ese momento el cerdo dio dos pesados pasos hacia ellos—. Vale. O no. Perfecto. No digo tacos. Oye, Cerdo Satánico, nosotros somos guays. No queremos dispararte. Las escopetas son pura fachada, tío.

—Levántate para que vea que somos más grandes que él —dijo Colin.

—¿Lo has leído en el libro? —le preguntó Hassan levantándose.

—No, lo leí en un libro sobre osos pardos.

—¿Nos va a descuartizar un jopido cerdo salvaje y no se te ocurre nada mejor que fingir que es un oso pardo?

Retrocedieron despacio y levantaron las piernas para pasar por encima del tronco, que era su mejor protección frente al cerdo. El Cerdo Satánico, sin embargo, no pareció tener demasiado en cuenta su estrategia, porque justo en ese momento corrió hacia ellos. Para ser un animal de patas cortas que como mínimo pesaba doscientos kilos, corría lo suyo.

—Dispárale —dijo Colin bastante tranquilo.

—No sé cómo —le contestó Hassan.

—Joper —dijo Colin.

Niveló la escopeta, la apoyó con fuerza contra su hombro dolorido, quitó el seguro y apuntó al cerdo, que estaba a unos quince metros de distancia. Inspiró profundamente y espiró despacio. Y entonces apuntó la escopeta hacia arriba y a la derecha, porque no se decidía a disparar al cerdo. Apretó el gatillo con calma, como Lindsey le había enseñado. El culatazo de la escopeta contra su hombro amoratado le dolió tanto que se le saltaron las lágrimas, y en un primer momento, impactado por el dolor, no se enteró de lo que había sucedido. Pero, para su sorpresa, el cerdo frenó en seco, giró noventa grados y echó a correr.

—Seguro que has disparado a aquella cosa gris —le dijo Hassan.

—¿Qué cosa gris? —le preguntó Colin.

Hassan señaló, y Colin siguió la trayectoria de su dedo hasta un roble a unos cinco metros de distancia. Entre el tronco y una rama había una especie de ciclón de papel gris con un agujero circular de unos tres centímetros de diámetro.

—¿Qué es eso? —preguntó Hassan.

—Está saliendo algo —contestó Colin.

No hace falta mucho tiempo para que un pensamiento llegue del cerebro a las cuerdas vocales y salga por la boca, pero exige un momento. Y en el momento que transcurrió entre que Colin pensó «Avispas» e iba a decir «Avispas», sintió un pinchazo en el cuello.

—¡Ay, JOPER! —gritó Colin.

—AUUU, AY, AY, JOP... EL PIE... MIERDA... LA MANO —dijo Hassan.

Echaron a correr como dos corredores de maratón tarados. Colin daba patadas hacia un lado con cada paso, como un duende que choca los talones, intentando disuadir las avispas sedientas de sangre de que le atacaran en las piernas. A la vez se daba golpes en la cara, lo que solo sirvió para indicar a las avispas que, además de picarle en la cabeza y en el cuello, podían picarle en las manos. Hassan agitaba las manos por encima de la cabeza como un loco y corría mucho más deprisa y con más agilidad de lo que Colin habría creído posible, sorteando árboles y arbustos en un vano intento de disuadir las avispas. Corrieron colina abajo, porque era más fácil, pero las avispas los siguieron. Colin las oía zumbar. Durante minutos, mientras corrían en todas las direcciones, se mantuvo el zumbido, y Colin siempre corría detrás de Hassan, porque lo único peor que morir a picotazos en el sur de Tennessee cuando tus padres ni siquiera saben que estás cazando cerdos es morir solo.

—*KAFIR* —jadeo—, ME —jadeo— DESMAYO.

—TODAVÍA LAS TENGO ENCIMA. SIGUE SIGUE SIGUE SIGUE SIGUE SIGUE SIGUE SIGUE SIGUE SIGUE —le contestó Colin.

Pero de repente el zumbido se esfumó. Tras haberlos perseguido durante casi diez minutos, las avispas emprendieron el sinuoso viaje de vuelta a su diezmado nido.

Hassan cayó de cara en una zarza y rodó lentamente hasta el suelo. Colin se inclinó con las manos en las rodillas, intentando recuperar el aliento. Hassan estaba hiperventilando.

—Ataque —jadeo— de asma —jadeo— real —jadeo— del gordito —dijo por fin.

Colin olvidó su cansancio y corrió hacia su mejor amigo.

—No. No. Dime que no eres alérgico a las abejas. Oh, mierda.

Colin sacó el móvil. Tenía cobertura, pero ¿qué podía decirle al operador de emergencias? «Estoy en el bosque. A mi amigo se le cierra la tráquea. Ni siquiera tengo un cuchillo para realizar una traqueotomía de emergencia porque el imbécil del señor Lyford se lo ha llevado al bosque para cazar al jopido cerdo que ha provocado este desastre.» Deseó desesperadamente que Lindsey estuviera allí. Sabría lo que hacer. Tendría su botiquín de primeros auxilios. Pero, antes de que hubiera podido valorar las consecuencias de lo que estaba pensando, Hassan dijo:

—No soy alérgico a —jadeo— las abejas, *sitzpinkler*. Es solo —jadeo— que no puedo —jadeo— respirar.

—Oooh. Gracias a Dios.

—Tú no crees en Dios.

—Gracias a la suerte y al ADN —se corrigió rápidamente Colin.

Y solo entonces, sabiendo que Hassan no estaba muriéndose, empezó a sentir los picotazos. Eran ocho en total, cada uno de ellos como un pequeño fuego encendido dentro de la piel. Cuatro en el cuello, tres en las manos y uno en el lóbulo de la oreja izquierda.

—¿Cuántos tienes? —le preguntó a Hassan.

Hassan se sentó y se miró. Se había cortado las manos al caer en la zarza. Se tocó los picotazos.

—Tres —dijo Hassan.

—¿Tres? Me he sacrificado quedándome detrás de ti —comentó.

—No me vengas con gilipolleces de mártir —dijo Hassan—. Tú has disparado al nido de abejas.

—Nido de avispas —lo corrigió Colin—. Eran avispas, no abejas. Son las cosas que se aprenden en la universidad, ya sabes.

—Palominos. Y además no me interesa.[76] —Hassan se calló un momento y luego siguió hablando—. Joper, estos picotazos DUELEN. ¿Sabes lo que odio? Los exteriores. Bueno, en general. No me gustan los exteriores. Soy una persona de interiores. Me encantan el aire acondicionado, las cañerías y la juez Judy.

Colin se rió, se metió la mano en el bolsillo izquierdo y sacó la lata de tabaco de mascar del señor Lyford. Cogió un pellizco de tabaco y se lo llevó al lóbulo. Al momento se sintió mejor, aunque solo un poco.

—Funciona —dijo Colin sorprendido—. Recuerda que nos lo contó Mae Goodey cuando la entrevistamos.

—¿En serio? —le preguntó Hassan.

Colin asintió y Hassan cogió la lata. Sus picotazos no tardaron en estar cubiertos de pegotes de tabaco húmedo con aroma a gaulteria.

—Mira, esto sí que es interesante —le dijo Hassan—. Deberías centrarte menos en quién fue el primer ministro de Canadá en 1936,[77] y centrarte más en mierdas que hacen la vida más fácil.

Su idea era bajar la colina. Sabían que el campamento estaba arriba, pero Colin no se había fijado en hacia dónde habían

76. Pero hay una diferencia importante, y esa diferencia importante se ponía de manifiesto en el punzante dolor de Colin. Las abejas pican solo una vez y se mueren. Sin embargo, las avispas pueden picar varias veces. Además, las avispas son malas, al menos eso pensaba Colin. Las abejas solo quieren hacer miel, pero las avispas quieren matarte.

77. William Lyon Mackenzie King, que tenía nombres para dos personas (o para cuatro Vírgenes), pero era un solo hombre.

corrido y, aunque el cielo nuboso permitía andar en manga larga y con un chaleco naranja, no podía orientarse por el sol. Así que bajaron la colina porque *a*) era más fácil, y *b*) sabían que la carretera de grava estaba por abajo, y como era más larga que el campamento, supusieron que tenían más posibilidades de encontrarla.

Y quizá era cierto que tenían más posibilidades de encontrar la carretera que la cabaña, pero no la encontraron. Atravesaron un bosque que parecía interminable y avanzaban muy despacio, porque tenían que pisar hierbas, pasar por encima de arbustos y saltar pequeños riachuelos de cuando en cuando.

—Si avanzamos en un solo sentido —dijo Colin—, llegaremos a la civilización.

Hassan se puso a cantar una canción que decía: «Recorremos un camino / un camino de lágrimas / tengo la barbilla manchada de tabaco / y vamos a morir aquí».

A las seis de la tarde, cansado, lleno de picotazos de avispas y en un estado de ánimo que dejaba bastante que desear, Colin vio una casa a su izquierda, a corta distancia.

—Reconozco esa casa —dijo Colin.

—¿Por qué? ¿Entrevistamos a alguien?

—No, es una de las casas que se ven de camino a la tumba del archiduque —contestó Colin, muy seguro de sí mismo.

Colin reunió sus últimas fuerzas y corrió hacia la casa, que no tenía ventanas, estaba muy deteriorada y abandonada. Pero desde delante de la casa, Colin vio por fin la tumba a lo lejos. De hecho parecía que había alguien en la tumba.

Hassan llegó detrás de él y silbó.

—*Wallahi*,[78] *kafir*, que tienes suerte de que no nos hayamos perdido, porque estaba a punto de matarte y comerte.

Bajaron una suave pendiente y se dirigieron a paso ligero hacia la tienda, bordeando el cementerio. Pero Colin volvió a ver movimiento en la tumba, giró la cabeza y se quedó petrificado. En ese mismo momento Hassan lo vio.

—Colin —dijo Hassan.

—Sí —le contestó Colin con serenidad.

—Dime si me equivoco, pero ¿la que está en la tumba no es mi novia?

—No te equivocas.

—Sentada encima de un tío.

—Correcto —dijo Colin.

Hassan frunció los labios y asintió.

—Y…, solo por asegurarme de que tenemos las cosas claras…, está desnuda.

—Sin duda.

---

78. Árabe: «Te juro por Dios».

16

Katrina se encontraba de espaldas a ellos, con el torso arqueado y el culo entrando y saliendo de su ángulo de visibilidad. Colin nunca había visto a personas reales practicando sexo real. Desde su ángulo, parecía un poco ridículo, pero supuso que la visión sería muy distinta si estuviera en la posición del tipo.

Hassan se rió en voz baja, y la escena pareció divertirle tanto que Colin no tuvo problemas en reírse también.

—Es lo que me faltaba hoy —dijo Hassan.

Dio unos diez pasos adelante, se rodeó la boca con las manos y gritó: ¡CORTO CONTIGO! Pero no dejó de sonreír de oreja a oreja. «Hassan no se toma casi nada en serio», pensó Colin. Katrina se volvió hacia ellos, con expresión sorprendida y asustada, y los brazos cruzados sobre el pecho. Hassan se dio media vuelta.

Hassan miró a Colin, que al final apartó los ojos de la indiscutiblemente atractiva chica desnuda que tenía ante él.

—Démosle cierta privacidad —dijo Hassan.

Y volvió a reírse. Esta vez Colin no se rió con él.

—Tienes que verle la parte divertida. Estoy lleno de picotazos de avispa y de arañazos, embadurnado de tabaco y vestido de camuflaje. Un cerdo salvaje, unas cuantas avispas y un niño prodigio me han obligado a cruzar el bosque para encontrarme con la primera chica a la que he besado en mi vida cabalgando a EOC como si fuera un pura sangre junto a la tumba de un archiduque austrohúngaro. Es divertido —dijo Hassan a Colin.

—Espera. ¿EOC?

Colin giró la cabeza hacia el obelisco del archiduque, donde vio —mierda— a EOC en persona poniéndose unos pantalones de camuflaje.

—El muy rata. Hijo de puta.

Por alguna razón que no entendía, Colin sintió que le invadía la rabia y corrió hacia la tumba. No dejó de correr hasta que llegó al pequeño muro de piedra, se plantó delante de EOC y lo miró fijamente a los ojos. Y entonces no supo qué hacer.

—¿Mi padre está con vosotros? —le preguntó EOC sin alterarse.

Colin negó con la cabeza y EOC suspiró.

—Gracias a Dios —dijo—. Me habría caído la del pulpo. Siéntate.

Colin se acercó al muro y se sentó. Katrina estaba apoyada en el obelisco, ya vestida, fumándose un cigarrillo con manos temblorosas. EOC empezó a hablar.

—No diréis ni una palabra. Porque no es asunto vuestro. Que tu amiguito árabe hable con Kat, perfecto, que quede entre ellos. Pero no creo que quieras que Lindsey se entere.

Colin observó el obelisco del archiduque. Estaba cansado, y tenía sed y ganas de mear.

—Creo que tengo que decírselo —le contestó con cierto tono filosófico—. Es amiga mía. Y, si yo estuviera en su lugar, esperaría que me lo contara. Es una regla de oro básica.

EOC se levantó y se dirigió a Colin. Su presencia impresionaba.

—Os voy a decir a los dos —y en aquel momento Colin se dio cuenta de que Hassan estaba a su lado— por qué no vais a decir ni una palabra. Si decís algo, os pegaré tal paliza que seréis los únicos tíos cojos del infierno.

—*Sajill*[79] —murmuró Hassan.

Colin se metió la mano en el bolsillo, toqueteó un momento la grabadora y dejó la mano en el bolsillo para no levantar sospechas.

—Solo quiero saber desde cuándo pasan estas cosas —dijo Hassan a Katrina.

Katrina apagó el cigarrillo en el obelisco del archiduque, se levantó y se acercó a EOC.

—Desde hace mucho —le contestó—. Bueno, salimos juntos en el instituto, y desde entonces nos enrollamos de vez en cuando. Pero hoy iba a zanjar el tema. Sinceramente. Y lo siento, porque de verdad me gustas, y no me había gustado nadie desde él —añadió mirando a EOC—, y esta vez no lo habría hecho, aunque no sé, era como una despedida. Pero lo siento de verdad.

Hassan asintió.

79. Árabe: «Graba».

—Podemos ser amigos —dijo, y era la primera vez que Colin oía decir esas palabras sinceramente—. No es grave, de verdad. —Hassan miró a EOC—. Bueno, no habíamos pactado no salir con otras personas.

—Mira —le soltó EOC—, acaba de decirte que se ha acabado, ¿vale? Pues eso. Se ha acabado. No estoy engañando a nadie.

—Bueno —puntualizó Colin—, estabas engañando a alguien hace cinco minutos. Tu definición de «engañar» es un poco limitada.

—Cállate si no quieres que te parta la cara —dijo EOC enfadado. Colin se miró los zapatos, llenos de barro—. Y ahora escuchadme —siguió diciendo—, no tardarán mucho en volver de Bradford. Así que vamos a quedarnos aquí sentados como una familia feliz, y en cuanto aparezcan, te dedicas a hacer tus bromas de retrasado mental, a andar jorobado y a parecer el capullo marica que eres. Y lo mismo te digo, Hass.

Lo que Colin pensó durante el largo silencio siguiente fue si él querría saberlo. Si estuviera saliendo con Katherine XIX, y ella lo engañara, y Lindsey lo supiera, y el resultado de que Lindsey compartiera la información fuera que le hicieran daño físico. Entonces no, no querría saberlo. Así que quizá la regla de oro indicaba que no debía abrir la boca, y la regla de oro solo era en realidad la regla de oro de Colin. De hecho, precisamente por la regla de oro se odiaba a sí mismo por lo que había hecho a Katherine III. Había creído que las Katherines hacían con él lo que él nunca habría hecho con ellas.

Pero había otras cosas a tener en cuenta, aparte de la regla de oro. Estaba el pequeño detalle de que le gustaba Lindsey.

Y eso no debería influir en una decisión ética, por supuesto, pero influía.

Todavía no se había decidido cuando Lindsey llegó corriendo, seguida por BMT y VSA, con un pack de seis cervezas sin alcohol en cada mano.

—¿Cuándo has llegado? —le preguntó a EOC.

—Hace un minuto. Kat me ha recogido cuando venía andando y luego los hemos visto a ellos —dijo EOC señalando con la cabeza a Colin y a Hassan, que estaban sentados juntos en el muro de piedra.

—Nos preocupaba un poco que estuvierais muertos —dijo Lindsey a Hassan con toda naturalidad.

—Créeme —le contestó Hassan—, no erais los únicos preocupados.

Lindsey se inclinó hacia Colin, que por un segundo pensó que iba a darle un beso en la mejilla.

—¿Es tabaco de mascar? —le preguntó.

Colin se tocó la oreja.

—Sí —admitió.

Lindsey se rió.

—Se supone que no se mete por la oreja, Colin.

—Picaduras de avispa —le respondió Colin de muy mal humor.

Se sentía fatal por ella, que estaba contenta y sonriente, con la cerveza que le había llevado a su novio en la mano. Quería llevársela a su cueva y contárselo para que no tuviera que pasar por todo aquello a plena luz del día.

—Por cierto, ¿alguien ha matado un cerdo? —preguntó Hassan.

—No. Bueno, si no has matado uno tú —dijo BMT. Y se rió—. Pero Chase y yo hemos disparado a una ardilla. Ha saltado en pedazos. Princesa ha subido al árbol a buscarla.

—No hemos disparado —le corrigió VSA—. He disparado yo.

—Lo que tú digas. Yo la he visto primero.

—Son como un matrimonio de viejos —les explicó Lindsey—, con la única diferencia de que en lugar de estar enamorados el uno del otro, los dos están enamorados de Colin.

EOC se rió a carcajadas mientras los otros dos chicos repetían una y otra vez que eran heterosexuales.

Pasaron un rato bebiendo. Incluso Colin se tragó casi toda una cerveza. Solo Hassan se abstuvo.

—Me voy a la camioneta —dijo.

El sol se hundía rápidamente en el horizonte y los mosquitos ya habían salido. Colin, todavía sudoroso y ensangrentado, parecía ser su blanco favorito. Lindsey estaba acurrucada contra EOC, con la cabeza apoyada entre su pecho y su hombro. EOC le había pasado un brazo por la cintura. Hassan estaba sentado al lado de Katrina, charlando con ella en susurros, pero no se tocaban. Colin seguía pensando.

—Hoy no estás muy hablador —dijo por fin Lindsey a Colin—. ¿Te duelen los picotazos?

—Queman como el fuego de diez mil soles —le contestó Colin con cara de póquer.

—Marica —dijo EOC dando muestras de la gracia y de la elocuencia por las que era mundialmente famoso.

Quizá lo hizo por las razones correctas o quizá no, pero en ese momento Colin se sacó la grabadora del bolsillo y rebobinó.

—Lo siento mucho, de verdad —le dijo a Lindsey.

Y pulsó el play.

«... salimos juntos en el instituto, y desde entonces nos enrollamos de vez en cuando. Pero hoy iba a zanjar el tema.»

Lindsey se incorporó de un bote y miró a Katrina con cara de odio. Por extraño que parezca, EOC se había quedado petrificado. No esperaba que Colin Singleton, conocido como *sitzpinkler*, dijera una palabra. Colin adelantó la grabación y volvió a pulsar el play.

«... acaba de decirte que se ha acabado, ¿vale? Pues eso. Se ha acabado. No estoy engañando a nadie.»

Lindsey levantó su cerveza, le pegó un trago, estrujó la lata y la tiró. Se levantó y se acercó a EOC, que seguía apoyado en el obelisco, aparentemente tranquilo.

—Cariño —dijo él—, no lo entiendes. He dicho que no estaba engañando a nadie y no estoy engañando a nadie.

—Que te den por el culo —le dijo Lindsey.

Se dio media vuelta y se alejó. EOC la cogió por detrás y ella forcejeó para soltarse.

—¡Suéltame ahora mismo! —gritó.

Sin embargo, EOC la sujetó con fuerza, y Lindsey gritó muy nerviosa:

—¡SUÉLTAME! ¡QUITÁDMELO DE ENCIMA!

—Deja que se vaya —le dijo Colin en voz baja.

—Sí, Colin, suéltala —oyó decir a VSA detrás de él.

Colin se giró y vio a VSA acercándose a EOC y cogiéndole del cuello.

—Cálmate de una puta vez —dijo VSA.

Entonces EOC tiró a Lindsey al suelo y pegó un puñetazo en la cara a VSA, que se desplomó como un muerto. Mientras VSA yacía en el suelo, inmóvil, Colin se preguntó por qué había ido a por EOC. Lo había subestimado. EOC se dio media vuelta y cogió a Lindsey por el tobillo.

—Suéltala —dijo Colin, ya de pie—. *Paardenlul.*[80]

Lindsey sacudió las piernas para soltarse, pero EOC la sujetó con fuerza.

—Cariño, basta. No lo entiendes.

Hassan miró a Colin. Echaron a correr juntos hacia EOC, Hassan con la intención de pegarle un golpe en la barriga, y Colin dispuesto a darle un buen puñetazo en la cabeza. En el último momento, EOC levantó una mano y golpeó a Colin en la mandíbula con tanta fuerza que los picotazos de avispa dejaron de picarle. Luego le puso una zancadilla a Hassan. Colin y Hassan no eran los mejores salvando a una damisela en peligro.

Pero Lindsey no era una damisela en peligro precisamente. En cuanto Colin cayó al suelo, abrió los ojos y vio que Lindsey se levantaba, agarraba a EOC por los huevos, se los apretaba y los retorcía. EOC cayó de rodillas, se encorvó y soltó a Lindsey.

Colin, aturdido, gateó hasta el obelisco del archiduque, el único lugar del mundo que en aquellos momentos no se movía. Agarró el obelisco con las dos manos y se aferró a él. Abrió los ojos y vio a VSA todavía bocabajo. Lindsey y Katrina se habían arrodillado a su lado.

---

80. Holandés. Literalmente, «pene de caballo».

Entonces Colin sintió que unos ángeles lo levantaban por las axilas y se lo llevaban con ellos al cielo. Se sintió ligero y libre. Se giró a la izquierda y vio a Hassan. Se giró a la derecha y vio a BMT.

—Eh —dijo BMT—, ¿estás bien?

—Sí —le contestó Colin—. Muy amable por parte de tu amigo pegarme así.

—Es un buen tío, pero la ha cagado. Llevábamos dos años aguantando esta mierda con Kat. Quiero a Colin, pero es ridículo. Lindsey es buena gente.

EOC los interrumpió. Parecía haberse recuperado.

—Deja de hablar con ese capullo.

—Vamos, Col. La has cagado tú, no él, tío.

—¡Sois todos unos putos maricas! —gritó EOC.

—Somos tres contra uno —replicó Hassan lanzándose hacia EOC.

Y sí, eran tres contra uno, pero menudo uno. Mientras todavía corría, Hassan encontró en su camino un puño que se le hundió hasta el fondo de la barriga. Empezó a caer, pero no pudo, porque EOC lo había agarrado del cuello. Colin corrió hacia él con la mano derecha levantada. Consiguió encajar el golpe, pero 1) Colin olvidó cerrar el puño, de modo que no pegó un puñetazo, sino una palmada, y 2) en lugar de pegar una palmada a EOC, acabó dando un guantazo a Hassan en la mejilla, con lo cual Hassan consiguió por fin caerse al suelo.

Entonces BMT saltó a la espalda de EOC, y por un instante pareció que la pelea podía quedar empatada. Pero EOC agarró a BMT por un brazo y lo lanzó contra la tumba. Colin y EOC se quedaron más o menos cara a cara.

Colin recurrió en primer lugar a una estrategia que se acababa de inventar llamada «el molinillo», que consistía en girar los brazos a toda velocidad para mantener a distancia a su atacante. La estrategia funcionó a la perfección unos ocho segundos, hasta que EOC lo agarró por los brazos. Entonces acercó su cara cuadrada y enrojecida a la de Colin.

—No quería hacerlo, tío —le explicó EOC con considerable tranquilidad—. Pero me has obligado.

—Siendo estrictos —murmuró Colin—, he mantenido mi promesa. No he dicho na…

Pero su razonada explicación se vio interrumpida por una rápida patada. Un instante antes del golpe, Colin lo sintió en el costado —dolor fantasma—, y entonces la rodilla de EOC se abalanzó sobre la ingle de Colin con tanta fuerza que por un momento no tocó el suelo. «Vuelo —pensó—. Con las alas de una rodilla.» Y, antes incluso de haber caído al suelo, Colin vomitó.

Y resultó ser una buena idea, porque EOC lo dejó en paz. Colin cayó al suelo gimiendo. Las oleadas de dolor se extendían desde su entrepierna. Era como si el agujero en la barriga de Francisco Fernando se hubiera desgarrado, y el dolor de un agujero de bala hubiera pasado a ser el de un cañón, hasta que al final el propio Colin era el agujero. Se convirtió en un devastador vacío de dolor.

—Dios —dijo Colin por fin—. Dios, mis huevos.

Colin se equivocaba. Si hubiera estado en mejores condiciones, se habría dado cuenta de que lo que le dolía no eran los huevos, sino el cerebro. Los impulsos nerviosos volaban desde los testículos hasta el cerebro, donde se disparaban los receptores del dolor, y el cerebro le decía a Colin que sintiera dolor en los huevos, y eso hacía Colin, porque el cuerpo siempre hace caso al cerebro. Los huevos, los brazos y los estómagos nunca duelen. Todo dolor es dolor del cerebro.

Se mareaba y se desmayaba de dolor. Se colocó de lado, encogido en posición fetal y con los ojos cerrados. El desagradable dolor le inundaba la cabeza, y por un momento sintió que se desvanecía. Pero tenía que levantarse, porque oía a Hassan gruñendo mientras recibía un golpe tras otro, de modo que Colin se arrastró hasta el obelisco y se impulsó despacio sujetándose en la tumba del archiduque.

—Todavía estoy aquí —dijo Colin con voz débil y con los ojos cerrados, agarrándose al obelisco para no perder el equilibrio—. Ven a por mí.

Pero, cuando abrió los ojos, EOC no estaba. Colin oía las cigarras cantando a un ritmo que armonizaba con el de sus huevos, que todavía palpitaban. A través del crepúsculo gris vio a Lindsey Lee Wells y su botiquín de primeros auxilios con la cruz roja atendiendo a Hassan, que estaba sentado y tenía la camisa de camuflaje y el chaleco naranja cubiertos de sangre. BMT y VSA estaban sentados juntos, compartiendo un cigarrillo. VSA tenía un bulto por encima del ojo que parecía como si su frente estuviera a punto de poner un huevo. Colin se mareó, volvió atrás y abrazó el obelisco. Cuando abrió los ojos de nuevo, se dio cuenta de que no llevaba las gafas, y entre el mareo y el astigmatismo, las letras que tenía delante empezaron a bailar. El archiduque Francisco Fernando. Se puso a hacer anagramas para amortiguar el dolor.

—Vaya —murmuró al momento—. Qué casualidad.

—El *kafir* se ha despertado —comentó Hassan.

Lindsey corrió hacia Colin, le limpió las últimas manchas de tabaco de la oreja y le susurró:

—*Mein Held*,[81] gracias por defender mi honor. ¿Dónde te ha hecho daño?

—En el cerebro —le contestó Colin.

Y esta vez lo entendió bien.

81. Alemán: «Mi héroe».

17

El día siguiente, lunes, fue su vigésimo segundo día en Gutshot, y sin duda el peor. Aparte del dolor residual en la zona de los huevos, Colin tenía todo el cuerpo dolorido por haber pasado el día anterior caminando, corriendo, disparando y recibiendo golpes. Le dolía la cabeza. Cada vez que abría los ojos, descargas de dolor febril y endemoniado le atravesaban el cerebro. La noche anterior, la asistente sanitaria (en formación) Lindsey Lee Wells le había diagnosticado contusiones leves y «torcedura de pelotas» tras una búsqueda exhaustiva en páginas web médicas. El diagnóstico de EOC fue «soy-gilipollas-y-Lindsey-no-va-a-volver-a-dirigirme-la-palabra-itis».

Intentando abrir los ojos lo menos posible, Colin fue a trompicones al cuarto de baño, donde encontró a Hassan mirándose en el espejo. Tenía el labio inferior destrozado —parecía que estuviera mascando una gran cantidad de tabaco— y el ojo derecho tan hinchado que apenas podía abrirlo.

—¿Cómo estás? —le preguntó Colin.

Como respuesta, Hassan se giró hacia él para que pudiera ver toda su cara destrozada.

—Sí, vale —dijo Colin metiéndose en la ducha—, pero tendrías que ver al otro tipo.

Hass intentó sonreír.

—Si pudiera elegir —dijo despacio, procurando no mover el labio inferior—, dejaría que el Cerdo Satánico me matara a pisotones.

Cuando Colin bajó la escalera para ir a desayunar, vio a Lindsey sentada a la mesa de roble bebiéndose un vaso de zumo de naranja.

—No quiero hablar del tema —le advirtió Lindsey—. Pero espero que tus pelotas estén bien.

—Yo también —dijo Colin.

Les había echado un vistazo mientras se duchaba. Estaban como siempre, solo que doloridas.

Su trabajo aquel día —Hollis se lo había indicado en una nota— consistía en entrevistar a una mujer llamada Mabel Bartrand.

—Oh, no —dijo Lindsey cuando Colin le leyó el nombre—. Está en la otra residencia, la de los más viejos. Hoy no puedo. No puedo… Nos lo saltamos y volvemos los tres a la cama.

—Voto a favor —murmuró Hassan con sus labios hinchados.

—Seguramente le irá bien un poco de compañía —dijo Colin intentando poner su familiaridad con la soledad al servicio de las fuerzas del bien.

—Sabes cómo hacer que alguien se sienta culpable —dijo Lindsey—. Vamos.

Mabel Bartrand vivía en una residencia situada a unos veinticinco kilómetros de Gutshot, una salida después del Hardee's. Lindsey conocía el camino, de modo que se sentó al volante del Coche Fúnebre. Tenían tantas cosas que comentar que en el trayecto ninguno abrió la boca. En cualquier caso, Colin sentía todo su cuerpo como mierda pura y dura. Pero su vida por fin se había serenado lo suficiente para volver al problema de Katherine III y el fallo de su memoria. Sin embargo, le dolía demasiado la cabeza para ser capaz de encontrar una solución.

En la recepción encontraron a un enfermero que los condujo a la habitación de Mabel. La residencia era bastante más deprimente que Sunset Acres. Solo se oía el zumbido de máquinas, y las salas se hallaban casi vacías. En la sala de estar nadie veía la tele, que emitía un programa del tiempo a todo volumen. Casi todas las puertas se encontraban cerradas. Las pocas personas sentadas en la sala de estar parecían confundidas, idas o —todavía peor— asustadas.

—Señora Mabel —dijo el enfermero con tono cantarín y altivo—, tiene visita.

Colin encendió la grabadora. Estaba utilizando el espacio del día anterior, grabando encima de la confesión de EOC.

—Hola —saludó Mabel.

Estaba sentada en un sillón reclinable de piel, en una sala que parecía un dormitorio de residencia de estudiantes, con una cama individual, una silla, un escritorio de madera al que hacía tiempo que nadie prestaba atención y un frigorífico pequeño. Se había peinado los cuatro pelos blancos en un estilo afrojudío para ancianas. Al inclinarse hacia delante, les llegó un ligero olor a formol. Lindsey se acercó a ella, la abrazó y le dio un beso en la mejilla. Colin y Hassan se presentaron, y la señora Mabel sonrió, pero no dijo nada.

—¿Eres Lindsey Wells? —preguntó Mabel con efecto retardado.

—Sí —le contestó Lindsey sentándose a su lado.

—Lindsey, cariño, hacía mucho que no te veía. Años, ¿verdad? Pero, Dios mío, me alegro de verte.

—Yo también, señora Mabel.

—Me acordaba mucho de ti y esperaba que vinieras a visitarme, pero nunca venías. Estás muy guapa y has crecido mucho. Ya no llevas el pelo azul, ¿eh? ¿Cómo estás, cariño?

—Muy bien, Mabel. ¿Y usted?

—¡Tengo noventa y cuatro años! ¿Cómo crees que estoy?

Mabel se rió, y Colin también.

—¿Cómo te llamas? —le preguntó a Colin.

Colin se lo dijo.

—Hollis —dijo la señora Mabel a Lindsey—, ¿es el yerno del doctor Donocefar?

La señora Mabel se inclinó hacia delante y señaló a Hassan con un dedo que no pudo estirar.

—No, señora Mabel. Soy la hija de Hollis, Lindsey. La hija del doctor Donocefar, Grace, era mi abuela, y Corville Wells era mi abuelo. Él es Hassan, un amigo mío que quiere hablar con usted de los viejos tiempos en Gutshot.

—Ah, muy bien —contestó la señora Mabel—. A veces me confundo —explicó.

—No se preocupe —dijo Lindsey—. Estoy encantada de verla.

—Y yo, Lindsey. No me explico cómo puedes estar tan guapa. Te has hecho toda una mujer.

Lindsey sonrió, y Colin observó que tenía lágrimas en los ojos.

—Cuéntenos algo sobre los viejos tiempos en Gutshot —pidió Lindsey.

Colin entendió que no tenía sentido hacerle las cuatro preguntas de Hollis.

—He estado pensando en el doctor Donocefar. Antes de que abriera la fábrica, tenía la tienda. Yo era tan pequeña que llegaba a la rodilla a un perro de caza. Y él solo tenía un ojo, ya sabes. Luchó en la Primera Guerra Mundial. Bueno, pues un día estábamos en la tienda, mi padre me dio un centavo, corrí al mostrador y dije: «Doctor Donocefar, ¿tiene algún caramelo de centavo?». Me miró y me dijo: «Lo siento, Mabel. En Gutshot no tenemos caramelos de centavo. Solo tenemos caramelos gratis».

Mabel cerró los ojos, y los demás se quedaron pensando en la historia. La señora Mabel pareció quedarse dormida, respiraba lenta y rítmicamente, pero de repente abrió los ojos.

—Lindsey, te aseguro que te he echado de menos. He echado de menos cogerte de la mano.

Entonces Lindsey empezó a llorar de verdad.

—Señora Mabel, tenemos que irnos, pero volveré a verla esta misma semana, se lo prometo. Sien… siento mucho no haber venido en tanto tiempo.

—Muy bien, cielo. No te pongas triste. La próxima vez ven entre las doce y media y la una, y te daré mi postre de gelatina. No tiene azúcar, pero no está tan mal.

La señora Mabel soltó por fin la mano de Lindsey, que le lanzó un beso y se marchó.

Colin y Hassan se quedaron atrás para despedirse, y cuando llegaron a la sala de estar se encontraron a Lindsey sollozando como una hiena moribunda. Se metió en el cuarto de baño, y Colin y Hassan salieron a la calle. Hassan se sentó en el bordillo de la acera.

—No lo soporto —dijo—. No pienso volver.

—¿Qué pasa?

—Es triste y no tiene ninguna gracia —dijo Hassan—. No tiene la más mínima jopida gracia. Me ha afectado de verdad.

—¿Por qué todo tiene que ser divertido para ti? —le preguntó Colin—. ¿Para que no tengas que preocuparte de nada?

—Palominos, doctor Freud. Voy a limitarme a soltar palominos cada vez que intentes psicoanalizarme.

—A la orden, capitán chistoso.

En aquel momento salió Lindsey, ya recuperada.

—Estoy bien y no necesito hablar del tema.

Aquella noche Colin terminó el teorema. Lo cierto es que le resultó relativamente fácil, porque por primera vez en varios días nadie le distrajo. Lindsey se había encerrado en su habitación. Hollis estaba en el piso de abajo, tan absorta en su trabajo y en la tele que apenas dijo una palabra sobre el ojo morado de Hassan y el cardenal en forma de puño de la mandíbula de

Colin. Hassan andaba por ahí. En la Mansión Rosa podía perderse un montón de gente, y aquella noche así fue.

Terminar la fórmula resultó casi injustamente fácil. Una vez que supo que había tenido su momento de dejador, a la fórmula le faltaba muy poco para ser exacta. Solo tenía que modificar una raíz cuadrada para que quedara terminada.

$$-D^7x^8 + D^2x^3 - \frac{x^4}{A^5} - Cx^2 - Px + \frac{1}{A} + 13P + \frac{\sin(2x)}{2}\left[1 + (-1)^{H+1}\frac{\left(x + \frac{11\pi}{2}\right)^H}{\left|x + \frac{11\pi}{2}\right|^H}\right]$$

Todas las Katherines parecían correctas, lo que equivale a decir que la gráfica de Katherine Mutsensberger era así:

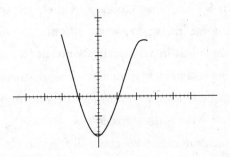

Una gráfica perfecta para una historia de amor de cuarto de primaria.

Dejó el lápiz y levantó las manos, con los puños apretados, como un corredor de maratón que ha ganado una carrera, como la liebre, que llega por detrás y jode la historia ganando a la tortuga.

Fue a buscar a Lindsey y a Hassan, y al final los encontró en la sala del billar.

—He terminado nuestro teorema —le dijo a Lindsey.

Lindsey estaba sentada en el fieltro rosa de la mesa de billar, con los ojos todavía hinchados. Hassan se encontraba repantigado en el sofá de cuero verde.

—¿En serio? —le preguntó Lindsey.

—Sí. He tardado ocho segundos. En realidad casi lo había terminado hace dos semanas, pero no sabía que funcionaba.

—*Kafir* —dijo Hassan—, es tan buena noticia que estoy planteándome levantarme del sofá y estrecharte la mano. Pero estoy tan cómodo… ¿Y ahora puedes utilizarla para cualquiera? ¿Para cualquier pareja?

—Sí, creo que sí.

—¿Vas a utilizarla para predecir el futuro?

—Claro —le contestó Colin—. ¿Con quién quieres salir?

—Uf, tío. He intentado hacerlo a tu manera, salir con una chica, besarla y toda la parafernalia, y no me ha gustado. Además, mi mejor amigo es un ejemplo viviente de lo que pasa cuando las relaciones amorosas no implican el matrimonio. Como dices siempre, *kafir*, todo acaba en ruptura, divorcio o muerte. Prefiero reducir mis míseras opciones al divorcio y la muerte, eso es todo. Dicho esto, podrías probar conmigo y Lindsay Lohan. No me importaría convertirla al islam, no sé si me entiendes.

Colin se rió, pero no le hizo ni caso.

—Prueba conmigo y con Colin —dijo Lindsey en voz baja, mirándose las rodillas bronceadas—. Con el otro Colin, quiero decir.

Y Colin lo hizo. Se sentó, se colocó un libro en las rodillas y sacó la libreta y el lápiz. Mientras introducía las variables, dijo:

—Solo para que lo sepas: que te engañen cuenta como que te dejen. No quiero que te cabrees. Así es como funciona el teorema.

—Muy bien —se limitó a contestar Lindsey.

Colin había dado tantas vueltas al teorema que solo viendo los números sabía cómo sería la gráfica, pero aun así colocó todos los puntos.

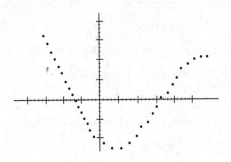

Se la mostró a Lindsey.

—Un momento… ¿Qué es eso?

—EOC dejándote —le contestó Colin.

—Así que funciona —dijo sin la menor emoción—. Es extraño… Estoy triste, pero no por él. Lo único que siento por haber cortado con él es… alivio.

—El alivio es cosa de los dejadores —comentó Colin algo preocupado.

Lindsey saltó de la mesa de billar y se dejó caer en el sofá, al lado de Colin.

—Creo que acabo de darme cuenta de que en realidad no quiero salir con un gilipollas que ni siquiera me atrae. Son dos descubrimientos distintos: no quiero salir con gilipollas, y no me ponen los musculitos. Aunque en la residencia he llorado como una niña de dos años, así que el alivio podría ser temporal.

Hassan le quitó la libreta a Colin.

—Parece que el jopido teorema funciona de verdad.

—Sí, lo sé.

—Bueno, no es por aguarte la fiesta, pero has demostrado lo que yo ya sabía: que los tipos que juegan al fútbol americano van de flor en flor, y que las Katherines dejan a los Colins como los Hassanes comen Monster Thickburgers: con voracidad, con pasión y a diario.

—Bueno, la verdadera prueba es si puede predecir el arco de una relación —admitió Colin.

—Oye —dijo Lindsey, como si acabara de recordar algo—, pregúntale a Hassan qué estaba haciendo en la sala del billar veinte minutos antes de que aparecieras.

—¿Qué estabas haciendo en la sala del billar veinte minut…?

—No hace falta que sigas sus instrucciones al pie de la letra —dijo Hassan—. Estaba conectado a internet.

—¿Por qué estabas conectado a internet?

Hassan se levantó, y su labio hinchado dibujó una sonrisa. De camino hacia la puerta, pasó la mano por el pelo afrojudío de Colin.

—Mi nabo y yo hemos decidido presentar nuestro espectáculo en la universidad —dijo Hassan. Colin abrió la boca para decir algo, pero Hassan añadió—: Solo me he matriculado en dos asignaturas en otoño, así que no te emociones. Quiero empezar poco a poco. Y no me digas lo contento que estás. Ya lo sé.[82]

82. Por supuesto, el 9 de septiembre siguiente, a las diez de la mañana, Hassan entró en una clase de redacción, aunque el horario era incompatible con su amada compañera, amiga y posible amante imaginaria: la juez Judy.

18

Aquel jueves Colin no se despertó con el canto del gallo, sino con Lindsey, que saltó a su cama diciéndole:

—Levántate. Nos vamos a Memphis. —Se dejó caer con elegancia, aterrizó de culo en la cama y canturreó—: Memphis. Memphis. Nos saltamos el trabajo y nos vamos a Memphis. A espiar a Hollis y descubrir por qué ha estado llenando el bote de los tacos.

—Hummm —murmuró Colin como si estuviera dormido.

Pero no lo estaba. La presencia de Lindsey lo había despertado en el acto.

Cuando Colin bajó, Hassan ya se había levantado, se había vestido y había desayunado. Tras un par de días curándose, su cara había vuelto prácticamente a la normalidad. Estaba buscando algo en una pila de papeles.

—*Kafir* —dijo en voz alta—, ayúdame a buscar la dirección del almacén. Me he perdido en un mar de hojas de cálculo.

Colin tardó unos treinta segundos en dar con la dirección del almacén de Memphis. La encontró en una carta dirigida a Textiles Gutshot.

—¡Pon 2246 Trial Boulevard, Memphis, Tennessee 37501! —gritó Hassan.

—¡Genial! —le contestó Lindsey Lee Wells, también a gritos—. ¡Buen trabajo, Hassan!

—Bueno, siendo estrictos, el trabajo ha sido mío —comentó Colin.

—Deja que me lleve el mérito. He tenido una semana muy dura —dijo Hassan dejándose caer teatralmente en el sofá—. Oye, ¿qué te parece, Singleton? Eres el único al que no acaban de dejar en esta casa.

Era verdad. Pero Hassan parecía haber superado inmediatamente lo de Katrina, y Lindsey acababa de irrumpir en la habitación de Colin cantando, de modo que seguía pensando que podía ostentar el título de Dejado Más Devastado de la Casa, aunque tenía que admitir que ya no quería volver con K-19. Quería que lo llamara. Quería que lo echara de menos. Pero todo estaba bien. La vida sin novia nunca le había parecido tan interesante.

Hassan pidió conducir y Lindsey pidió el asiento del copiloto, así que, aunque el coche era de Colin, quedó relegado al asiento trasero, donde se acurrucó contra la ventanilla y leyó *Seymour: una introducción*, de J. D. Salinger. Lo terminó cuando ya veían la silueta de Memphis. No era Chicago, pero Colin había echado de menos los rascacielos.

Cruzaron el centro de la ciudad y abandonaron la carretera interestatal en una zona de la ciudad que no parecía albergar más que edificios bajos con pocas ventanas y todavía menos señales que informaran a los visitantes de lo que eran. Varios edificios después de la salida, Lindsey señaló uno, y Hassan se metió en un aparcamiento de cuatro plazas, que se encontraba vacío.

—¿Estás segura de que es este?

—Esta es la dirección que me has dado tú —le contestó Lindsey.

Entraron en un pequeño despacho con un mostrador de recepcionista, pero sin recepcionista, de modo que salieron y rodearon el almacén.

Hacía calor, aunque el aire suavizaba la temperatura. Colin oyó un rugido, alzó la mirada y vio una excavadora en un descampado, detrás del almacén. Solo veía a dos tipos: el que conducía la excavadora y otro que iba detrás, conduciendo un toro. En el toro había tres enormes cajas de cartón. Colin frunció el entrecejo.

—¿Ves a Hollis por algún sitio? —susurró Lindsey.

—No.

—Ve a preguntar a esos tipos si saben algo de Textiles Gutshot —dijo Lindsey.

A Colin no le apetecía especialmente hablar con extraños que conducían toros, pero se dirigió al descampado sin decir nada.

La excavadora levantó un último montón de tierra y luego se hizo a un lado para dejar sitio al toro. Al acercarse al agujero, Colin también se hizo a un lado. Estaba a un escupitajo de distancia[83] del agujero cuando el toro se detuvo, el tipo se giró, levantó el brazo y soltó la primera caja. Aterrizó con un ruido sordo. Colin siguió andando.

—¿Qué tal? —le preguntó el hombre, un negro bajito con las sienes canosas.

—Bien —le contestó Colin—. ¿Trabaja usted para Textiles Gutshot?

—Sí.

—¿Qué está tirando al agujero?

—No creo que sea asunto tuyo, teniendo en cuenta que no eres el dueño del agujero.

Colin no supo qué responder. El agujero no era suyo. De repente se levantó viento, que arrastró la tierra seca y formó una nube. Colin se dio media vuelta para que el polvo no le diera en la cara, y vio a Hassan y a Lindsey acercándose a él a paso ligero. Colin oyó el ruido de otra caja, pero no quiso girarse. No quería que le entrara tierra en los ojos.

Pero de repente se volvió, porque lo que volaba no era solo tierra. La segunda caja se había roto, y miles de cuerdas de tampón trenzadas volaban a su alrededor, y alrededor de Hassan y Lindsey. Levantó la mirada y vio las cuerdas abalanzándose hacia él hasta quedar envuelto en una nube. Parecían peces aguja o brillantes luces blancas. Colin pensó en Einstein. Einstein, un genio loco (que sin duda nunca había sido un niño prodigio), había descubierto que, paradójicamente, la luz

---

83. El récord mundial de escupir pepitas de sandía lo ostenta Jim Dietz, que en 1978 escupió una pepita de sandía a 23,51 metros. Por supuesto, Colin estaba más cerca del agujero.

puede actuar como partícula independiente y como onda. Colin nunca lo había entendido, pero en ese momento miles de cuerdas revoloteaban a su alrededor, y eran a la vez diminutos rayos de luz y ondas que vibraban infinitamente.

Extendió el brazo para coger una y atrapó varias. Las cuerdas siguieron moviéndose, rodeándole y volando a su alrededor. Nunca las cuerdas de tampón habían sido tan bonitas, empujadas por el viento, aterrizando en el suelo, girando y volviendo a levantar el vuelo, subiendo y bajando, subiendo y bajando.

—Mierda —dijo el hombre—. Pero es bonito, ¿eh?

—Sin duda —le contestó Lindsey, que de pronto estaba al lado de Colin, rozándole la mano con la suya.

De la caja todavía salían algunas cuerdas rezagadas, pero casi todo el ejército de cuerdas de tampón liberadas se perdía en la distancia.

—Te pareces mucho a tu madre —le dijo el hombre.

—Preferiría que no me lo hubiera dicho —le contestó Lindsey—. Por cierto, ¿quién es usted?

—Soy Roy. El director de operaciones de Textiles Gutshot. Tu madre no tardará en llegar. Mejor que te lo cuente ella. Venid conmigo a beber algo.

Querían espiar a Hollis, no llegar antes que ella al almacén, pero Colin supuso que a esas alturas ya no había posibilidad de seguir en secreto.

Roy tiró al agujero la última caja, que no se rompió. Luego se llevó el pulgar y el índice a la boca, lanzó un fuerte silbido y señaló la excavadora, que arrancó.

Volvieron al almacén, que no tenía aire acondicionado. Roy les dijo que no se movieran de allí y volvió al descampado.

—Se le ha ido la olla —dijo Lindsey—. Su «director de operaciones» es un tipo al que no había visto en mi vida, ¿y le pide que entierre nuestro maldito producto detrás del almacén? Está loca. ¿Qué pretende, gestionar el pueblo bajo tierra?

—No creo —replicó Colin—. Bueno, sí creo que está loca, pero no creo que quiera gestionar el…

—Cariño —oyó Colin a su espalda.

Se giró y vio a Hollis Wells con su traje chaqueta rosa de los jueves.

—¿Qué estáis haciendo aquí? —preguntó Hollis con tono no muy enfadado.

—¿Qué coño te pasa, Hollis? ¿Se te ha ido la olla? ¿Quién coño es Roy? ¿Y por qué estás enterrando todo?

—Lindsey, cariño, la empresa no va muy bien.

—Por Dios, Hollis, ¿te tiras todas las noches en vela intentando descubrir cómo arruinarme la vida? ¿Vendes terrenos y dejas de fabricar para que el pueblo se muera y tenga que marcharme?

Hollis frunció el ceño.

—¿Qué? Lindsey Lee Wells, no. ¡No! A nadie le interesan esas cuerdas, Lindsey. Tenemos un cliente, Stasure, que compra una cuarta parte de lo que producimos. Hemos perdido a todos los demás, que ahora compran a empresas extranjeras. A todos.

—Espera, ¿cómo? —preguntó Lindsey en voz baja, aunque Colin supuso que su madre la había oído.

—Están apiladas en el almacén. Una caja encima de la otra. Y cada vez peor, hasta que he llegado a esto.

Y de repente Lindsey lo entendió.

—No quieres despedir a nadie.

—Exacto, cariño. Si reducimos la producción a lo que vendemos, perderemos a la mayoría de los nuestros. Sería el fin de Gutshot.

—Espera, entonces ¿por qué demonios te inventaste un trabajo para ellos y los contrataste? —preguntó Lindsey señalando a Colin y a Hassan—. Si estamos tan arruinados, quiero decir.

—No me lo inventé. Puede que la siguiente generación no llegue a ver la fábrica, y quiero que tus hijos, y los hijos de tus hijos sepan cómo era, cómo éramos nosotros. Y me cayeron bien. Pensé que serían una buena influencia para ti. El mundo no va a seguir siendo como te lo imaginas, cielo.

Lindsey dio un paso hacia su madre.

—Ahora sé por qué trabajas en casa —dijo—. Para que nadie sepa lo que pasa. ¿Nadie lo sabe?

—Solo Roy —le contestó Hollis—. Y no puedes decírselo a nadie. Podemos aguantar así al menos cinco años más, y eso es lo que haremos. Y hasta entonces trabajaré como una loca para encontrar otras maneras de hacer dinero.

Lindsey rodeó a su madre por la cintura y apoyó la cara en su pecho.

—Cinco años es mucho tiempo, mamá —le dijo.

—Depende de cómo se mire —le contestó Hollis acariciándole el pelo—. Depende de cómo se mire. Pero no eres tú la que tiene que solucionarlo. Soy yo. Perdona, cariño. Sé que he estado más ocupada de lo que debería una madre.

Colin pensó que, a diferencia del engaño de EOC, aquel era un secreto que merecía la pena guardar. A la gente no le gusta saber que tres cuartas partes de sus cuerdas para tampones se entierran, o que su sueldo tiene menos que ver con la rentabilidad de la empresa que con la compasión de la jefa.

Hollis y Lindsey volvieron juntas a casa y dejaron a Colin y a Hassan solos en el Coche Fúnebre. No habían hecho aún ni diez kilómetros cuando Hassan dijo:

—He tenido… bueno… una revelación espiritual cegadora.

Colin se volvió hacia él.

—¿Cómo?

—Mira la carretera, *kafir*. En realidad empezó hace dos noches, así que supongo que no fue tan dramático…, en la residencia de los viejos, cuando dijiste que era el capitán chistoso porque quería evitar que me hicieran daño.

—De eso no hay duda —repuso Colin.

—Sí, bueno, gilipolleces, y sabía que eran gilipolleces, pero empecé a preguntarme por qué exactamente soy el capitán chistoso, y no encontré una buena respuesta. Pero aquí, hace un rato, he empezado a pensar en lo que está haciendo Hollis. Es decir, está perdiendo todo su tiempo y su dinero para que la gente conserve su trabajo. Está haciendo algo.

—De acuerdo… —dijo Colin sin entenderlo.

—Y yo no hago nada. Soy vago, pero también soy bueno no haciendo cosas que se supone que no debo hacer. No bebo, ni me drogo, ni me enrollo con chicas, ni pego a nadie, ni robo, ni nada de eso. Siempre he sido bueno en estas cosas, aunque este verano no tanto. Pero hacer todo lo que hemos hecho aquí me parecía raro y equivocado, así que vuelvo a no hacer nada alegremente. Pero nunca he sido un hombre de acción. Nunca he hecho nada que ayudara a nadie. Ni siquiera hago las cosas religiosas que implican hacer. No hago *zakat*.[84] No hago Ramadán. Soy un inactivo total. Me limito a chupar comida, agua y dinero del mundo, y lo único que ofrezco a cambio es: «Hola, soy buenísimo no haciendo nada. Mirad cuántas cosas malas no hago. Ahora os contaré unos chistes».

Colin miró a Hassan y lo vio dando sorbos a un refresco. Sintió que tenía que decirle algo.

—Es una buena revelación espiritual.

—Aún no he acabado, joper. Estaba bebiendo. En fin, que ser divertido es una manera de no hacer nada. Ando por ahí, hago bromas, soy el capitán chistoso y me río de cualquiera que intenta hacer algo. Me río de ti cuando te recuperas e intentas querer a otra Katherine. O me río de Hollis por quedarse dormida cubierta de papeles cada noche. O me meto contigo por haber disparado al nido de avispas, cuando yo no fui capaz de disparar. Pues se acabó. Voy a empezar a hacer. —Hassan se terminó la lata de refresco, la estrujó y la tiró a sus pies—. Mira, acabo de hacer algo. Lo normal habría sido que lanzara esta mierda al asiento de atrás para no verla, y la siguiente vez que tuvieras una cita con una Katherine tendrías que limpiar el coche. Pero la he dejado aquí para acordarme de cogerla cuando lleguemos a la Mansión Rosa. Dios, deberían concederme la Medalla de Honor al Mérito Hacedor.

Colin se rió.

---

84. Dar a los pobres, uno de los pilares de la fe islámica.

—Sigues siendo divertido —dijo Colin—. Y has hecho cosas. Te has matriculado en la universidad.

—Sí, voy a ir. Aunque… si voy a ser un hombre de acción total —comentó Hassan fingiendo malhumor—, seguramente debería matricularme en tres asignaturas. Qué dura es la vida, *kafir*.

19

Lindsey y Hollis llegaron antes a casa porque Colin y Hassan pasaron por el Hardee's a por una Monster Thickburger. Cuando llegaron a la sala de estar de la Mansión Rosa, Hollis les dijo:

—Lindsey ha ido a pasar la noche a casa de su amiga Janet. En el camino de vuelta a casa estaba destrozada. Es por el chico, supongo.

Hassan asintió y se sentó con ella en el sofá. El cerebro de Colin se puso en marcha. Se había dado cuenta de que tenía que encontrar la manera de salir de la Mansión Rosa lo antes posible sin levantar sospechas.

—¿Puedo ayudarte en algo? —preguntó Hassan.

—Claro, claro —le contestó Hollis muy animada—. Puedes quedarte conmigo, a ver si se nos ocurre algo… toda la noche, si tienes tiempo.

—Genial —dijo Hassan.

Colin carraspeó y empezó a hablar muy deprisa.

—Puede que salga un rato. Creo que voy a acampar. Seguramente *sitzpinklearé* y dormiré en el coche, pero aun así… voy a intentarlo.

—¿Qué? —preguntó Hassan, incrédulo.

—Acampar —le contestó Colin.

—¿Con los cerdos, las avispas, los EOC y todo eso?

—Sí, acampar —dijo Colin intentando lanzar a Hassan una mirada de complicidad.

Hassan lo observó un momento con expresión burlona, abrió los ojos como platos y dijo:

—Bueno, no voy a ir contigo. Ya sabemos que soy un gato casero.

—Lleva el móvil encendido —le pidió Hollis—. ¿Tienes tienda?

—No, pero hace bueno, así que solo me llevaré un saco de dormir, si te parece bien.

Y antes de que Hollis hubiera podido rechistar, subió los escalones de dos en dos, cogió lo que necesitaba y se marchó.

Empezaba a anochecer. Los campos se sumían en una invisibilidad rosada a medida que se fundían con el horizonte. Colin sintió que el corazón le martilleaba en el pecho. Se preguntó si ella querría verlo. Había interpretado el «dormir en casa de Janet» como una pista, pero quizá no lo era. Quizá era cierto que había ido a dormir a casa de Janet, fuera quien fuese, lo que supondría que se pegaría una buena caminata para nada.

Tras cinco minutos conduciendo llegó al campo cercado en el que había pastado el caballo Hobbit. Saltó la valla de troncos y atravesó el campo corriendo. Colin, por supuesto, no creía en correr cuando bastaba con andar, pero en aquel momento andar no bastaba. Sin embargo, fue disminuyendo el ritmo a medida que ascendía por la colina. La linterna proyectaba un pequeño y tembloroso haz de luz amarilla sobre el paisaje oscurecido. Lo mantuvo justo delante de él mientras elegía arbustos, enredaderas y árboles. El bosque estaba cubierto por una gruesa capa podrida que crujía bajo sus pies y le recordaba dónde acabamos todos: en la tierra. E incluso en aquel momento no pudo evitar hacer un anagrama. «En la tierra», «Ir en alerta», «Alenta reír». Y la magia mediante la cual «en la tierra» puede convertirse en «alenta reír» le animó a seguir adelante. Incluso cuando la oscuridad fue tan absoluta que los árboles y las rocas dejaron de ser objetos para convertirse en meras sombras, siguió subiendo, hasta que por fin llegó a la roca saliente. Recorrió la roca enfocándola con la linterna hasta que la luz pasó por encima de la grieta. Metió la cabeza y dijo:

—¿Lindsey?

—Dios, pensaba que eras un oso.

—Todo lo contrario. Andaba por aquí y he pensado en pasar a verte. —Oyó el eco de la risa de Lindsey en la cueva—. Pero no quiero molestar.

—Venga, entra —le contestó Lindsey.

Se metió por la grieta y avanzó de lado hasta llegar a la cueva. Lindsey encendió su linterna y ambos se cegaron.

—He pensado que quizá vendrías —dijo Lindsey.

—Bueno, le has dicho a tu madre que ibas a dormir a casa de Janet.

—Sí. Era una especie de código.

Lindsey dirigió la luz a sus pies y luego trazó una línea hasta Colin, como si indicara el camino a un avión. Colin se acercó, ella colocó un par de almohadas y se sentaron uno al lado del otro.

—Apaguemos la maldita luz —dijo Lindsey.

Y volvieron a quedarse a oscuras.

—Lo que más me cabrea es que ni siquiera estoy cabreada. Por lo de Colin, quiero decir. Porque… en el fondo no me importaba. Ni él, ni gustarle, ni que se follase a Katrina. No me importa. Oye, ¿estás ahí?

—Sí.

—¿Dónde?

—Aquí. Hola.

—Ah, hola.

—Sigue.

—Vale. En fin, no sé. Ha sido muy fácil dejarlo correr. Sigo pensando que me cabrearé, pero han pasado tres días y ni siquiera pienso en él. ¿Recuerdas cuando te dije que, a diferencia de mí, él era auténtico? En realidad no creo que lo sea. Creo que es aburrido. Me toca las narices, porque… bueno, he perdido buena parte de mi vida con él, me engaña, ¿y ni siquiera me deprimo especialmente?

—Me encantaría ser así.

—Sí, pero no lo serías. No creo. Se supone que las personas importan. Es bueno que las personas signifiquen algo para ti, que las eches de menos cuando no están. Yo no echo de menos a Colin lo más mínimo. Lo digo literalmente. Solo me gustaba la idea de ser su novia… ¡Menuda basura! Me he dado cuenta… y por eso he llorado todo el camino de vuelta a casa. Mira a Hollis, que de verdad hace algo por la gente. Se pasa el puto día trabajando y ahora sé que no es por ella. Es por toda esa gente de Sunset Acres que recibe una pensión para pagar los pañales. Y por todos los trabajadores de la fábrica.

—…

—Yo era una persona que no estaba mal, ¿sabes? Pero ahora no hago nada por nadie. Excepto por tarados que me importan una mierda.

—Pero todavía te quieren. Todos los abuelitos, todo el mundo en la fábrica…

—Cierto, sí. Pero quieren a la que recuerdan, no a la que soy ahora. Sinceramente, Colin, soy la persona más egocéntrica del mundo.

—…

—¿Estás ahí?

—Se me acaba de ocurrir que lo que acabas de decir no puede ser verdad, porque la persona más egocéntrica del mundo soy yo.

—¿Cómo?

—O quizá estemos empatados, porque yo soy igual. ¿Qué he hecho yo por nadie?

—¿No te quedaste detrás de Hassan y dejaste que mil avispas te picaran?

—Vale, sí. Es cierto. De acuerdo, eres la persona más egocéntrica del mundo. Pero te sigo de cerca.

—Ven aquí.

—Estoy aquí.

—Más aquí.

—Vale. ¿Aquí?

—Sí, mejor.

—¿Y qué haces? ¿Cómo lo arreglas?

—Es lo que estaba pensando antes de que llegaras. Estaba pensando en tus problemas con el importar. Creo que lo que importas está determinado por las cosas que te importan a ti. Importas tanto como las cosas que te importan. Y era un atraso intentar importarle a Colin. Durante todo este tiempo tenía cosas reales de las que preocuparme: buenas personas que se preocupan por mí y por nuestro pueblo. Es muy fácil quedarse atascado. Te quedas atrapado en ser algo, ser especial o guay o lo que sea, hasta un punto en que ni siquiera sabes por qué lo necesitas. Solo crees que lo necesitas.

—Ni siquiera sabes por qué tienes que ser mundialmente famoso. Solo crees que tienes que serlo.

—Sí, exacto. Estamos en el mismo barco, Colin Singleton. Pero haciéndome popular no solucioné el problema.

—No creo que pueda llenarse el hueco con lo que has perdido. Conseguir que EOC saliera contigo no soluciona lo sucedido con la comida para perros. No creo que las partes que te faltan vuelvan a encajar dentro de ti una vez que se han perdido. Como Katherine. Me he dado cuenta de que, si de alguna forma consiguiera que volviera conmigo, no llenaría el hueco que creó perderla.

—Quizá ninguna chica pueda llenarlo.

—Cierto. Tampoco ser un creador de teoremas mundialmente famoso. Es lo que he estado pensando, que quizá la vida no consiste en superar una serie de marcas de mierda. Espera, ¿qué tiene de divertido?

—Nada, es solo que... estaba pensando que lo que has entendido es como si un adicto a la heroína de repente dijera: «Mira, quizá en lugar de meterme cada vez más heroína, lo que debería hacer es no meterme heroína».

—...

—...

—...

—...

—Creo que sé quién está enterrado en la tumba del archiduque Francisco Fernando, y me temo que no es el archiduque.

—¡Sabía que lo descubrirías! Sí, ya lo sé. Mi bisabuelo.

—¿Lo sabías? Francis N. Donocefar, el capullo que hacía anagramas.

—Todos los viejos del pueblo lo saben. Supuestamente insistió en su testamento. Pero hace un par de años Hollis nos hizo poner el cartel y empezamos a hacer visitas guiadas. Ahora entiendo que seguramente fue por el dinero.

—Es gracioso lo que la gente está dispuesta a hacer para que la recuerden.

—Bueno, o para que la olviden, porque algún día nadie sabrá a quién enterraron realmente allí. Muchos niños creen que el que está enterrado es el archiduque, y eso me gusta. Me gusta saber una historia y que todos los demás sepan otra. Por eso nuestras grabaciones serán fantásticas algún día, porque contarán historias que el tiempo ha cubierto, o distorsionado, o lo que sea.

—¿Dónde está tu mano?

—Está sudada.

—No me impor… Ah, hola.

—Hola.

—…

—…

—¿Te he contado que dejé a una de las Katherines?

—¿Qué? No.

—Al parecer, la dejé. Katherine III. Lo había olvidado totalmente. En fin, siempre había dado por sentado que todo lo
que recordaba era verdad.

—Vaya.

—¿Qué?

—Bueno, si la dejaste tú, la historia no es tan buena. Así
recuerdo las cosas, al menos. Recuerdo historias. Uno los puntos, y de ahí sale una historia. Y los puntos que no encajan en
la historia se quedan fuera. Como cuando buscas una conste-
lación. Miras al cielo y no ves todas las estrellas. Todas las estrellas solo parecen el puto caos aleatorio que son. Pero quieres
ver formas, quieres ver historias, así que las eliges en el cielo.
Hassan me dijo un día que tú piensas así también… que ves
conexiones por todas partes… así que resulta que eres un con-
tador de historias nato.

—Nunca me lo había planteado así, pero tiene sentido.

—Pues cuéntame la historia.

—¿Qué? ¿Toda?

—Sí. Amor, aventura y moraleja. Todo.

—Katherine I era hija de mi tutor, Krazy Keith, me pidió que fuera su novio una noche en mi casa, le dije que sí, y dos minutos y treinta segundos después me dejó, lo que en aquellos momentos me pareció divertido, pero ahora, retrospectivamente, es posible que aquellos dos minutos y treinta segundos estuvieran entre los periodos de tiempo más significativos de mi vida.

»K-2 era una compañera del colegio de ocho años, regordeta, que un día apareció por mi casa diciendo que en la calle había una rata muerta, y yo, que también tenía ocho años, salí corriendo a ver la rata muerta, pero solo encontré a su mejor amiga, Amy, que me dijo: «A Katherine le gustas, ¿quieres ser su novio?», y yo le dije que sí, y ocho días después Amy volvió a aparecer por mi casa para decirme que a Katherine ya no le gustaba y que desde ese momento no salía conmigo.

»Katherine III era una morena absolutamente encantadora a la que conocí durante mi primer verano en un campamento para niños inteligentes, que con el tiempo se convertiría en el sitio para que los niños prodigio eligieran tías, y para que la historia quedara mejor, decidí recordar que me dejó una mañana en la clase de tiro con arco después de que un prodigio en mates llamado Jerome corriera delante de su arco y se tirara al suelo asegurando que le había alcanzado una flecha de Cupido.

»Katherine IV, alias Katherine la Roja, era una tímida pelirroja con gafas de plástico rojas a la que conocí en una clase de método Suzuki para violín, ella tocaba muy bien, y yo apenas tocaba porque no me tomaba la molestia de practicar, así que cuatro días después me dejó por un prodigio del piano llamado Robert Vaughan, que acabó dando un concierto como solista en el Carnegie Hall a los once años, de modo que supongo que Katherine hizo la elección correcta.

»En quinto salí con K-5, famosa por ser la chica más asquerosa del colegio, porque siempre parecía ser la responsable de los brotes de piojos, y un día, en el patio, me besó en los labios sin venir a cuento mientras intentaba leer *Huck Finn* en el arenero, y fue mi primer beso, y aquel mismo día me dejó porque los niños eran unos brutos.

»Después, tras seis meses de sequía, conocí a Katherine VI en mi tercer campamento de verano para niños inteligentes, estuvimos juntos diecisiete días, todo un récord, ella era brillante en cerámica y en flexiones, dos campos en los que yo nunca he sobresalido, y aunque juntos podríamos haber sido una fuerza imparable de inteligencia, potencia del torso y fabricación de tazas, me dejó.

»Entonces llegó el instituto, y mi impopularidad empezó a ser grave, pero lo bueno de estar casi al final de la curva de los guays es que de vez en cuando la gente te tiene lástima, como Katherine la Buena, en sexto, un encanto que solía llevar el sujetador roto y a la que todo el mundo llamaba «cara de pizza» porque tenía un problema de acné que tampoco era para tanto, y que al final rompió conmigo no porque se diera cuenta de que perjudicaba su minúsculo estatus social, sino porque creía que nuestra relación de un mes había afectado negativamente a mis resultados académicos, que consideraba muy importantes.

»La Octava no era muy dulce, y quizá debería haberlo sabido, porque con su nombre, Katherine Barker, puede hacerse el anagrama Heart Breaker, Ink (Rompecorazones S. A.), como si fuera una auténtica directora ejecutiva del departamento de dejadores, pero el caso es que me pidió salir, le dije que sí, y luego me llamó «friki», me dijo que no tenía vello púbico y que nunca saldría en serio conmigo… y para ser honestos, todo lo que dijo era verdad.

»K-9 estaba en sexto cuando yo estaba en séptimo, era de lejos la Katherine más guapa con la que había salido, con una barbilla monísima, hoyuelos en las mejillas, la piel siempre bronceada, como tú, y pensó que salir con un hombre mayor sería bueno para su estatus social, pero se equivocó.

»Katherine X —y sí, a esas alturas sin duda me había dado cuenta de que era una anomalía estadística extremadamente rara, pero no me dedicaba a buscar Katherines, sino a buscar novias— fue una conquista del campamento de verano para niños inteligentes, y me gané su corazón, como habrás imaginado, corriendo delante de su arco en la clase de tiro y asegurando que me había alcanzado una flecha de Cupido, fue la primera chica a la que di un beso con lengua, y no sabía qué hacer, así que me dediqué a sacar la lengua con los labios apretados, como si fuera una serpiente, y no tardó mucho en preferir que fuéramos solo amigos.

»Con K-11, más que salir, se trató de ir al cine una vez, cogernos de la mano, llamarla otro día, que su madre me dijera que no estaba en casa y que nunca me devolviera la llamada, pero diría que cuenta porque nos cogimos de la mano y porque me dijo que era un genio.

»Al principio del segundo semestre de noveno apareció una chica de Nueva York que era muy rica, pero odiaba ser rica, le encantaba *El guardián entre el centeno* y decía que le recordaba a Holden Caufield, al parecer porque los dos éramos perdedores egocéntricos, y le gusté porque sabía un montón de idiomas y había leído un montón de libros, y a los veinticinco días rompió conmigo porque quería un novio que no pasara tanto tiempo leyendo y aprendiendo idiomas.

»En aquella época ya había conocido a Hassan, y desde hacía unos diez años me obsesionaba una morena de ojos azules del colegio a la que siempre había llamado Katherine la Mejor, y Hassan hizo el papel de Cyrano y me contó exactamente cómo enamorarla, porque, como sabemos por Katrina, Hassan es realmente bueno para estas cosas, y funcionó, la quise y me quiso, y duró tres meses, hasta noviembre del décimo curso, cuando por fin rompió conmigo porque dijo, y cito literalmente, que era «demasiado inteligente y demasiado tonto» para ella, lo que marcó el inicio de las Katherines que rompieron conmigo por razones ridículas, idiotas y a menudo oximorónicas.

»Un patrón que siguió con Katherine XIV, siempre vestida de negro, a la que conocí aquella primavera, cuando se acercó a mí en una cafetería y me preguntó si estaba leyendo a Camus, y lo estaba leyendo, así que le dije que lo estaba leyendo, y entonces me preguntó si había leído a Kierkegaard, y le dije que lo había leído, porque lo había leído, y cuando llegó el momento de marcharnos de la cafetería, salimos cogidos de la mano, y había apuntado su teléfono en mi nuevo móvil, y le gustaba llevarme a pasear a orillas del lago, donde contemplábamos las olas rompiendo contra las rocas, y decía que solo había una metáfora, y que la metáfora era agua rompiendo contra las rocas... porque decía que tanto el agua como las rocas salían perdiendo, y cuando me dejó, en la misma cafetería en la que nos habíamos conocido tres meses antes, dijo que ella era el agua, y yo era las rocas, y que lo único que íbamos a conseguir era chocar uno contra el otro hasta que no quedara nada de ninguno de los dos... y cuando puntualicé que el agua no sufre el menor efecto negativo por erosionar lentamente las rocas de la orilla del lago, admitió que era cierto, pero me dejó igualmente.

»Y en el campamento de aquel verano conocí a K-15, que tenía cara de cachorrillo, con grandes ojos castaños y párpados caídos que hacen que quieras cuidarla, pero no quería que la cuidara, porque era una feminista muy segura de sí misma a la que le gustaba porque creía que era el coco de mi generación, pero luego llegó a la conclusión de que yo nunca sería —y vuelvo a citar literalmente— «un artista», lo que al parecer fue motivo de despido, aunque yo nunca había dicho que fuera un artista... y de hecho, si me has escuchado con atención, ya sabes que he admitido sin reservas que soy un negado para la cerámica.

»Y, después de una espantosa sequía, conocí a Katherine XVI en la terraza de un hotel de Newark, New Jersey, durante un campeonato de decatlón académico, en octubre del penúltimo año de instituto, y tuvimos un rollo todo lo salvaje y ardiente que se puede tener durante catorce horas en un campeonato de decatlón académico, lo que quiere decir que llegó un momento en que tuvimos que echar a sus tres compañeras de la habitación del hotel para poder enrollarnos como Dios manda, pero después, aunque acabé el campeonato con nueve medallas de oro —era malísimo en expresión—, me dejó porque tenía novio en su ciudad, en Kansas, y no quería dejarlo, así que lo lógico era que me dejara a mí.

»A Katherine XVII la conocí —no voy a mentirte— en internet el siguiente enero, llevaba un pendiente en la nariz y tenía un vocabulario enormemente impresionante para hablar del rock indie —de hecho, una de las palabras que utilizaba, y que al principio yo no sabía lo que significaba, era «indie»—, me divertía oírla hablar de música, una vez la ayudé a teñirse el pelo, pero a las tres semanas rompió conmigo porque yo era una especie de «emo nerd», y ella buscaba a un «emo core».

»Aunque no me gusta utilizar la palabra «corazón» si no es para referirme al órgano que bombea sangre y late, no hay duda de que Katherine XVIII me rompió el corazón, porque la quise muchísimo desde el momento en que la vi en un concierto al que Hassan se empeñó en que fuéramos durante las vacaciones de primavera, era una mujer ardiente que odiaba que la llamaran «chica», le gusté, y al principio parecía que compartía mi enorme sensación de inseguridad, así que alimenté mis esperanzas ridículamente y me dediqué a escribirle e-mails extravagantemente largos y dolorosamente filosóficos, y me dejó por e-mail después de solo dos citas y cuatro besos, por lo que me dediqué a escribirle e-mails extravagantemente largos y dolorosamente patéticos.

»Y a las dos semanas, Katherine I apareció por mi casa y no tardó en convertirse en K-19, era una chica muy maja, de buen corazón y a la que le gustaba ayudar a los demás, y ninguna Katherine había encendido tanto mi corazón —Dios, ahora no puedo dejar de utilizar esta palabra— como ella, pero la necesitaba muchísimo, nunca tenía bastante, y ella no era congruente, y su incongruencia hacía pésima pareja con mi inseguridad, pero aun así la quería, porque ella envolvía todo mi ser, porque había puesto todos mis huevos en la cesta de otra persona, y al final, trescientos cuarenta y tres días después, me quedé con la cesta vacía y un agujero infinito en el estómago, pero he decidido recordarla como una buena persona con la que pasé buenos ratos hasta que los dos nos metimos en una mala situación imposible de salvar.

»Y la moraleja de la historia es que no recuerdas lo que pasó. Lo que recuerdas se convierte en lo que pasó. Y la segunda moraleja de la historia, si es que las historias pueden tener múltiples moralejas, es que los dejadores no son intrínsecamente peores que los dejados… La ruptura no es algo que te hacen, sino algo que te sucede.

—Y la otra moraleja de la historia es que tú, sabelotodo, acabas de contar una historia increíble, lo que demuestra que con tiempo, entrenamiento y escuchando historias de antiguos y actuales trabajadores de Textiles Gutshot, cualquiera, y digo cualquiera, puede aprender a contar una buena historia.

—Al contarte esta historia, algo ha hecho que se me regenerara el estómago.

—¿Qué?

—Nada. Estaba pensando en voz alta.

—Es lo que te gusta. La gente con la que puedes pensar en voz alta.

—La gente que ha estado en tus escondites secretos.

—La gente con la que te muerdes el dedo.

—Hola.

—Hola.

—…

—…

—Uau. Mi primera Lindsey.

—Mi segundo Colin.

—Ha sido divertido. Intentémoslo de nuevo.

—Adjudicado.

—…

—…

—…

—…

—…

—…

—…

—…

Salieron juntos de la cueva muy tarde y volvieron a casa por separado, Colin en el Coche Fúnebre, y Lindsey en la camioneta rosa. Se besaron una vez más en la puerta —un beso tan bueno como auguraba su sonrisa— y luego entraron a hurtadillas en la casa para dormir unas horas.

Epílogo o el capítulo de Lindsey Lee Wells

Colin se despertó, agotado, con el canto del gallo y dio vueltas en la cama durante una hora larga antes de bajar. Hassan estaba ya sentado a la mesa de roble con un montón de papeles delante de él. Colin observó que Hollis no estaba dormida en el sofá. Quizá tenía una habitación por ahí.

—Márgenes de pérdida/beneficio —le dijo Hassan—. La verdad es que es muy interesante. Hollis me lo explicó anoche. Bueno, ¿te has enrollado con ella o qué?

Colin sonrió.

Hassan se levantó, sonriendo de oreja a oreja, y le dio una palmada en la espalda.

—Eres un buitre, Singleton. Vuelas en círculos, nene. Vuelas en círculos, vas bajando poco a poco, sin dejar de trazar círculos, esperando el momento de aterrizar en el cadáver de una relación y pegarte un jopido festín. Es bonito verlo... especialmente esta vez, porque la chica me cae bien.

—Vamos a desayunar por ahí —propuso Colin—. ¿Al Hardee's?

—Al Hardee's —le contestó Hassan entusiasmado—. ¡Linds, levántate, vamos al Hardee's!

—Voy a ir a ver a Mabel esta mañana —le contestó Lindsey—. Pero cómete siete Monster Thickburgers por mí.

—Lo haré —le prometió Hassan.

—Escucha. Anoche, cuando volví a casa, nos metí a Lindsey y a mí en la fórmula —dijo Colin—. Me deja ella. La curva era más larga que la de K-1, pero más corta que la de K-4. Eso quiere decir que va a dejarme antes de cuatro días.

—Podría pasar. Este mundo es un jopido globo de nieve.

Tres días después, el día en que el teorema indicaba que Lindsey y Colin dejarían de estar juntos, Colin se despertó con el canto del gallo, se dio media vuelta atontado y se encontró un trozo de papel pegado en la mejilla. Estaba doblado en forma de sobre.

Y por una vez lo vio venir. Mientras desdoblaba con cuidado el papel, supo que la profecía del teorema se había cumplido. Pero el hecho de saber que iba a suceder no lo hacía menos horrible. «¿Por qué? Ha sido increíble. Los mejores cuatro primeros días de mi vida. ¿Estoy loco? Debo de estar loco.» Abrió la nota planteándose si marcharse de Gutshot inmediatamente.

Colin:

Odio cumplir el teorema, pero creo que no deberíamos mantener una relación amorosa. El problema es que estoy enamorada de Hassan. No puedo evitarlo. Toco tus omoplatos huesudos y pienso en su rolliza espalda. Beso tu estómago y pienso en su impresionante barriga. Me gustas, Colin. De verdad. Pero… lo siento. No va a funcionar.

Espero que podamos seguir siendo amigos.

Atentamente,

LINDSEY LEE WELLS

P. D.: Es broma.

Colin quiso alegrarse, de hecho se alegró, porque desde que vio la inclinación de la curva con Lindsey había esperado que estuviera mal. Pero, sentado en la cama, con la nota en sus manos, aún temblorosas, no pudo evitar sentir que nunca sería un genio. Por más que creyera a Lindsey cuando había dicho que lo que te importa determina lo que importas tú, seguía queriendo que el teorema funcionase, seguía queriendo ser tan especial como siempre le habían dicho que era.

Al día siguiente, Colin intentaba febrilmente arreglar el teorema mientras Hassan y Lindsey jugaban al póquer con céntimos en el porche de la Mansión Rosa. El ventilador del techo movía el aire caliente, pero no lo enfriaba. Colin echaba un vistazo de vez en cuando al juego mientras trazaba gráficas intentando que el teorema reflejara el hecho evidente de que Lindsey Lee Wells seguía siendo su novia. Y al final el póquer dejó claro que el fallo del teorema era irreparable.

—¡Lindsey va con todo, trece céntimos, Singleton! Una apuesta enorme. ¿Voy?

—Suele ir de farol —le contestó Colin sin levantar la mirada.

—Más vale que tengas razón, Singleton. Voy. Venga, cartas arriba, nena. ¡La muñeca de Gutshot tiene un trío de damas! Es una mano muy buena, pero ¿ganará a...?

—¡UN FULL! —gritó Lindsey desilusionada cuando Hassan mostró sus cartas.

Colin no sabía nada de póquer, excepto que era un juego de conducta humana y probabilidad, y por lo tanto un sistema casi cerrado en el que un teorema similar al teorema de la Previsibilidad Subyacente de las Katherines debería funcionar. Y cuando Hassan levantó su full, Colin lo entendió de repente: puedes hacer un teorema que explique por qué has ganado o perdido manos de póquer ya hechas, pero no puedes hacer un teorema que pronostique las manos de póquer futuras. Como le había dicho Lindsey, el pasado es una historia lógica. Es el sentido de lo que sucedió. Pero como el futuro todavía no es recordado, no necesita tener el menor sentido.

En aquel momento, el futuro —que ningún teorema matemático o de cualquier otro tipo podía abarcar— se extendió ante Colin: infinito, incognoscible y hermoso.

—Eureka —dijo Colin.

Y nada más decirlo se dio cuenta de que acababa de susurrar por primera vez.

—He descubierto algo —añadió en voz alta—. El futuro es impredecible.

—De vez en cuando al *kafir* le gusta decir cosas absolutamente obvias con voz profunda —respondió Hassan.

Colin se rió y Hassan siguió contando las monedas que había ganado, pero el cerebro de Colin daba vueltas a las consecuencias: «Si el futuro es siempre, entonces al final nos engullirá a todos», pensó. Incluso Colin solo podía nombrar a unas cuantas personas que vivieron, por ejemplo, hace dos mil cuatrocientos años. Dentro de otros dos mil cuatrocientos años podría haberse olvidado incluso a Sócrates, el genio más famoso de su siglo. El futuro lo borrará todo. No hay fama ni genialidad que te permita trascender el olvido. El futuro infinito hace imposible que estas cosas importen.

Pero hay otra vía. Están las historias. Colin miraba a Lindsey, cuya sonrisa le arrugó los ojos cuando Hassan le prestó nueve céntimos para que siguieran jugando. Colin pensó en las lecciones de contar historias de Lindsey. Las historias que se contaron el uno al otro eran buena parte del cómo y por qué le gustaba. De acuerdo. La quería. Habían pasado cuatro días y ya, indiscutiblemente, la quería. Y se descubrió a sí mismo pensando que quizá las historias no solo hacen que los demás nos importen, sino que quizá son también la única vía hacia la importancia infinita que llevaba tanto tiempo buscando.

Y Colin pensó: «Porque pongamos que cuento a alguien mi cacería del cerdo salvaje. Aunque es una historia tonta, contarla cambia mínimamente a los demás, como vivir la historia me cambia a mí. Un cambio infinitesimal. Y ese cambio infinitesimal se extiende, cada vez con menor intensidad, pero perpetuamente. Me olvidarán, pero las historias persistirán. Y por eso todos importamos. Quizá menos que muchos, pero siempre más que nadie».

E importaban no solo las historias que se recordaban. Ahí estaba el verdadero significado de la anomalía de K-3: el hecho de que la gráfica fuera correcta desde el principio demostraba no que el teorema fuera exacto, sino que en el cerebro hay un lugar que sabe lo que no puede ser recordado.

Casi sin darse cuenta, había empezado a escribir. Las palabras habían sustituido las gráficas de su libreta. Colin alzó la vista y se limpió una gota de sudor de la frente, morena y con una cicatriz. Hassan se giró hacia Colin.

—Entiendo que el futuro es impredecible —dijo Hassan—, pero me pregunto si sería posible que incluyera una Monster Thickburger.

—Predigo que sí —le contestó Lindsey.

Mientras salían, Lindsey gritó: «Copiloto», Colin dijo: «Conduzco», y Hassan dijo: «Mierda». Linds pasó corriendo al lado de Colin y llegó a la puerta antes que él. Se la abrió y se inclinó para darle un beso en los labios.

Supo que aquellos pocos pasos —desde el porche hasta el Coche Fúnebre— eran uno de esos momentos que recordaría, uno de esos momentos que intentaría capturar en las historias que contara. En realidad no había pasado nada, pero el momento estaba cargado de importancia. Lindsey entrelazó los dedos con los de Colin, y Hassan cantó una canción que decía: «Me encantan las / Monster Thickburgers del Ha-ar-dee's / Son una maravillosa fie-es-ta / Para mi estómago», y se metieron en el Coche Fúnebre.

Acababan de pasar por la tienda cuando Hassan dijo:

—La verdad es que no tenemos que ir al Hardee's. Podríamos ir a cualquier sitio.

—Perfecto, porque no me apetece nada ir al Hardee's —dijo Lindsey—. Es horrible. Hay un Wendy's dos salidas después, en Milan. El Wendy's es mejor. Tienen ensaladas.

De modo que Colin pasó de largo el Hardee's y se dirigió al norte por la interestatal. Mientras dejaba atrás las líneas de la carretera, pensó en la distancia entre lo que recordamos y lo que pasó, la distancia entre lo que predecimos y lo que pasará. Y Colin pensó que en aquella distancia había espacio suficiente para reinventarse a sí mismo, espacio suficiente para convertirse en alguien que no fuera un prodigio, para rehacer su historia de forma diferente y mejor, espacio suficiente para renacer una y otra vez. Un cazador de serpientes, un archiduque, un asesino de EOCs... incluso un genio. Había espacio suficiente para ser cualquier persona... cualquiera, menos la que ya había sido, porque si algo había aprendido en Gutshot era que no se puede impedir que el futuro llegue. Y, por primera vez en su vida, sonrió al pensar en el infinito futuro que se extendía ante él, y que llegaría.

Lindsey se volvió hacia Colin y dijo:

—Oye, podríamos seguir. No tenemos que parar.

Hassan se inclinó hacia delante, entre los asientos, y dijo:

—Sí, sí. Podemos seguir un rato.

Colin pisó el acelerador y empezó a pensar en todos los sitios a los que podrían ir, y en los días de verano que les quedaban. Lindsey Lee Wells le agarró del brazo y dijo:

—Sí, claro que podemos, ¿verdad? Sigamos adelante.

Colin sintió en la piel su conexión con todas las personas que estaban en el coche y con todas las que no lo estaban. Y sintió que no era único, en el mejor sentido posible.

Nota del autor

Las notas al pie de la novela que acabas de leer (a menos que no hayas acabado de leerla y hayas dado un salto, en cuyo caso deberías volver atrás, leer todo en orden y no intentar descubrir lo que pasa al final, listillo) prometen un apéndice lleno de matemáticas. Y aquí está.

Resulta que saqué un insuficiente en cálculo, pese a los heroicos esfuerzos de mi profesor de matemáticas del instituto, el señor Lantrip, y luego seguí con una asignatura llamada «matemáticas finitas» porque se suponía que eran más fáciles que el cálculo. Elegí la facultad a la que fui en parte porque no tenía que hacer matemáticas. Pero, poco después de la universidad —y sé que es raro—, empecé a interesarme por las matemáticas. Por desgracia, sigo siendo un negado. Con las matemáticas me pasa lo que me pasaba a los nueve años con el skateboard: hablo mucho de ellas, pienso mucho en ellas, pero no sé hacer nada con ellas.

Por suerte soy amigo de Daniel Biss, que es uno de los mejores jóvenes matemáticos de Estados Unidos. Daniel es mundialmente famoso en el ámbito matemático, en parte por un artículo que publicó hace unos años, que al parecer demuestra que los círculos son básicamente triángulos planos e hinchados. También es uno de mis amigos más queridos. Daniel es casi el único responsable de que la fórmula sea matemáticas reales que funcionan realmente en el contexto del libro. Le pedí que escribiera un apéndice sobre las matemáticas que hay detrás del teorema de Colin. Este apéndice, como todos los apéndices, es de lectura estrictamente opcional, por supuesto. Pero es fascinante, créeme. Disfrútalo.

JOHN GREEN

Apéndice

El momento Eureka de Colin estuvo formado por tres elementos.

En primer lugar, observó que las relaciones son algo con lo que puedes hacer una gráfica. Una gráfica de este tipo podría ser algo así:

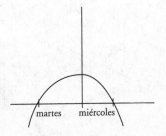

Según la tesis de Colin, la línea horizontal (que llamamos el eje x) representa el tiempo. La primera vez que la curva cruza el eje x corresponde al principio de la relación, y el segundo cruce es el final de la relación. Si la curva pasa el tiempo intermedio por encima del eje x (como sucede en nuestro ejemplo), la chica deja al chico. Si, por el contrario, la curva pasa por debajo del eje x, significa que el chico deja a la chica. (En este contexto, «chico» y «chica» no remiten al género; para relaciones de personas del mismo sexo perfectamente podríamos llamarlos «chico1» y «chico2», o «chica1» y «chica2».) Por lo tanto, en nuestro diagrama, la pareja se da el primer beso un martes, y la chica deja al chico el miércoles. (A fin de cuentas, una relación Colin-Katherine bastante típica.)

Como la curva cruza el eje x solo al principio y al final de la relación, deberíamos esperar que en cualquier punto del tiempo, cuanto más se aleje la curva del eje x, la relación está más lejos de romper, o, dicho de otra manera, la relación parece ir mejor. Pongamos otro ejemplo más complicado, la gráfica de mi relación con una de mis ex novias:

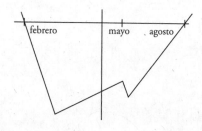

El inicio fue en febrero, cuando, en cuestión de horas, nos conocimos, se produjo una tormenta de nieve, ella destrozó su coche en una autopista helada y de paso se rompió la muñeca. De repente nos encontramos atrapados en mi casa, ella inválida y hasta las cejas de analgésicos, y yo entretenido y embriagado en mi papel de enfermero y de novio. Esta fase terminó abruptamente cuando, dos semanas después, la nieve se derritió, su mano se curó y tuvimos que salir de mi casa e interactuar con el mundo, con lo cual descubrimos inmediatamente que llevábamos vidas radicalmente diferentes y que no teníamos tanto en común. El siguiente pico, menor, tuvo lugar cuando fuimos de vacaciones a Budapest. Terminó poco después, cuando nos dimos cuenta de que pasábamos unas veintitrés horas de cada romántico día en Budapest peleándonos por absolutamente todo. La curva cruza por fin el eje x en agosto, que es cuando la dejé, ella me echó de su casa, y me encontré tirado en las calles de Berkeley, sin casa y sin un céntimo, en plena noche.

El segundo elemento del momento Eureka de Colin es el hecho de que las gráficas (incluidas las gráficas de las relaciones amorosas) pueden representarse mediante funciones. En este caso hay que explicarlo un poco. Ten paciencia.

Lo primero que hay que decir es que cuando dibujamos un diagrama como este

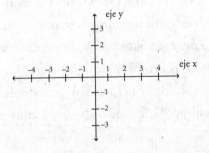

cada punto puede representarse mediante números. O sea, la línea horizontal (el eje x) tiene pocos números marcados, y lo mismo la línea vertical (el eje y). Pero para especificar un solo punto en algún lugar del plano, basta con incluir en la lista dos números: uno que nos diga a qué altura del eje x está el punto, y otro que nos diga a qué altura del eje y está situado. Por ejemplo, el punto (2,1) debe corresponder al punto «2» del eje x y al punto «1» del eje y. Del mismo modo, está situado dos unidades a la derecha y una unidad por encima del lugar en el que el eje x y el eje y se cruzan, lugar llamado (0,0). Y el punto (0,−2) está situado en el eje y, dos unidades por encima del cruce, y el punto (−3,2) está situado tres unidades a la izquierda y dos unidades por encima del cruce.

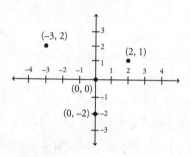

Pasemos a las funciones. Una función es una especie de máquina para convertir un número en otro. Es un reglamento para un juego muy sencillo: te doy el número que yo quiera, y tú siempre me das otro número. Por ejemplo, una función podría decir: «Multiplica el número por sí mismo (es decir, elévalo al cuadrado)». Entonces nuestra conversación sería algo así:

YO: 1

TÚ: 1

YO: 2

TÚ: 4

YO: 3

TÚ: 9

YO: 9.252.459.984

TÚ: 85.608.015.755.521.280.256

Pero muchas funciones pueden escribirse utilizando ecuaciones algebraicas. Por ejemplo, la función anterior se escribiría

$$f(x) = x^2$$

que significa que cuando te doy el número x, la función te enseña a coger la x y multiplicarla por sí misma (es decir, a calcular x^2) y darme el número que te salga. Utilizando la función, podemos trazar todos los puntos de la forma $(x, f(x))$. Estos puntos, juntos, formarán una curva en el plano, y a esa curva la llamamos «gráfica de la función». Pongamos la función $f(x) = x^2$. Podemos trazar los puntos $(1,1)$, $(2,4)$ y $(3,9)$.

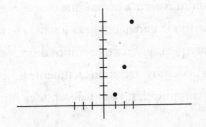

En este caso, podría ser de ayuda trazar además los puntos (0,0), (–1,1), (–2,4) y (–3,9). (Recuerda que si multiplicas un número negativo por sí mismo, obtienes un número positivo.)

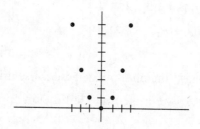

Ahora ya supones que la gráfica será una curva más o menos así:

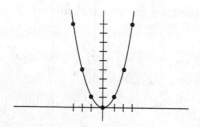

Por desgracia, observarás que esta gráfica no representa demasiado bien las relaciones. Todas las gráficas que Colin quiere utilizar para su teorema tienen que cruzar el eje x dos veces (una para cuando la pareja empieza a salir, y otra para la ruptura), mientras que la gráfica que hemos dibujado solo lo cruza una vez. Pero podemos arreglarlo fácilmente utilizando funciones algo más complicadas. Pongamos, por ejemplo, la función $f(\text{x}) = 1 - \text{x}^2$.

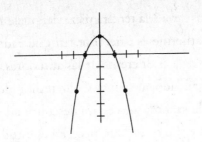

Colin conoce bien esta gráfica. Es la gráfica de una relación breve en la que la chica lo deja (sabemos que la chica deja a Colin porque la gráfica está por encima del eje x entre el primer beso y la ruptura). Es la gráfica que resume la historia de la vida de Colin. Ahora lo único que tenemos que hacer es descubrir cómo modificarla para afinar algunos detalles.

Uno de los grandes temas de las matemáticas del siglo XX ha sido el deseo de estudiar todo en «familias». (Cuando los matemáticos utilizan la palabra «familia», aluden a «cualquier colección de objetos similares o relacionados». Por ejemplo, una mesa y un escritorio son miembros de la «familia muebles».)

La idea es la siguiente: una línea no es más que una colección (una «familia») de puntos; un plano es sencillamente una familia de líneas, y así sucesivamente. Se supone que esto te convencerá de que si un objeto (como un punto) es interesante, entonces será todavía más interesante estudiar toda una familia de objetos similares (como una línea). Este punto de vista ha imperado totalmente en las investigaciones matemáticas de los últimos sesenta años.

Y esto nos lleva a la tercera pieza del puzle Eureka de Colin. Cada Katherine es diferente, así que cada vez que una Katherine lo deja es diferente de las anteriores. Esto significa que por más cuidado que ponga Colin realizando una sola función, una sola gráfica, solo estará descubriendo cosas de una sola Katherine. Lo que Colin necesita es estudiar a todas las posibles Katherines y sus funciones, todas a la vez. Dicho de otra forma, lo que necesita es estudiar la familia de todas las funciones de las Katherines.

Y esta, por fin, era la percepción completa de Colin: que las relaciones pueden trasladarse a gráficas, que las gráficas proceden de funciones, y que debería ser posible estudiar todas esas funciones a la vez, con una sola fórmula (muy complicada), de manera que le permitiera predecir cuándo (y, más importante, si) cualquier futura Katherine lo dejaría.[85]

Pongamos un ejemplo de lo que esto podría significar. De hecho, hablaremos del primer ejemplo que Colin eligió. La fórmula es así:

$$f(x) = D^3 x^2 - D$$

Para explicar esta expresión, sin duda tengo que responder a muchas preguntas. En primer lugar, ¿qué demonios es D? Es el diferencial dejador/dejado. Puedes dar a cualquiera una puntuación entre 0 y 5 en función de su lugar en el espectro del desamor. Ahora, si estás intentando predecir cómo funcionará

85. Sí, lo sé, es demasiado para metértelo en la cabeza de golpe. Mira, John te dijo que Colin era un niño prodigio.

una relación entre un chico y una chica, empiezas cogiendo la puntuación del diferencial D/D del chico, restándole la puntuación del diferencial D/D de la chica y llamando A al resultado. (Así, si el chico tiene un 2, y la chica tiene un 4, el resultado es D = −2.)

Veamos ahora el efecto que produce en la gráfica. En el ejemplo que acabo de poner, en el que el chico tiene un 2, y la chica tiene un 4, por lo tanto D = −2, tenemos

$$f(x) = -8x^2 + 2$$

cuya gráfica es así:

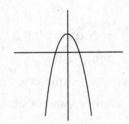

Como ves, la relación no dura mucho, y la chica acaba dejando al chico (una situación que Colin conoce bien).

Si, por el contrario, el chico tenía un 5, y la chica tenía un 1, tendríamos D = 4, por lo tanto

$$f(x) = 64x^2 - 4$$

que corresponde a la siguiente gráfica:

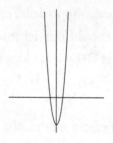

Esta relación es aún más breve, pero parece más intensa (el pico es especialmente abrupto), y esta vez el chico deja a la chica.

Por desgracia, esta fórmula tiene problemas. En primer lugar, si $D = 0$, es decir, si son dejadores o dejados iguales, obtenemos

$$f(x) = 0$$

cuya gráfica es simplemente una línea horizontal, de modo que no puedes decir dónde empieza o acaba la relación. El problema más importante es que evidentemente es absurdo pretender que las relaciones sean tan simples, que sus gráficas sean tan uniformes, que al final es lo que Lindsey Lee Wells ayuda a Colin a descubrir. Y así, la última fórmula de Colin acaba siendo mucho más sutil.

Pero el punto principal puede verse ya en este caso: como D puede variar, esta fórmula es capaz de especificar toda una familia de funciones, cada una de las cuales puede utilizarse para describir una relación Colin-Katherine diferente. Así que lo único que Colin tiene que hacer ahora es añadir cada vez más variables (más elementos en las líneas de D) a esta fórmula, de modo que la familia de funciones que abarca es mayor y más complicada, y por lo tanto tiene la esperanza de sintetizar el complejo y desafiante mundo de las rupturas con las Katherines, que es lo que al final Colin entiende gracias a la perspicacia de Lindsey.

Esta es la historia de Colin Singleton, su momento Eureka y el teorema de la Previsibilidad Subyacente de las Katherines. Debería puntualizar brevemente que, aunque ningún matemático adulto y razonable (como mínimo no un matemático que tenga alma) se atrevería a sugerir que las relaciones amorosas pueden predecirse con una sola fórmula, lo cierto es que un trabajo reciente apunta en esta dirección. En concreto, el psicólogo John Gottman (durante mucho tiempo jefe del «Laboratorio del Amor» de la Universidad de Washington) y un grupo de coautores, incluido el matemático James Murray, han publicado un libro titulado *Las matemáticas del matrimonio*, que pretende utilizar las matemáticas para predecir si los matrimonios se romperán. La filosofía fundamental es, a grandes rasgos, parecida al teorema de Colin, aunque las matemáticas que incluye son mucho más sofisticadas, y el resultado que ofrece es mucho más modesto (estos autores no dicen que puedan predecir todos los divorcios, sino solo que pueden hacer algunas hipótesis fundamentadas[86]).[87]

86. Perfecto, ¿y qué? Yo también puedo hacer hipótesis fundamentadas sobre si las relaciones de mis amigos van a durar. Supongo que en este caso la cuestión es que pudieron justificar matemáticamente el proceso de formular hipótesis fundamentadas.

87. Esta obra es demasiado técnica para resumirla aquí (por ejemplo, no entiendo ni una sola palabra), pero si quieres leer al respecto, puedes probar con el colosal e impenetrable libro *The Mathematics of Marriage*, de Gottman,

Quisiera comentar una última cosa: a pesar de la tristemente célebre tendencia de John a utilizar la vida de sus amigos como material literario, y a pesar del hecho de que de niño iba algo más avanzado en el colegio, el personaje de Colin en ningún caso está inspirado en mí. Para empezar, solo he besado a dos chicas que se llamaran Katherine. Sin embargo, resulta interesante que en toda mi carrera de dejador patológico, las Katherines fueron las únicas dos mujeres que me dejaron a mí. Es extraño. Casi hace que me pregunte si existe alguna fórmula por ahí…

DANIEL BISS
Profesor auxiliar en la Universidad de Chicago
e investigador del Clay Mathematics Institute

Murray, Swanson, Tyson y (otro) Swanson, o la reseña y el resumen *online*, mucho más manejables y divertidos, de Jordan Ellenberg, disponibles en http://slate.msn.com/id/2081484/.

Agradecimientos

1. Mi incomparable editora y amiga, Julie Strauss-Gabel, que trabajó en este libro cuando estaba, literalmente, de parto. Confío tanto en el trabajo de edición de Julie que —y la historia es real— una vez le pedí que editara un e-mail que había escrito a una mujer de la que entonces era «solo amigo» y con la que ahora «vivo en santo matrimonio». Lo que me recuerda a...

2. Sarah. *(Véase la dedicatoria.)*

3. Mi consejera, colaboradora, álter ego y mejor amiga, Ilene Cooper, responsable de la mayoría de las cosas buenas que me han pasado en la vida. Y además, ahora que lo pienso, me ayudó a enamorar al Agradecimiento número 2.

4. Mi querido amigo Daniel Biss, que por suerte para mí es uno de los mejores matemáticos de Estados Unidos, y también uno de los mejores profesores en la materia. Jamás podría haber imaginado este libro sin Daniel, por no hablar de escribirlo.

5. Mi familia: Mike, Sydney y Hank Green.

6. Sarah Shumway, mi talentosa *in loco editoris* en Dutton. También a todos los demás de Dutton, en especial Margaret «Letras Dobles» Woollatt.

7. Mi hombre en los Emiratos Árabes Unidos, Hassan al-Rawas, que lleva años ofreciéndome sus traducciones árabes y su maravillosa amistad.

8. Adrian Loudermilk.

9. Bill Ott, 10. Lindsay Robertson, 11. Shannon James y Sam Hallgren, 12. David Levithan y Holly Black, 13. Jessica Tuchinsky, 14. Bryan Doerries, 15. Levin O'Connor y Randy Riggs, 16. Rosemary Sandberg, 17. Booklist, 18. Todos los bibliotecarios del mundo, y por supuesto…

19. Las Katherines. Ojalá pudiera nombrarlas a todas, pero *a*) me falta espacio y *b*) temo que me demanden por difamación.